나쁜
하나님

나쁜 하나님

초판 1쇄 발행 | 2017년 9월 20일

지은이 주원규
발행인 이대식

주간 이지형 **편집** 김화영 나은심 손성원
마케팅 배성진 **관리** 이영혜
디자인 모리스 **본문 일러스트** 주원태

주소 서울시 종로구 평창길 329(우편번호 03003)
문의전화 02-394-1037(편집) 02-394-1047(마케팅)
팩스 02-394-1029
전자우편 saeum98@hanmail.net
블로그 blog.naver.com/saeumpub
페이스북 facebook.com/saeumbooks

발행처 (주)새움출판사
출판등록 1998년 8월 28일(제10-1633호)

나쁜
하나님

주원규
장편소설

새움

낯선
하루

1

낯설었다. 십수 년 만에 다시 접한 곳이다. 처음 맞닥뜨리자마자 그를 사로잡은 단 하나의 느낌은 낯섦이었다.

내내 졸다가 열차 창문을 무겁게 내리덮은 커튼을 걷은 순간이었다. 정민규의 시야를 압도한 건 번화한 도시 풍경이었다. 높게 솟아오른 아파트와 빌딩이 즐비하게 도열된 모습은 얼핏 보기엔 강남의 테헤란로를 떠올리게 했다. 하지만 이곳은 지방 소도시인 율주시다. 민규는 곧이어 들려오는 열차 내 방송을 통해 이곳이 십수 년 전 떠났던 고향, 다시 새롭게 시작하게 될 자신의 일터인 율주란 사실을 실감했다.

'다음 역은 율주, 율주역입니다.'

열차는 안내 방송이 나온 뒤 5분도 지나지 않아 멈췄다. 자리에서 일어선 민규가 꺼낸 건 낡은 샘소나이트 여행용 가방 한 개가 전부였다. 미국에서 인천공항으로, 인천공항에서 KTX 광명역으로, 그곳에서 다시 율주까지. 길고 지난한 여정의 끝을 반기듯 정민규의 짐은 가벼웠다.

정민규는 문득 14년 전을 떠올렸다. 편도로 서울로, 다시 김포

공항을 향하던 열차에 몸을 실었을 때에도 그의 짐은 지금과 비슷했다. 미국 유학을 작심하고 실행에 옮기는 공항행이었지만 그때에도 여행용 가방 한 개가 짐의 전부였다. 하지만 그때와 지금, 민규는 한 가지 차이를 실감했다. 그때 그의 손엔 조금 두꺼운 분량의 책 두 권이 쥐어져 있었다. 크지 않은 손을 있는 힘껏 펼쳐야 악력을 이용해 지탱할 수 있는 정도의 양장본 책 두 권. 〈어거스틴의 고백록〉과 〈칼 바르트의 교회 교의학〉이었다.

지금 한국으로 돌아오는 정민규의 손에 책은 쥐어져 있지 않았다. 손뿐만이 아니다. 가방 안에도 책은 담겨 있지 않았다. 언제나 손과 눈에서 책을 떨어뜨리지 않던 그였지만 어느 순간부터인가 책은 그의 마음과 영혼으로부터 멀어져갔다. 마음과 영혼으로부터 떠난 책들이 신체적 거리로도 멀어지는 건 당연한 결과였던가. 문득 그 생각에 미치자 선뜻 기차를 내리고 싶던 마음이 주춤거렸다. 결국 내리게 되겠지만 과연 이게 옳은 선택인지에 대한 설렘과 불안이 정민규를 혼란스럽게 했다.

'잘 온 걸까.'

자기 독백을 닮은 한 문장의 질문과 함께 정민규는 눈앞에 펼쳐진 풍경과 마주했다. 입구의 녹슨 미닫이문, '서울 첫차, 막차' 팻말이 수기로 쓰인 패널에 우동 국물과 떡볶이 접시가 채 치워지지 않은 분식집, 그 분식집 옆에 다가가기만 해도 지린내가 날 것 같은 낡은 화장실까지…… 오래전에 정민규가 보았던 것과 크게 다르지 않았다. 하지만 한 가지 결정적인 부분이 달라져 있었다. 사람이 보이지 않았다.

매표소에도, 분식집에도, 오래된 화장실에도 오가는 사람이 없었다. 정민규는 본능적으로 입구로 향했다. 반쯤 휑하니 열려 있는 역사 여닫이문 너머로도 이용객의 모습은 보이지 않았다. 정민규가 걸음을 옮길 때마다 들려오는 소리라고는 그가 끄는 여행용 가방의 바퀴 소리뿐이었다.

걸음을 옮기던 정민규는 입구를 코앞에 두고 멈춰 섰다. 열린 입구 너머로 보이는 살풍경이 그의 걸음을 자연스럽게 멈추게 했다. 거대한 대형 크레인이 입구 바로 앞을 막아선 장면 앞에 민규는 자신이 들어선 역사 벽면 전체를 차지한 대형 플래카드를 뒤늦게 발견했다.

'舊 역사 철거 진행 중. 新 역사로 우회해 돌아가세요.'

구舊와 신新의 한자어가 우아한 궁서체로 새겨진 플래카드의 끝엔 열차에서 내린 민규가 스쳐 지나왔던 우회 통로 방향을 화살표로 가리키고 있었다.

이어폰을 귀에서 뺀 정민규가 화살표 방향으로 돌아서던 그때였다. 다른 사물들과 마찬가지로 낡고 오래된, 그 상태 그대로 방치된다면 오래지 않아 폐기 처분될 수밖에 없을 대합실 의자 한구석에 누군가 앉아 있었다.

그저 스치고 지나갈 수도 있었다. 그런데 철거 진행 중인 구역사 대합실 의자에 앉아 있는 그 누군가가 정민규의 시선을 사로잡았다. 아는 사람도 아니었다. 해코지를 할 것 같은 위협이 될 만한 이도 아니었다. 대합실 우측면 한구석에 웅크리고 앉아 있던 그 누군가는 어린 여자아이였다. 많아야 십대 후반 정도 되어 보이는 여자아이. 침울한 눈빛으로 무장한 그 아이 앞에서 민규는 우두커니 멈춰 섰다. 텅 빈 역사에 트레이닝복 차림으로 혼자 시간을 보내는 여자아이에게서 민규는 쉽게 눈을 뗄 수가 없었다. 퀭한 눈빛, 핏기가 싹 가신 창백한 얼굴에 유독 붉게 빛나는 입술. 오래된 역사를 홀로 지키고 있는 어린 소녀였다.

2

"아저씨도 잘못 들어왔죠?"

소녀는 정민규와 같은 열차 이용객들을 익숙하게 보아온 듯했다. '공사 중'이란 표지판을 까맣게 잊은 채 우회 통로가 아닌 철거 진행 중인 구역사로 들어오는 열차 이용객들 말이다. 민규는 자신과 같은 부류의 사람들이 누구일지 짐작해보았다. 오랜만에 율주시를 찾은 방문객이거나 학교 강의나 연구소 일 때문에 열차를 수시로 이용하면서 순간적으로 착각한 경우일 것이다. 민규는 자신은 어느 부류일지 잠시 생각해보았다. 방문객이라 하기엔 너무 오랜만이었고, 출퇴근을 반복하는 익숙함을 지닌 사람이라고 하기엔 율주 땅에 두 발을 딛고 선 자신의 존재가 낯설기만 했다. 소녀의 퀭한 눈빛은 민규의 낯선 정서를 가속화시키는 묘한 활력으로 들끓었다. 그래서일까. 민규는 섣불리 소녀에게서 눈을 떼지 못했다.

그렇게 한동안 눈을 마주치던 차였다. 문득 민규는 자신이 무례할 정도로 소녀를 바라보고 있다는 생각이 들었다. 14년 만에 도착한 한국 땅이다. 또한 14년 만에 돌아오는 자신의 고향 율주였다. 이곳에서 처음으로 말을 섞는 대상이 소녀라고 생각하니

나쁜 하나님

비현실적인 기시감마저 들었다. 소녀에게서 눈을 떼지 않던 정민규는 뭐라도 말을 해야 한다는 근거 없는 의무감이 들었다. 그 의무감이 민규의 입을 절로 떼게 만들었다.

"여기가 철거된다고?"

민규의 질문을 받은 소녀가 고개를 끄덕였다. 그리고 이어지는 설명의 말이 따라붙었다. 듣기엔 따라선 '정신 좀 차려요.'라고 다그치는 말투였다.

"천장 좀 올려다봐요, 천장."

민규는 소녀가 시키는 대로 천장을 올려다봤다. 3미터 가까이 되는 높이의 구역사 천장은 그야말로 아수라장이었다. 금방이라도 재가 되어 허물어 내릴 것같이 구조물 전체가 만신창이 속살을 드러낸 상태였다. 녹슬고 오래된 골조가 모나고 정제되지 않은 돌부리처럼 곳곳에 돌출된 채로 노출되어 있었다. 수십, 수백 개의 전선과 폐기 직전의 등기구들이 아슬아슬하게 매달려 있었다.

천장을 확인하고 난 뒤에야 민규는 이곳이 소멸되기 직전의 폐허, 더 이상의 복기가 불가능한 유물임을 실감했다. 그 현실적 실감이 그 역시 오래되고 바스라지기 직전의 벤치에 앉아 있는 소녀에 대한 우려로 연결되었다. 어른다운, 그만큼 상투적이고 무성의하기 이를 데 없는 우려의 말이었다.

"그러는 넌 다 무너지는 여기서 뭐 하는 거야?"

"기다려요."

"누구를 기다리는데?"

"……누구든지요."

알 수 없는 말이었다. 말끝을 흐린 소녀의 눈빛을 민규는 더이상 정면으로 바라보기가 어려웠다. 때맞춰 우측면에 조각난 창문 틈으로 강한 빛살이 파고들었던 탓에 소녀의 눈을 제대로 보기가 어려웠던 탓이라고 믿고 싶었다. 하지만 얼마 안 가 민규는 그러한 짐작이 변명에 불과하다는 생각을 했다. 소녀의 눈빛의 깊이를 감당하기 어려웠던 것이다. 민규는 자신을 노려보는 소녀의 날카로움이 형언할 수 없는 칼춤의 핏빛 흐름처럼 머리와 심장을 난도질하는 섬뜩함에 사로잡혔다.

순간, 재킷 안주머니에서 진동이 느껴졌다. 휴대폰 진동음이었다.

평온한 일상이 깨지기라도 한 것처럼 놀란 민규가 서둘러 재킷에서 휴대폰을 꺼냈다. 자신을 내내 바라보는 소녀로부터 눈을 뗀 민규가 휴대폰 액정에 비친 발신자 번호를 확인했다. 알지 못하는, 하지만 어느 때부터인가 낯익기 시작한 번호였기에 망설이지 않고 전화를 받았다.

"여보세요?"

"접니다, 목사님."

"누구……시죠?"

"저 고동식입니다."

"고동식?"

머릿속이 하얗게 비워졌다. 고동식이란 이름을 기억하지 못해서가 아니었다. 스스로 뒷걸음질 치는 자기 자신에 대한 납득할

　　　　　　　　　　　　　　　　　　　나쁜 하나님

수 없는 두려움을 해명하지 못해서였다. 민규는 부스스한 머리에 유난히 야윈 얼굴, 창백한 낯빛을 하고 있는 소녀로부터 멀어지려 했다. 하지만 그럴수록 소녀가 자신을 부르고 멈춰 세운다는 느낌을 떨쳐버리기가 어려웠다. 통화 속 상대는 자신을 기억하지 못하는 민규를 답답해하며 자신을 설명하려 애썼다.

"목사님, 절 기억 못하시는군요. 저 김인철 의원님 보좌관 고동식입니다. 앞으론 기억해주세요."

"아…… 김인철 장로님?"

"예, 맞습니다. 김인철 장로님이 보내셔서 나왔습니다."

"어디예요?"

말은 그렇게 했지만 민규는 이미 짐작했다. 우회로를 향해 그의 발걸음이 빨라짐과 동시에 소녀의 퀭한 눈빛도 차츰 멀어져 갔다. 고동식은 자신의 맡은 바 소임을 다해야 한다는 의무감에서인지 절도 있는 목소리로 힘주어 말했다.

"목사님, 혹시 철거 중인 옛날 역사로 들어가신 건가요? 플래카드 화살표에 적힌 대로 우회 통로로 나오시죠. 여기 통로 끝에서 있겠습니다."

"예, 지금 그쪽으로 가고 있습니다."

3

"율주에는 얼마 만이십니까?"

고동식이 차를 몰았다. 정민규는 뒷좌석에 앉아 차창 밖 시내 풍경을 살폈다. 조수석에 앉겠다고 하는 민규의 의지를 고동식이 한사코 꺾었다. 고동식이 민규를 태운 검은색 세단은 차 내부가 지나칠 만큼 넓고 고급스러웠다. 뒷좌석에 앉자마자 민규를 사로잡은 감흥은 최고급 의전 차량에 탑승한 느낌이었다.

열차 안에서 얼핏 봤을 때처럼 율주시 중심가는 서울 강남을 빼닮았다. 차창을 통해 본 율주시는 더한층 민규의 눈을 낯설게 자극했다.

"14년 만입니다."

"14년이면…… 그동안 많은 게 달라졌겠네요. 율주시, 어떻습니까?"

"맞아요. 정말 많이 달라졌네요."

"14년 전이면, 우리 김의원님, 아, 죄송합니다. 김장로님으로 불러야 되는 거죠?"

고동식이 룸미러를 통해 겸연쩍은 눈짓을 민규에게 보냈다.

"괜찮습니다. 편하게 말씀하세요."

"저한테는 의원님이란 호칭이 더 입에 붙네요. 14년 전이면 김의원님이 이곳 율주에서 초선 의원으로 막 정치를 시작하셨을 때군요."

"보좌관님도 그때부터 김장로님을 보필한 건가요?"

"그전부터죠."

"그전부터요?"

"김의원님 아버님 때부터 모셨습니다. 두 분을 모신 셈이죠."

"그렇군요."

민규는 그제야 고동식의 단정한 흑발이 세월의 흔적을 애써 지우려는 염색의 결과임을 눈치챘다. 얼굴 가득 번져 있는 검버섯, 오래된 나무의 나이테처럼 목을 감싼 주름이 새삼 고동식의 나이를 실감케 했다. 환갑은 훨씬 넘겼을 어른이 차를 직접 운전하며 자신을 배웅한다는 사실에 민규의 마음은 무거웠다. 하지만 고동식은 개의치 않는다는 듯 자신의 말을 이어나갔다. 말의 핵심은 김인철에 대한 찬양이었다.

"14년 전만 해도 이곳은 대한민국의 변방이었습니다. 안개를 빼고 나면 남는 게 하나도 없는 불모지였죠."

"맞아요. 안개가 지독했죠."

고동식의 말에 동의한 정민규는 옛 기억에 빠진 듯 차창 밖을 바라봤다. 대형 프랜차이즈 매장과 최고급 현대식 백화점까지 있는 중심가를 벗어나면서 율주의 명물, 안개가 어슴푸레하게 주변을 감쌌다. 새벽은 물론이고 정오가 되기 전까지도 이렇듯 율주시 전역에는 안개가 남아 있었다. 고동식이 다시 말했다.

"하지만 그동안 김의원님이 이곳 율주를 경남권 최고의 명품 도시로 만드셨습니다."

"김장로님이요?"

되묻긴 했지만 민규도 짐작 가는 게 있었다. 곧 김인철 의원의 대표 치적이 그 거대한 위용을 드러낼 것이기 때문이다.

율주제일교회로 가는 곳에 자리 잡은 김인철의 치적은 대형 폐기물처리장이었다.

율주는 특산물도, 특별히 기억할 만한 역사적 유물, 위대한 인물도 없는 곳이었다. 그런 율주를 고동식이 말한 대로 떠들썩한 명품 도시로 만들 수 있었던 배경에는 분명 폐기물처리장이 결정적 역할을 감당했을 것이다. 14년 전에는 한창 신축 공사가 진행 중이던 대형 폐기물처리장은 이제 거대한 위엄을 과시하고 있었다.

"폐기물처리장과 같은 국가산업 유치에 율주가 제일 적극적이었다는 말을 들었습니다. 그런데…… 그런 식의 처리장 건설을 더 추진하신다구요?"

"예. 기왕 정부 지원 전폭적으로 받은 거, 아예 끝판을 보겠다는 의원님의 복안이셨죠."

"그런데……."

"예?"

"그럴수록 지역 주민들에게는 해가 되지 않을까요?"

분위기를 깨는 건 아닌지 민규가 고동식의 눈치를 살폈지만,

그는 이런 질문은 수없이 받아봤다는 듯 여유롭게 답했다. 그가 내뱉은 단답형의 답이 민규의 머릿속을 순간 아찔하게 했다.

"입증되지 않은 루머들이 압도적입니다. 실보다는 득이 천문학적으로 높은 사업을 투자하지 않는 게 미친놈들이죠. 안 그렇습니까?"

민규는 고동식의 질문에 답하지 않고 애써 약간의 미소만 보여주었다. 고동식이 말을 이었다.

"덕분에 율주시는 복지, 행정 부문에서 타의 모범이 되는 도시가 되었습니다. 혐오 시설을 친환경 시설로 이미지 개선한 대표 사례로 꼽히죠."

고동식의 말은 거기서 멈췄다. 더 이어가면 자신이 모시는 사람에 대한 상투적인 찬양이 된다는 걸, 그러면 상대방에게 괜한 정치 혐오를 줄 수도 있다는 우려를 알고 있는 세련된 처신이었다.

10여 분 정도 지난 뒤. 고동식의 말이 잠시 눈을 감고 있던 민규의 눈을 뜨게 했다.

"목사님, 다 왔습니다. 율주제일교회 앞입니다."

4

율주는 많은 게 변했지만 변하지 않은 곳이 하나 있었다. 바로 교회였다. 부러 민규가 그렇게 느끼려고 한 게 아니라 실제로 그랬다.

민규는 마중 나온 고동식의 검은색 세단을 타고 율주시 역사에서 이제는 변방 취급을 받게 된 율주제일교회로 향하는 동안 막연한 두려움을 느꼈다.

14년 만에 자신의 고향인 이곳 율주에서 새롭게 시작한다는 사실은 분명 민규의 심장을 다시 뛰게 만드는 설렘이었다. 하지만 율주시의 낯선 풍경이 자신을 흔쾌히 받아줄지 모르는 의문부호가 되었다. 더구나 민규는 목사로서의 소임을 성공적으로 마쳤다는 자신감을 발판으로 이곳 율주를 찾은 게 아니다. 금의환향과 같은 대우를 기대하긴 처음부터 어려운 것이다.

소문은 쉽게 억제할 수 없는 성질을 가졌다. 더욱이 요즘처럼 SNS가 활성화된 시기엔 민규의 과거 행적이 언제라도 고스란히 드러날 수도 있었다. 민규의 과거는 떳떳함과는 거리가 먼 결정적 오점이 남겨져 있었다. 민규에겐 그 오점이 스스로 지고 가야할 수치스러운 짐이었다.

나쁜 하나님

하지만 민규의 복잡한 마음은 교회 안 대예배실에 들어서자마자 단숨에 씻겼다. 본당 정면에 위치한 오래된 파이프 오르간, 20년 전이나 지금이나 변함없이 정면에 오병이어를 상징하는 떡과 물고기 형상이 새겨져 있는 원목 강대상, 높은 천장 끝에 설치되어 있는 천창 스테인드글라스, 그 내부를 성스럽게 메운 로마네스크 양식의 문양, 이 모든 게 민규의 마음을 신비스럽게 정화시켰다.

본당 문을 열고 들어선 순간부터 민규는 뜻 모를 복받침을 느꼈다. 민규는 천천히 걸어가 강대상 의자에 앉아 텅 빈 본당 내부를 훑어보았다. 민규의 뒤를 이어 본당 안으로 들어선 고동식이 그의 등 뒤에 서서 속삭이듯 말했다.

"교회는 변한 게 없다고들 하던데. 정말 그런가요?"

민규가 답했다.

"그러네요. 하나도 변한 게 없어요."

녹슨 장의자도 그대로였다. 장의자 군데군데 놓여 있는 손때묻은 옛 성경책이 눈에 들어왔다. 민규가 손에 잡힌 성경책을 내려다보며 말을 이었다.

"종교는 본연의 자리를 지키는 게 중요합니다. 그런 걸 중립성이라고 하더군요."

고동식이 알아듣겠다는 듯 고개를 끄덕였다.

"중립을 지킨다는 말이군요. 일리 있습니다."

그렇게 말한 민규가 말을 아꼈다. 보아하니 자신의 등 뒤에 서 있는 이 남자, 김인철 장로의 보좌관이란 고동식은 종교, 특히

교회에 대해 특별한 관심이 없어 보였다.

침묵이 이어지자 고동식이 일상의 대화로 돌아왔다.

"김의원님과 저녁 약속 있으신 건 알고 계시죠?"

자리에서 일어선 민규가 여전히 시선은 교회를 둘러보며 고개를 끄덕였다.

"예, 알고 있습니다. 어디서 뵙죠?"

"예약해 두었습니다. 잠시 후에 제가 모시겠습니다."

"계속 수고하실 일을 만드는 것 같아 송구하네요."

"당연히 제가 해야 할 일인데요."

"장소가 여기서 먼가요?"

"그건 아니지만 이미 저녁 시간이 다 되어서요."

"벌써 그렇게 됐네요."

말은 그렇게 했지만 민규의 몸은 익숙한 관성처럼 피아노가 있는 곳을 향해 다가갔다. 성가대석 바로 옆에 위치한 피아노 역시 민규가 어릴 때부터 봤던, 이제는 수시로 조율이 필요한 오래된 그랜드피아노였다.

피아노 앞에 앉은 민규의 얼굴엔 소년과 같은 미소가 절로 지어졌다. 기독교 음악을 공부하던 신학대학 학부 시절로 돌아간 듯한 즐거운 착각에 사로잡힌 것이다. 그 모습을 본 고동식이 짧게 말한 뒤 본당 밖으로 스스로 물러섰다.

"왜 준비된 사택보다 먼저 교회로 오자고 하셨는지 알 것 같네요. 밖에서 대기하고 있겠습니다. 천천히 나오세요."

"번거롭게 해드려 죄송합니다. 금방 나갈게요."

본당, 대예배실은 텅 비었다. 월요일. 이른 저녁의 풍경은 늘 그랬다. 피아노 덮개를 연 민규가 손가락을 길게 펴고는 건반 위를 두드리기 시작했다. 본당을 은근하게 휘덮는 건반 울림이 민규의 귀에 익숙하게 들어왔다. 민규는 짧은 순간이었지만 깊은 행복을 느꼈다.

5

고동식이 난처한 표정을 지었다. 민규는 고동식의 시선을 피하기 위해 반사적으로 고개를 들어 맞은편 벽면 상부에 걸려 있는 그림을 바라봤다. 변장에 가까운 진한 화장을 한 여자 게이샤와 군복 차림의 남자가 정을 나누는 모습이 그려진 극사실주의 회화였다.

고급스러운 인테리어로 무장한 3층 건물의 2층, 그중에서도 호사의 극치를 과시하는 룸으로 인도한 고동식과 마주 보고 앉은 넓디넓은 일본식 좌탁이 민규를 불편하게 했다. 사전에 어떤 말이라도 해두었으면 모르겠다. 자신은 일식을 전혀 좋아하지 않는다고. 아니 민규는 좋아하지 않는 정도가 아니라 횟감을 비롯해 일식과 관련된 어떤 것도 먹지 못했다. 그렇지만 고동식이 민규를 일방적으로 이끈 곳은 '도코모토'란 상호가 내걸린 일식집이었다.

서빙을 보는 직원이 계속해서 갖가지 먹을거리들을 정성스럽게 내왔지만 민규는 바로 앞에 놓인 젓가락에 손조차 대지 못했다. 애꿎은 보이차만 삼켰다.

일식을 먹지 못해 겪는 난처함은 민규가 직면한 낭패의 일부

나쁜 하나님

일 뿐이었다. 진짜 낭패는 일방적으로 저녁 약속을 잡아 놓은 당사자가 오지 않는 현실이었다. 식사 자리의 주인공인 김인철 장로가 보이지 않는 것이다.

오랫동안 노심초사하던 고동식의 좌탁 위에 올려놓은 휴대폰에서 진동이 울리기 시작했다. 방금 전까지 계속해서 전화를 걸며 애타하던 고동식은 진동이 울리자마자 곧바로 전화를 받을만도 했지만 그러지 않고 조심스럽게 전화를 받았다.

"의원님, 죄송합니다. 그런데 사안이 워낙 중해서……."

휴대폰 너머 상대의 고함이 맞은편에 앉은 민규에게까지 들려왔다. 고동식의 붉게 상기된 표정은 덤이었다. 고동식은 상대가 보지 않는데도 고개를 끄덕이는 시늉을 하며 죄송하다는 말을 반복했다. 그러다가 상대의 노기가 조금 가라앉은 틈을 타 용건을 밝혔다.

"의원님, 금일 7시 저녁 약속은 이곳 도코모토입니다."

말을 끝낸 고동식이 잠시 침묵했다. 민규는 통화 속 상대가 생각을 정리하는 중이라고 짐작했다. 다시 시작된 통화 속 상대의 음성 혹은 지시를 꼬박꼬박 '예, 예.' 하는 추임새까지 넣어가며 동의하던 고동식이 어느 순간 말을 멈추고 민규를 바라봤다. 벽에 걸려 있는 춘화春畵를 바라보던 민규의 시선이 침묵하는 고동식에게로 향했다. 민규가 물었다.

"무슨…… 일이죠?"

민규가 짧은 질문을 던지자마자 고동식이 민규에게 휴대폰을 건넸다.

"받아보시죠. 통화를 원하십니다."

얼굴도 한번 제대로 보지 못한 사람과 통화부터 한다는 게 민규는 내키지 않았지만 얼굴 전체에 식은땀을 흘리는 고동식을 더 이상 난처하게 만들면 안 될 것 같았다.

"전화 바꿨습니다."

민규가 말문을 열자마자 거친 말투가 인상적인 김인철의 되물음이 이어졌다.

"김인철입니다. 누구시죠?"

누구냐고? 민규는 황당했다. 고동식은 자신을 바라보는 민규의 시선을 부러 피했다. 김인철이 말을 이었다.

"듣자하니 오늘 저랑 저녁 약속을 하셨다고요."

"예, 그렇습니다."

"어디시죠? 언론사? 아님, 시민단체인가요?"

"장로님, 전 정민규입니다."

"정민규?"

"이번에 율주제일교회에 새로 부임한 정민규 목사입니다."

"아이고, 목사님이셨군요."

고압적인 말투가 사라지는 순간이었다. 김인철은 그제야 오늘 저녁이 자신이 속한 교회에 새로 부임한 담임목사와의 만남이란 사실을 기억했다. 그때 민규의 시선은 내내 백색 벽면에 덩그러니 내걸려 있는 50호 크기의 액자 속 그림에 집중했다. 강하고 다부진 상고머리의 일본 장교 자리 옆에는 섬뜩할 정도로 길고

나쁜 하나님

날이 선 장검이 칼집에 꽂히지도 않은 채 다다미방 바닥에 놓여 있었다. 그와 함께 장교의 욕정에 사로잡힌 두 손이 게이샤의 어깨와 허리를 움켜쥐고 있었다. 그 강고한 외설스러움이 민규의 심기를 어지럽혔다.

"우리 목사님…… 그런데…… 성함이 뭐라 하셨죠?"

"정민규입니다."

"그래요, 그래. 우리 정, 민, 규 목사님. 이거 어떡하죠? 제가 오늘 피치 못할 민원 활동이 있어 목사님과의 저녁 약속을 깜빡 잊고 말았지 뭡니까. 이래서 늙으면 죽어야 되나 봅니다."

"괜찮습니다, 장로님. 오늘만 날도 아니고. 다음에 뵙죠."

"그래도 되겠습니까? 이거 참, 송구하네요. 대신 목사님, 거기 음식 맛이 상당합니다. 맛보고 가시죠."

"괜찮습니다. 그리고……."

"예, 말씀하세요, 목사님."

"실은 전 회를 잘 못 먹습니다. 바다 음식 알레르기가 심해서요."

"그러시군요. 아무튼 결례를 용서하시고 다음에 뵙지요."

통화는 그렇게 끝났다. 민규는 기다렸다는 듯 고동식에게 휴대폰을 건네준 뒤 자리에서 일어섰다. 할 수만 있다면 당장 죽은 듯 잠들고 싶었다.

<u>6</u>

낯선 자리에 대한 부담감 때문이었을까. 아님, 시차 적응도 못한 채 교회며 공항이며 일식집이며 이곳저곳 정신없이 움직인 탓일까. 갑자기 머리가 어지럽고 한순간 모든 걸 게워내고 싶은 충동에 사로잡힌 민규는 자리를 박차고 일어나 화장실을 찾았다.

화장실은 바로 눈에 뜨이지 않았다. 여러 개의 별실과 특실로 나눠진 2층은 좁은 통로의 끝이 쉽게 보이지 않는 미로 형태로 구성되어 있었다.

통로 여기저기 살펴보아도 민규가 원하는 화장실은 보이지 않았다. 겨우 1층으로 내려가거나 3층으로 올라서는 통로를 발견했지만 보이는 건 마호가니풍 스타일로 구성된 계단뿐이었다.

그때 민규가 선택한 것은 1층으로 내려가는 계단이 아니었다. 왜 그랬을까. 이유는 알 수 없었지만 민규가 본능적으로 걸음을 뗀 곳은 3층으로 오르는 계단이었다. 방에 걸려 있던 춘화가 3층으로 오르는 계단 벽면에 규칙적 간격으로 전시되어 있는 게 눈에 들어왔다. 50호 크기 그림 넉 점이 내걸려 있었는데, 그림 속 게이샤와 일본 군인의 정사 장면은 계단을 오를수록 그 농도가 짙어졌다.

나쁜 하나님

3층에 오르자마자 눈에 들어오는 건 매우 작은 글씨로 검은 벽면에 동판의 에칭처럼 새겨진 'toliet'이란 문구였다. 민규는 곧바로 문을 열고 들어가 양변기 한 개를 붙잡고서 구역질을 시작했다.

　쓰러지듯 화장실 칸막이 안에 들어서서 뱃속에 담겨 있던 걸 하나도 남김없이 깡그리 비워버리던 차였다. 화장실 문이 조심스럽게 열리기 시작했다.

　살며시 열린 문틈으로 비치는 건 붉은색 하이힐이었다. 순간 민규는 자신이 위치한 칸막이 문을 끌어당겼다. 그러고는 반사적으로 이곳이 남자 화장실인지 여자 화장실인지 확인했다. 안타깝게도 여자 화장실이었다.

　난처해진 민규가 숨을 죽였다. 토사물을 미처 내리지도 못한 채 미세한 칸막이 문틈을 통해 화장실 거울 앞에 멈춰 선 여자를 바라봤다. 붉은색 하이힐에 검은 미니원피스, 거기에 망사스타킹을 신은 여자는 화장실 반신 거울 앞에 다가가 화장을 고쳤다. 립스틱을 바르고, 펄 마스카라 다듬는 일을 의식을 치르듯 집중했다.

　처음엔 여자가 빨리 나가기만을 기다렸다. 하지만 민규는 어느새 여자의 차림새와 진한 화장을 보며 문득 이곳이 어떤 곳일까 하는 생각을 하게 되었다.

　그 생각이 미치자 때맞춰 화장실 벽 너머로부터 여자들의 비명, 웃음이 간헐적으로 터져 나왔다. 여자 목소리만 들린 게 아니었다. 그녀들의 상스러운 비명 사이사이에 굵고 거친 남자의 목소리도 함께 들려왔다.

거울 앞에 선 여자도 그 소리를 의식한 모양이었다. 입술에 붉은 립스틱을 바르던 여자가 화장실 밖 왁자한 웃음소리를 조금은 성가시다는 듯 흘겨봤다. 그와 함께 뒤섞인 구성진 리듬의 가라오케 음악도 따라 들려왔다. 듣기엔 따라선 환청에 가깝게 거리감이 느껴졌지만, 또 다르게 들으면 화장실 바로 옆 공간에서 문을 닫아 놓고 지독한 유희를 즐기는 것처럼 여겨지기도 했다.

잠시 후, 여자가 밖으로 나갔다. 민규도 토사물이 담긴 변기물을 내리고는 화장실을 나왔다. 민규는 바로 1층으로 내려왔다. 입구에는 고동식과 그가 몰고 온 세단이 대기 중이었다.

"부탁 하나만 해도 될까요?"

"편하게 말씀하십시오. 그렇잖아도 의원님께서 오늘 범한 결례를 어떻게든 씻고 싶다며 안타까워하셨습니다."

고동식의 그 말에 민규가 가볍게 손사래를 친 뒤 말을 이었다.

"아니, 그런 거 말고. 사택 말입니다."

"예, 타시죠. 불편하신 것 같은데, 바로 모시겠습니다."

"제가 직접 가면 안 되겠습니까? 어디인지만 가르쳐주시면 찾아가겠습니다."

"그럴 순 없습니다. 제가 모셔다 드리겠습니다. 타시죠."

민규는 더 말을 섞다간 구역질을 계속할 것 같아 더 이상 고집을 부리지 않고 뒷좌석에 앉았다.

"그런데 목사님, 이건 알아주셨으면 합니다."

"뭘 말입니까?"

"김의원님께서 많이 미안해하신다는 사실 말입니다."

그 말에 민규는 별다른 대꾸를 하지 않았다. 침묵으로 대답을 대신한 그는 고개를 뒤로 젖히고 눈을 감았다. 참으로 하루가 느리게 지나간다는 느낌이었다.

7

　민규는 이제 사택에 가면 적잖은 해방감에 사로잡힐 것으로 기대했다. 하지만 그 기대조차 오래가지 못했다. 민규의 눈앞에 펼쳐진 아크로팰리스는 그에게 뉴욕 생활과는 또 다른 별천지를 선사했다.

　민규가 율주를 떠나 있는 동안 목회자로 재직했던 곳은 뉴욕 한인교회였다. 처음 3년간은 부목사로 시작했지만 그 3년이란 시간조차도 제왕적 담임목사 밑에서 신음하는 부교역자의 모습과는 달랐다. 처음부터 민규를 위해 담임목사 자리를 공석으로 비워둔 한인교회에서의 부목사 시절, 그 뒤 3년이란 시간을 충분한 담금질의 시간으로 판단한 장로회와 재직자들의 90퍼센트에 육박하는 압도적인 찬성과 지지로 인해 차지하게 된 담임목사 자리까지. 한 교회를 십수 년 동안 섬겨온 민규에게 꽃길처럼 제시된 혜택이었어도 그에게 주어진 사택은 뉴욕 변두리의 아파트가 전부였다. 물론 민규는 그곳이 싫지 않았다. 각국에서 모인 예술 전공 유학생들이 거주하던 그곳은 밤마다 피아노 소리가 끊이지 않았고 예술인들끼리 밤새도록 와인을 마시며 토론하는 게 일상이었다. 그런 일상이 민규에게는 남다른 추억으로 다가

　　　　　　　　　　　　　　　　　　　나쁜 하나님

왔다. 물론 그 추억이란 것이 험악하고 날이 선 날카로움으로 돌변한 순간부터 지옥으로 변했지만 적어도 민규에게 뉴욕에서의 주거 공간은 티 나지 않은 아늑함이 묻어 있는 나름의 정을 가진 곳이었다.

하지만 이곳은 달랐다. 그래도 율주시는 서울이란 중심 수도에서 한참을 벗어난 변방이다. 민규는 흔히 혐오 시설로 알려진 폐기물처리장이나 방폐장 등이 밀집되어 있는, 친환경과는 거리가 먼 지역으로 인식된 곳이 율주라고 생각했다. 하지만 이런 그의 생각이 편견이라고 다그치기라도 하듯 시 한복판에 초고층 아파트가 자리 잡았다. 이곳 내부는 거대한 성채였다. 입구에 들어서기 전부터 일개 사단 병력을 연상케 하는 경호업체 직원들의 절도 넘치는 모습이 민규에게 아크로펠리스에 거주하는 입주민을 일종의 성채에 거주하는 귀족으로 대우하는 느낌을 안겨주었다.

몇 번의 바리케이드를 모두 통과하고 들어선 아크로펠리스 지상에서 고동식은 간단한 입주 소개와 인사를 끝냈다. 차의 키 홀더에서 꺼낸 카드 키 한 개를 민규에게 건네주면서.

"1804호로 들어가시면 됩니다."

카드키를 받아든 민규가 되물었다.

"이 카드 한 개면 다 되는 겁니까?"

"물론입니다. 그리고 차는 여기에 두고 가겠습니다."

"저 차를 타라고요?"

"기사 없이 직접 운전하길 희망하신다고 들어서요. 제가 만약 잘못 들은 거라면……."

고동식이 불안해하는 표정을 보였다. 민규는 고동식에게서 불안을 지워주기 위해 손짓까지 해 보이며 그의 말을 긍정했다.

"아니에요, 맞습니다. 운전기사가 있었던 적은 한 번도 없었습니다. 다만……."

"말씀하세요, 목사님."

"저 차가 너무 크고 화려해서."

차에서 내렸을 때 민규가 품었던 또 하나의 생각은 검은 중형 세단이 국산이 아닌 외국제란 점이었다. 생소한 엠블럼 탓에 한참을 망설였지만 얼마 가지 않아 그 차가 마이바흐인 것을 알았다. 뉴욕에서도 아주 가끔 본 고급 세단이었다. 민규가 부담스러워하는 모습을 보이자 고동식이 싱겁다는 듯한 말투로 민규의 우려를 일축했다.

"김의원님, 아니 김장로님께서 허락하신 성의입니다."

"아무리 성의라 하셔도……."

"목사님 명의로 된 것도 아닌데요. 부담 갖지 마세요."

명의가 아니라는 말을 꺼낼 때, 고동식의 입꼬리가 올라가며 옅은 미소가 흘러나왔다. 고동식의 말에서 아크로펠리스의 집도, 마이바흐 초대형 세단도, 그 모든 것이 민규의 것은 아니란 사실을 알려주고 싶은 의지가 느껴졌다.

민규는 고동식의 마음을 애써 무시하고 싶은 마음은 없었다. 그저 자신에게 주어진 자리로 돌아가 쉬고 싶은 마음뿐이었다. 뉴욕에서부터 시작된 태풍으로부터 이제는 정말 쉬고 싶었다.

8

민규는 쉽게 잠을 이루지 못했다. 대형 침대에 홀로 누워 커튼을 걷고 율주시를 넘어서서 경남 일대의 풍경과 산야가 검은 실루엣을 그리는 창밖을 가만히 보고 있자니 눈이 감기지 않았다. 잡다한 생각이 꼬리에 꼬리를 물고 이어졌다. 귀향에서 오는 기대와 막연한 불안이 교차했다.

그래도 시간은 지나갔다. 머릿속을 가득 채운 생각들, 우려 가득한 마음의 편린이 복잡하게 떠돌았지만 그래도 어김없이 시간은 밤을 향해 움직였다. 이른 새벽이 되어서야 민규의 눈도 감기기 시작했다. 민규는 이대로라면 깊은 잠에 빠질 수 있을 거란 기대에 사로잡혔다.

그렇게 얼마의 시간이 지났을까. 분명 깊이 잠들었다고 생각했는데, 나지막이 울리는 휴대폰 진동음에 침대에 누워 있던 민규의 몸이 반응했다. 기다렸다는 듯 진동음에 따라 몸을 일으킨 민규가 발신자 번호를 확인했다. 평범한 10자리 내외의 휴대폰 전화번호와 달리 길게 늘어진 낯선 번호, 저장되어 있지 않은 번호였다.

민규는 어둑하고 휑하게 텅 비어 있는 방 안, 침대 위에서 규칙적으로 울리기 시작하는 휴대폰 액정 속 번호를 예민하게 바라보며 어서 진동이 끝나길 기다렸다. 민규는 전화를 걸어오는 사람이 있어선 안 된다고 마음속으로 기도했다. 자신에게 전화할 사람은 자신의 한국행을 기뻐하며 눈물을 글썽이던 단 한 사람, 그의 홀어머니뿐이었다. 뉴욕한인교회에서 담임목사인 아들이 벌인 스캔들에 대해서 들어본 적 없는 민규의 어머니 양선희 권사는 아들의 급작스러운 담임목사직 사퇴를 이해할 수 없었고, 그만큼 애통해했다. 그러다 자신이 섬기던 율주제일교회로 아들이 전격 청빙되었다는 소식을 듣는 순간, 양권사는 아들의 고난에 하나님께서 보응해준 거라고 믿었다. 민규는 그런 어머니에게조차 자신이 언제 한국으로 들어온다는 이야기를 하기 힘들었다. 그랬기에 자신의 한국행에 관해 정확하게 아는 이들은 적어도 뉴욕에서는 아무도 없을 거라고 보았다.

쉽게 멈추지 않던 진동음이 잠시 가라앉았다. 민규는 새벽에 잘못 걸려온 전화일 거라 생각하기로 했다. 다시 몸을 뉘었다. 하지만 잠시 후, 다시 전화가 걸려왔다. 몸을 일으킨 민규의 눈에 방금 전과 같은 번호가 보였다.

세 번, 네 번. 생전 처음 보는 번호가 민규의 시야에서 벗어나지 않았다. 처음엔 대여섯 번 울리다 끊겨졌지만 이번엔 달랐다. 전화는 계속해서 울렸고, 번호 역시 계속해서 같은 번호였다. 진동이 멈추지 않고 이어지는 동안 민규의 시선은 문득 창밖을 향했다. 새벽 3시의 율주시에는 낮에 보았던 번화함이 남아 있지

나쁜 하나님

않았다. 다만 창밖을 집요하게 밝히는 불빛들이 마치 작은 점묘화처럼 촘촘히 어둠의 율주시를 수놓았다.

민규는 결국 전화를 받았다.

"여보세요."

낮게 깔린, 경계심 강한 목소리로 대응한 민규의 예상과 다르게 상대는 침묵했다. 민규가 재차 물었다.

"누구세요?"

"저예요, 목사님."

익숙한 그 목소리를 듣는 순간 민규의 온몸에 소름이 돋았다. 중년 여성의 목소리였다. 민규는 그녀가 누구인지 정확히 기억해냈다. 김, 연, 주. 그녀는 김연주였다. 뉴욕한인교회 성가대 객원 반주자 피아니스트 김연주.

이번에는 민규가 침묵했다. 김연주 입을 열었다.

"저예요, 연주. 기억하시죠?"

그녀를 어떻게 잊을 수 있겠는가. 순간 민규의 마음에서는 어쩔 수 없는 울분과 격동이 일었다. 그때 문득 민규는 침실 창문에 비친 자신의 얼굴을 정면으로 응시했다. 자신의 얼굴과 조응하는 순간, 낯설고 충격적이었던 모든 것이 자신의 얼굴 속에 고스란히 담겨 있었다. 통화 속 상대, 연주가 계속해서 말을 이었다.

"한국에 가신다는 말씀, 왜 안 하셨어요. 제가 모를 줄 아셨어요?"

"……"

"그래도 전화는 받으시네요. 목사님은 정말…… 아니, 민규 씨, 당신이란 사람……."

"그만하지."

"예?"

"이제 그만해도 되잖아."

말을 이어가는 민규의 목소리가 점점 떨렸다. 연주 역시 민규의 격정적인 떨림과 흥분을 함께했다.

"그만하고 싶은 건 제가 원하는 바예요. 하지만 멈추지 않았던 건 민규 씨, 당신이잖아요."

"민규 씨란 말 좀 집어치워!"

창가에 비친 민규의 얼굴이 점점 더 일그러졌다. 화를 내고 치를 떠는 자신과 마주할수록 민규는 스스로 괴로워 견디기 힘들었다. 민규가 스스로 흥분을 가라앉힌 뒤 조용하고 나지막하게 말을 이었다.

"소리 질러서 미안해."

"저도 죄송해요. 하지만 목사님."

"……."

"보고 싶어요, 목사님."

"……."

"목사님, 저 사랑한다고 하셨잖아요. 목사님…… 제발요……."

9

부임한 지 3년 만에 미국 내 한인교회 중 최대 규모를 자랑하는 뉴욕한인교회 담임목사 자리에 오른 민규의 미래는 그야말로 탄탄대로였다. 유니온신학대학 대학원에서 구약신학과 관련해 박사 학위까지 취득한 부임 10년차 담임목사인 민규는 모든 교인들의 자랑이었다. 민규의 동갑내기 아내와 청소년기를 맞이한 하나뿐인 딸 역시 남편과 아버지가 세상에서 가장 선하고 의로운 신의 선택받은 자녀란 자부심을 잃지 않았다.

완벽한 안정감이 지속될 줄만 알았다. 두 번째 안식년인 14년차가 되면 민규는 한국 교회로 화려하게 복귀해 남은 목회 활동을 한국 교회의 내적 부흥과 신학적 터 다지기로 헌신할 결심에 마음이 한껏 부풀어 있었다.

하지만 인생의 절정에는 아슬아슬하고 위태로운 유혹이 뒤따르는 법. 뉴욕한인교회에서의 신년 예배 때 모습을 드러낸 새로운 성가대 반주자 김연주가 그의 눈에 들어왔을 그때였다.

민규는 그녀를 처음 본 순간 말로는 표현하기 어려운 격정을 느꼈다. 한국인 최초로 맨하튼 음대 최연소 박사 출신이라는 이력이나, 허물어질 듯한, 그러면서도 타오르는 격정을 마음껏 쏟아부을 줄 아는 예술가란 사실이 민규의 마음을 흔든 건 아니었다. 그녀가 승승장구하던 화려한 이력 뒤편에 알코올중독자에다 룸펜에 지나지 않는 백인 남편으로부터 받아온 지속적인 학대를 견디다 못해 한 푼의 위자료도 받지 않고 이혼했다는 그 처연한 사정에 동정심이 생긴 것도 아니었다. 민규에게 김연주는 납득할 수 없는 충동, 그리고 사랑이었다. 민규는 갑자기 찾아온 사랑의 감정을 어떻게 처리해야 하는지 알 수 없었다. 한 번도 느껴보지 못한 감정이었다. 이래선 안 된다고 외치고 또 외쳤다. 하지만 그럴수록 민규는 늪에 빠지듯 김연주에게 빠져들었다.

처음 김연주는 흔들리는 자신의 감정을 직간접적으로 쏟아 놓는 민규에게 만류 의사를 분명히 피력했다.

'안 돼요. 더 이상은요. 목사님은 가정이 있는 분이잖아요.'

당연한 말이었다. 그녀의 그 말 앞에서 민규는 더 이상 말을 잇지 못했다. 그 부적절한 사랑의 감정을 고백하고 난 뒤, 둘 사이엔 오랜 침묵이 흘렀다. 침묵을 다시 깬 것은 다른 누구도 아닌 민규, 그 자신이었다.

'이뤄질 수 없다는 거 잘 알고 있소. 이래선 안 된다는 것도. 하지만, 고백이라도 해두지 않으면 안 될 것 같아서.'

고백의 본질은 민규 그 자신조차도 해명하거나 설명할 수 있는 성질의 것이 아니었다. 사랑한다는 감정을 고백해서 뭘 어떻게 해야 할지 막막하기만 했다. 그렇지만 민규는 끝내 그 고백을 연주에게 하고 말았다. 자신이 어찌 할 수 없고, 이후의 길이 어떤 길일지는 확신할 수 없었지만, 그럼에도 민규는 연주에게 자신의 사랑을 고백했고, 연주는 당연히 거절했다. 정중하지만 안쓰러운 마음을 가득 담아. 그렇게 둘 사이의 관계는 일단락되는 듯했다.

하지만 민규가 부임 14주년을 맞이하던 고난주간의 어느 날, 교인 전체가 고난주간을 맞이해 예수의 고난을 함께 애통해하는 기도의 시간을 보내던 그날, 정염의 불꽃은 전혀 예측할 수 없는 곳에서 다시 점화되었다.

불씨가 타오른 것은 이번엔 김연주로부터였다.

고난주간의 밤을 보내고 새벽 여명을 맞이하던 성 금요일의 깊은 밤, 기도하던 교인이 모두 떠난 뒤에도 홀로 남아 통곡의 기도를 드리던 한 여자가 있었다. 바로 김연주였다. 그 모습을 교회 문밖에서 지켜보던 이는 담임목사 정민규였다. 민규는 지금까지 한 번도 그런 모습을 본 적이 없었다. 저토록, 생살을 도려낼 정도로 아프고 시리게 울먹이며 기도하는 여자의 모습을 본 적이 있었던가. 천사와 악마가 민규의 심장을 동시에 두들겼다. 미국 땅에서 외로이, 누구의 도움도 받지 못한 채 피아노 공부를 하며, 남편으로부터도 버림받은 처절한 고독을 밤새도록 쏟아내던 한 여자, 그녀가 오열을 그치고 장의자에서 일어서서 뒤돌았을 때, 내내 자신을 지켜보고 섰던 민규를 발견했고, 두 남녀는 누가 먼저랄 것도 없이 서로를 탐하고 말았다. 민규는 자신의 해명 불가한 감정을 연주란 이성을 거칠게 끌어안는 것으로 대신했다. 연주는 자신의 고독을 위로해주는 유일한 대상이 민규 외에 영원히 존재하지 않을 거란 두려움에 그의 품에서 벗어나려 하지 않았다.

둘에게 사랑을 나누는 장소가 고난주간, 성 금요일의 기도 처소란 사실은 금기가 될 수 없었다. 둘은 그렇게 서로를 안았고 사랑을 확인했다. 둘은 그 사랑이 진실된 사랑이라 믿었다. 연주는 민규에게서 발견한 사랑을 영원히 간직하고 싶었다. 그러나 연주로부터 사랑을 확인받은 민규는 조금씩 두렵고 강한 사랑의 균열을 경험했다. 하루가 멀다 하고 교회, 모텔, 카페, 때와 장소를 가리지 않고 벌이는 정염과 욕망의 확인이 더 깊고 자극적으로 파고들면 파고들수록 민규는 연주와의 짙어지는 관계를 부담스럽게 받아들였다. 무엇보다 돌아오는 안식년 때, 한국에 명망 있는 중형 교회로의 담임목사 청빙을 기대하던 민규로서는 자신의 목회 인생에 어떤 오점도 남기고 싶지 않았다. 어느새 민규의 마음은 연주와의 관계를 부적절한 오점으로 여기고 있었다.

민규는 그렇게 연주와의 관계를 정리하고자 했다. 시간이 갈수록 자신에게 강하게 집착하는 연주와의 관계를 아름다운 이별로 마무리하고자 했다. 연주도 이해한다고 했다. 하지만 헤어질 준비가 안 되었으니 마지막으로 사랑을 확인했으면 좋겠다고 했다. 마지막 애무, 마지막 섹스, 마지막 사랑을 신열身熱의 의식처럼 치르고 나면 찜찜하고 껄끄러운 오점으로부터 해방될 거라고 민규는 믿었다. 하지만 그것을 오점으로 생각하고 불안해하던 마음이 결국 수습할 수 없는 파국을 낳고 말았다.

마지막 섹스 장소로 새벽, 교회 부속실 중 하나인 교회 교육관을 선택한 두 남녀의 벗은 알몸을 목격한 이가 있었다. 민규의 아내였다. 그녀의 눈에 비친 남편과 다른 여자의 벗은 몸. 그 몸에서 씻을 수 없는 피고름이 흘러내렸다. 민규 아내의 눈에 비친 둘의 벗은 몸은 분명 그랬다.

10

"지금도 후회하고 있어요?"

연주가 거듭 물었다.

"그때 일을 후회하느냐고 물었어요."

"그게 뭐가 중요해. 우리에게 지금 중요한 건 주어진 현실이야."

"목사님, 저한테는 지금 이 현실이 아무 의미가 없어요."

"연주 씨, 제발 이러지 마. 이제 난 당신에게 해줄 수 있는 게 아무것도 없어."

"목사님에게 뭘 바라는 게 아니에요. 사실, 저, 목사님에게 미안한 마음도 있어요. 아니, 정말 모르겠어요. 하루에도 수십 번씩 감정이 파도쳐 견딜 수가 없어요. 내 머릿속은 온통 목사님에 대한 생각으로만 가득 차 있어요. 내 남은 인생이 목사님이 날 기쁘게 한 순간, 아프게 한 순간, 날 힘들고 병들게 했지만, 그래도 마냥 황홀한 순간들로만 채워질 것 같아요. 그게 너무 무서워요."

"연주……."

"그래도 다행이에요."

"뭐가?"

"원하는 바를 이뤘잖아요."

"……."

"들었어요. 율주제일교회의 담임목사로 청빙 받아 가신 거라면서요?"

연주의 그 말엔 절반의 진심에서 비롯된 축하와 동시에 절반의 원망이 담겨 있었다. 그녀의 절박함이 민규의 귀와 심장에 오롯이 전달되었지만 민규는 단호하게 마음먹었다.

'이제는 끝내야 한다. 다 잃었고, 다 태워버렸다. 더 이상 뭘 기대한단 말인가.'

"연주 씨도 알다시피 난 이미 모든 걸 잃었어. 당신과의 스캔들 이후, 아내로부터 이혼당했고, 뉴욕한인교회에서는 불명예 사퇴할 수밖에 없었어. 그동안 함께했던 교인들의 얼굴을 더 이상 쳐다볼 수 없게 되었고, 아내와 딸, 장인 목사님과 장모님과는 어쩌면 영원히 마주할 수 없을지도 몰라. 이런 내가 원하는 걸 이루었다고? 지금 농담해?"

지금 누구에게 화풀이를 하는 걸까. 언성이 높아진 민규가 잠시 말을 멈추고 숨을 골랐다. 연주의 침묵도 이어졌다. 사과를 하고 싶었지만 민규는 그렇게 하지 못했다. 가만히 연주의 말을 기다렸다. 하지만 이어지는 연주의 목소리는 말이 아니라 바닥을 긁는 호소였다.

"미안해요, 목사님."

"……그런 말 마. 내가 현실을 이야기한 건 우리 서로를 위한 최선을 말한 거야. 그뿐이야."

"제가 정말 미안한 게 뭔지 아세요?"

짧은 침묵 끝에 연주의 말이 전해졌다.

"아직도 목사님을 잊지 못한다는 사실이에요."

이어지는 그녀의 흐느낌이 들려오는 순간, 민규는 그날 그때의 기억으로 되돌아갔다. 고난주간 성 금요일의 새벽, 인생의 마지막에서, 영혼의 모든 것이 태워 없어질 듯한 절규의 바닥과 마주하던 연주를 바라보던 그때……

'만약 그때로 돌아간다면, 오열하던 그때의 연주와 마주한다면 난 어떤 선택을 했을까. 난 어디로 갔을까. 지금은 나, 어디에 있을까.'

민규의 기억은 그 순간의 절박함에서 쾌락과 정염으로 달아오르던 벗은 몸의 한순간으로 이행되었다. 민규는 창문에 비친 자신의 모습을 지켜봤다. 그 몸은 욕망을 주체하지 못하고 날뛰던 비루하고 초라한 중년 남자의 몸에 불과했다.

그 후로도 오랫동안 연주의 흐느낌은 계속되었다. 민규 또한 전화를 끊지 않았다. 울고 또 우는 연주의 통곡 너머로 내내 시달리던 정염과 욕망, 자신의 비겁함을 향한 안타까움이 뒤엉켰지만, 민규는 전화를 끊지 않았다.

그렇게 한국에서의 긴 하룻밤이 지나갔다.

소돔의
시간

11

새롭게 맞이한 율주에서의 주일 예배, 주일 첫 설교를 맡은 민규가 맞이하게 된 그 주간은 고난주간이었다. 민규는 작년 뉴욕에서의 고난주간 악몽을 잊으려 애쓰며 제공받은 사택에 틀어박혀 설교 준비에만 몰두했다. 금요일과 토요일 내내 성서를 들여다보는 일에 집중하다 보니 잡념을 잊을 수 있어 좋았다. 성서의 깊이에 집중하는 것이 얼마 만인가. 작년 스캔들 문제가 생긴 이후로 민규에게 있어 성서는 불편하기만 한 도덕 교과서로 다가왔다. 뉴욕 교회에서의 주일 예배 때 강대상 위에 올라서서 교인들을 바라볼 때마다 마음에 커다란 돌을 얹혀놓은 기분이었다. 설교를 위해 입을 열 때면 설교의 말들이 자신에게 비수가 되어 돌아왔다.

그렇게 설교 준비에 몰두한 뒤 올라서게 된 율주제일교회에서의 첫 설교. 이전보다 더한층 높아진 강대상이 민규를 긴장하게 했다. 강대상 높이가 14년 전보다 훨씬 더 높아져 있었다. 솟은 바위처럼 올라서 있는 강대상 위에서 내려다본 예배 공간은 낯설었다.

　　　　　　　　　　　　　　　　　　나쁜 하나님

돌이켜보니 민규는 한 번도 이 높은 곳에 올라선 적이 없었다. 강대상이 아닌 피아노가 놓여 있는 넓은 단상 위에는 찬양 인도를 위해 자주 오르곤 했지만 대형 파이프 오르간을 등지고 높게 솟은 강대상 위에 오르는 것은 한 번도 경험해보지 못했던 것이다.

　소문에 듣기로 아니 공식적으로 기록된 사항만으로도 14년 동안 담임목사만 아홉 명이 교체되는 우여곡절을 겪었다고 했다. 율주제일교회의 초대 개척자였던 유재환 목사를 제외하고는 10년은 고사하고 5년 이상 교회를 맡아 이끌어 온 목사가 한 명도 없었던 것이다. 어떤 이유에서 청빙된 목사들의 잦은 교체가 이뤄졌는지는 일종의 불문율처럼 베일에 가려져 있었다. 장로회의의 무언의 압력이란 말이 왕왕 있었지만 그 역시 증명된 바 없었다.

　그렇게 잦은 담임목사 사임과 새로운 청빙이 계속될 때마다 약속이라도 한 것처럼 설교단의 높이도 조금씩 올라갔다. 공식적으로 율주제일교회 10대 담임목사로 청빙된 민규가 올라서게 된 설교단은 담임목사의 교체가 있을 때마다 조금씩 더 높아진, 상승의 전리품이었다. 그 전리품 위에 올라선 민규는 순간 숨이 막혔다. 한 교회의 카리스마를 담임목사가 대표해야 한다는 강박이 낳은 구조물, 높이 솟은 설교단은 도리어 그 자리에 오른 이에게 콜로세움에 홀로 갇혀버린 채 생존을 걱정해야 하는 노예 검투사의 심정을 갖게 했다. 언제든 죽어 없어져도 이상할 게 없는 노예, 거대하고 막막한 콜로세움에 갇혀버린 노예를 지켜보는 건 익명의 군중이었다. 천여 명이 수용 가능한 대예배실을 가득 메운, 지방 소도시 단위로는 가장 큰 인적 규모를 자랑하는 율주제일교회의 교인들이 숨조차 제대로 쉬지 않는 혹독한 침묵, 그 기다림으로 민규를 바라봤다. 민규는 수많은 교인들의 시선이, 갇힌 콜로세움에서 맹수들과 맞서 싸우는 노예를 지켜보며 조용한 쾌락과 흥분에 들떠 있는 시선으로만 느껴졌다.

홀로 떨어진 외기러기가 된 듯한 느낌을 민규는 어떻게 해소해야 할지 몰랐다.

그럼에도 민규의 시선에 분명히 들어오는 한 사람이 있었다. 어머니 양권사였다. 가장 앞자리에 앉아 있는 양권사는 기도 시간이 아니었음에도 고개를 숙인 채 두 손을 모아 아들의 설교를 위해 기도했다.

'어머니는 무슨 생각을 하고 있을까. 내가 이곳을 거쳐간 목사들과는 다른 힘을 갖기를 바라실 거다.'

그러나 민규의 머릿속은 캄캄했다. 이틀 내내 준비해 두었던 설교문을 아무리 똑바로 들여다보려 해도 이상하게 용기가 나지 않았다. 좀처럼 풀어내기 어려운 두려움이었다.

설교 시간 내내 민규는 입으로는 설교 원고를 읽어 내려갔지만 두 눈으로는 그 어떤 것도 제대로 보이지 않았고 느낄 수 없었다. 영혼을 잃어버린 기계가 된 기분이었다.

그럼에도 시간은 어김없이 흘렀고, 설교도 끝이 났다. 민규는 그 높은 강대상에서 내려온 뒤에야 대예배실의 풍경을 보다 명확하고 평안하게 살필 수 있었다. 무엇보다 궁금한 건 교인들의 반응이었다. 자신조차 무슨 얘기를 했는지 알아들을 수 없었던 설교에 어떻게 반응할지 그 표정을 살피고 싶었다.

하지만 더한 의문부호만이 따라붙었다. 데스마스크처럼 장의자에 앉아 있는 교인들에게선 어떤 표정의 변화도 읽을 수 없었다.

12

　민규가 목사로 취임한 뒤 가장 정신없고 어지럽던 설교였다. 어떻게 강대상 아래로 내려왔는지도 모를 정도였다.

　'이렇게까지 긴장해야 할 이유가 있을까.'

　설교를 마치고 대기석 자리로 돌아온 민규의 머릿속엔 그와 같은 자문이 떠돌았다.

　민규의 설교가 끝나자 헌금을 위한 찬송이 이어졌다. 파이프 오르간 연주가 시작됨과 동시에 성가대석에 앉아 있던 성가대원이 일제히 일어났다. 그리고 한목소리로 봉헌의 감격을 알리는 헌금 찬송을 시작했다.

　이 순간, 민규는 율주제일교회의 예배 중 가장 중요하게 생각하는 핵심이 어디인지를 간파했다. 헌금 찬송이 화려하게 이어지는 동안 대예배실 정문이 열렸다. 이윽고 정장 차림의 헌금위원들이 일제히 예배실 안으로 들어섰다. 그들의 손이 쥐고 있는, 십자가 자수가 수놓아져 있는 붉은색 헌금통이 장의자에 앉은 교인들 사이사이 어느 한 명 빼놓지 않고 훑고 지나갔다. 그사이 찬송은 더 높은 곳에 있는 신을 향한 절정의 감격을 쏟아내었다.

　민규는 교인들의 눈빛이나 표정을 제대로 살필 순 없었다. 대신 일사불란하게 움직이는 헌금위원들의 움직임, 검붉은 헌금통의 규칙적인 이동, 헌금통 안으로 무언가에 빨려들듯이 파고드는 교인들의 새하얗거나 적당히 태워진 손등이나 팔만 보였다. 민규는 연신 식은땀을 닦으며 마음속으로 다짐했다.

'감상적인 생각은 그만두자. 교회가 어떻게 굴러가든 내가 상관할 바 아니야. 난 어차피 장로회의에 의해 추대된 청빙 목사다. 흐르는 물처럼, 바위틈에 스민 이끼처럼 그저 엎드리자.'

헌금 순서가 끝나고 강대상보다 한참 아래 있는 보조 강단에 한 사람이 걸어 올라왔다. 우측 끝자리에 앉아 있던 남자는 다른 이들과는 달랐다. 주의 깊게 살피면 지독한 거만함이 느껴질 정도로 느긋한 걸음걸이를 뽐내며 강단으로 올라섰다. 강단에 올라선 남자는 마이크 높이를 조정하며 교인들을 둘러봤다. 민규는 남자가 무슨 말을 할지 유심히 살폈다. 순서지를 보면 헌금 찬송 다음에 헌금 기도가, 그 이후 교회 소식란이 있었다. 기도와 교회 소식란의 참여자 이름이 민규의 눈에 들어왔다. 김인철 장로였다.

김인철 장로는 검게 염색한 숱 많은 머리를 하고 있어 정확한 나이를 가늠하기 어려웠다. 언뜻 보기엔 오십대로 보였지만 군림하듯 교인들을 바라보는 태도, 마이크 높낮이를 조절한 뒤 보이는 발언들로 미루어보면 노욕으로 가득한 칠십대의 원로로도 보였다. 중요한 건 김인철 장로의 외모가 가진 특성이 아니었다. 그의 태도였다. 강단에 올라선 김인철 장로가 뱉어낸 일성은 다음의 말부터였다. 말이라기보단 엄포에 가까웠다.

"기도는 생략하겠습니다. 괜찮겠죠?"

그의 말투는 교인들의 동의를 구하는 성질이 아니었다. 교인들도 모두 아무 반응을 보이지 않았다. 민규의 눈에 거부도 동의도 하지 않는 그들은 어떤 자극에도 반응하지 않는 사물 같았다. 거룩한 경외심을 지속하려는 교인들의 표정과 절제된 동작은 대예배실 천창과 벽면 창문을 화려하고 웅장하게 장식한 스테인드글라스 벽화를 보는 것 같은 느낌이었다.

그렇게 강압적인 경외심에 사로잡힌 교인들을 둘러본 김인철은 헛기침 한번 크게 한 뒤 강단 대기 의자에 앉은 민규를 뒤돌아봤다. 처음으로 김인철 장로와 민규의 눈이 마주친 순간이었다.

민규를 바라보는 김인철의 시선은 한마디로 무정했다. 자신과 같은 부류의 짐승을 바라보는 야수의 눈빛이었다. 비약이 담긴 추측이지만 김인철과 눈이 마주친 순간 민규는 양육강식 세계에서 처음부터 김인철의 하위 종임이 결정되었다는 강한 위계의식에 사로잡혔다. 언제든 이유 없이 잡아먹힐 수 있다는 공포가 민규의 정신과 몸 전체를 뱀처럼 휘어 감았다. 민규는 김인철의 섬뜩한 광기에 본능적으로 시선을 피했다. 민규를 지켜보던 김인철의 시선이 다시 순하고 고분고분한 어린 양과 같은 교인들에게 향했다.

"이번 주부터 우리 교회가 한 단계 도약하는 기회를 맞이했습니다."

이어지는 헛기침. 김인철의 요란한 헛기침이 마이크 바로 앞에서 부딪히듯 터져 나온 탓에 마이크에선 갑작스러운 잡음이 일어났다. 김인철은 개의치 않고 말을 이었다.

"율주제일교회의 새로운 목사를 모십니다. 정민규 목사님이십니다."

김인철의 소개를 받은 민규가 엉겁결에 자리에서 일어나 인사했다. 교인들 중에 가장 열렬히 감격적으로 민규를 받아들이는 이는 단 한 명, 그의 어머니 양권사밖에 없어 보였다.

어색한 인사를 하던 때, 민규는 다시 한번 11시 대예배에 참석한 교인들의 면면을 살필 수 있었다. 그 순간 그의 시선을 붙잡는 한 명이 보였다. 시선의 붙잡힘은 어쩔 수 없는 본능에 가까웠다.

내내 긴장했던 탓에 보지 못했던 자리, 파이프 오르간이 위치한 강대상 뒤편이었다. 대기 의자에서 일어나 둘러보고서야 겨우 눈에 들어온 파이프 오르간 연주자의 모습이 민규의 시선에 와 박혔다. 피아노 반주자에 대한 두려움 탓에 눈도 돌리지 않았던 그였지만, 그녀, 율주제일교회의 파이프 오르간 연주자 앞에서는 어떤 두려움도, 머릿속 계산도, 주위 시선도 의식하지 않는 대범함이 민규에게 허락되었다. 인사를 마친 뒤 자리에 앉은 민규는 그녀의 이름을 입가에 담아 중얼거렸다.

"김정은…… 정은이구나……."

13

"한번 보시죠."

민규 앞을 앞장서서 걷던 김인철이 어딘가로 들어갔다.

예배가 끝난 뒤 김인철은 강단 뒤편에 마련된 대예배실을 나오면 바로 연결되는 귀빈용 엘리베이터에 올랐다. 그리고 그가 멈춘 곳은 5층 교육관실이었다. 하지만 교육관실이란 기억은 민규 혼자만이 품은 오래된 기억이었다.

민규는 중고등학교 시절을 거의 교회에서 지냈다. 그것도 율주제일교회에서의 추억만이 민규의 조금은 지루한 학창시절을 메워주었다. 교회 학교에서부터 시작해 주일 학교 교사, 대예배 이후 성경 공부에서부터 청소년 특별 찬양 예배까지. 민규는 교회가 싫지 않았다. 공부를 열심히 하지 않아도, 부자가 아니어도, 교회에서는 그런 조건들이 흠이 되지 않았다. 어렸을 적 일찍이 아버지를 잃고 가난과 외로움을 겪어야 했던 민규에게 교회는 위로의 장소였다. 또한 교회는 자신을 지탱하게 해주는 존재 의미와 같은 곳이었다. 그런 민규의 아지트는 늘 이곳, 5층 교육관실이었다. 당시 명목은 교육관실이었지만 폐허처럼 남겨진 커

나쁜 하나님

다란 다락방 같은 공간이었다. 각종 건축 법규 때문에 증축 공사가 더디게만 진행되고 있었던 탓이다. 약간은 낮은 천장이 돋보이는, 늦은 오후만 되면 석양의 붉은 빛살이 스테인드글라스 창문 틈새를 뚫고 파고드는 매혹적 운치로 가득한 5층의 기억이 민규를 설핏 미소 짓게 했다. 동시에 자연스럽게 떠오르는 한 사람, 대예배 때 보았던 김정은에 대한 기억도 떠올랐다. 동갑내기 고등부 찬양부 회장과 부회장이던 둘은 일요일, 모든 공식적인 행사를 마치면 공사 중이던 이곳 5층에 올라와 날이 저물 때까지 함께 있었다.

14년이 지난 지금, 다시 찾은 5층은 완전히 달라져 있었다. 천장은 훨씬 더 높아졌고 공간도 확장되었다. 무엇보다 이제 이전처럼 여러 건축법적 문제로 어려움을 겪던 곳이 아니었다. 한눈에 보기에도 화려한 외관을 과시하는 인테리어가 돋보이는 공간이었다. 그중에서도 김인철이 민규를 데리고 들어간 곳은 5층의 다른 공간과도 확실히 차별되었다. 벽 전체가 화려하고 고가의 대리석으로 세련되게 마감된 사면 벽면에 모던한 디자인이 돋보였다. 먼저 들어선 김인철은 곧이어 민규를 데리고 들어왔다. 공간 안으로 들어오기 전 민규는 이곳의 정확한 명칭을 먼저 확인했다.

'담임목사 집무실'

"맘에 드십니까? 담임목사님."

부러 그러는 걸까. 김인철은 집무실 책상 위에 미리 마련해 놓은 명패에 적힌 '담임목사 정민규'란 명패를 다시 한번 확인하면서 담임목사 호칭을 강조했다. 민규는 어색하게 웃음 지으며 답했다. 집무실이라 이름 지은, 스무 평은 훨씬 넘어 보이는 공간을 크게 둘러보며.

"당연히 맘에 듭니다. 과분할 정도예요."

"과분하다뇨. 율주를 대표하는 정신적 지주인 교회 담임목사를 모시는 곳인데 이 정도 모양새는 갖춰 놔야죠."

김인철이 말하는 동안 밖이 소란스러워졌다. 일사불란하게 움직이는 구두굽 소리였다. 한두 사람의 발소리가 아니었다. 굽소리는 점점 커졌고, 곧이어 열린 집무실 문 사이로 양복 차림의 교인들이 대열을 갖춰 섰다. 그들 모두 방금 전 예배를 함께하던 헌금위원들과 대표 기도 등을 예배 순서 때 나눠 진행하던 교회 장로들이었다. 민규는 그들 중 한 명을 알아봤다. 고동식이었다.

김인철이 그들을 보며 중간에 서 있는 고동식을 향해 손짓했다.

"왜 그러고 서 계십니까? 어서 들어오라고 해요."

김인철의 손짓이 신호가 되었다. 문가에 서 있던 사람들이 기민하게 움직이며 집무실 안으로 들어섰다. 손님 접대용 소파는 넓고 컸다. 넉넉히 양옆으로 여덟 명 이상은 앉을 수 있었다. 하지만 문 안팎으로 서 있기만 할 뿐, 소파에 앉은 건 김인철과 민규 둘뿐이었다. 민규가 엉겁결에 자리에서 일어설 뻔했다. 김인철이 손짓으로 제지하지 않았다면 분명 일어섰을 것이다. 엘리베이터가 아닌 계단을 이용해 5층까지 빠른 걸음으로 올라온 교인들이 민규를 향해 예의를 갖춰 인사를 했기 때문이다. 김인철이 그들을 한데 묶어 설명했다.

"저희 교회 장로, 안수집사 일동입니다. 인사 받으시죠."

김인철이 보인 무언의 압박에 짓눌렸던 걸까. 민규는 끝내 자리에서 일어서지 못한 채 인사했다. 그들 중엔 민규의 눈에 익숙하게 들어오는 이도 있었다. 어렸을 적부터 보아왔던, 어머니 양권사와 잘 알고 지내던 동네 사람들도 있었다. 김인철이 민규에게 말을 건넸다.

"이번에 목사님을 모시는 데 힘을 다한 이들입니다."

"감사합니다."

김인철의 공치사에 민규는 한마디 반발도 하지 않았다. 청빙의 경위나 이유를 묻거나 할 수 있는 의지 자체가 민규에겐 남아 있지 않았다. 민규는 잘 알고 있었다. 자신 앞에서 여보란 듯족히 수십 명의 장로와 안수집사들의 줄을 세운 이유를. 김인철은 민규에게 압박을 실감케 하는 짧은 한마디를 남겼다.

"목사님."

"예, 말씀하시죠."

"앞으로 잘 부탁드립니다."

김인철이 손을 내밀어 악수를 청했다. 민규는 별 망설임 없이 그 손을 잡았다. 그리고 이어지는 김인철의 서늘한 미소를 지켜보았다. 김인철이 말했다.

"목사님은 좀 말이 통할 것 같네요."

"예?"

"오늘은 저녁 같이 드십시다. 지난번에 결례도 씻는 겸 해서."

"아닙니다. 괜찮습니다."

"내가 괜찮지 않아서 그렇습니다. 지난번에 그…… 싱싱한 게 많은 그곳으로 가시죠."

14

"사실 난 하나님이니 예수니 하는 말들이 제일 듣기 싫소."

도코모토 2층. 14년 만에 귀국한 첫날, 민규에게 시린 낯섦을 안겨다준 특실이었다. 저녁을 대접한다고 민규를 데리고 온 김인철이 식사를 기다리며 꺼낸 첫 마디였다. '제일 싫다'는 말에 민규는 고개 들어 맞은편에 앉은 김인철을 바라봤다. 뜨거운 차를 한 모금 삼킨 김인철이 말을 이었다. 민규를 향해 소름 끼치는 웃음을 함께 흘리며.

"지루하잖아. 사랑, 평화, 용서, 이게 도대체 오늘 우리 사는 세상에서 무슨 소용이야. 안 그렇소?"

"……."

"게다가 설상가상 십자가? 희생?"

민규가 확인한 김인철의 표정엔 진심 어린 역겨움이 묻어 있었다. 그 대상이 누굴까. 누구를 향한 역겨움일까. 민규는 차마 김인철과 눈을 마주할 수 없었다. 본능으로 충만한, 대상을 확정할 수 없는 일상적 분노에 사로잡힌 김인철의 눈은 민규의 눈에 분명 사람의 눈동자가 아닌 독기에 찬 맹수의 눈으로 보였다.

김인철의 시선을 피한 건 민규만이 아니었다. 김인철이 최대한, 더 정확히 말해 일방적으로 데리고 온 율주제일교회의 장로회 핵심 장로들이 함께하는 자리였다. 민규의 눈에 익숙하게 들어온 고동식은 나이 지긋한 장로회 일원에서 스스로 한 걸음 물러선 끝자리에 앉아 서빙하는 종업원들에게 지시하는 데 바빴다.

"목사님, 당신이 날 어떻게 생각하든 솔직히 관심 없습니다. 술이나 붓고 계집이나 밝히는 방탕한 그 뭐야…… 무너진 탕아로 볼지도 모르죠."

김인철이 정식 요리가 나오기도 전에 스스로 자신의 술잔에 사케를 따라 한 잔 마셨다. 그러고는 바로 자신이 비운 잔을 민규에게 건넸다. 순간 민규가 주위를 둘러봤다. 반백의 머리와 그 나이대에 봄 직한 검버섯과 주름 가득한 장로들은 부러 민규를 바라보지 않았다. 자신의 자리에 놓인 찬거리나 스푼으로 낫또를 퍼 먹는 데 분주했다.

민규가 망설이자 김인철이 쓴웃음을 지으며 건넨 잔을 다시 자신의 자리에 내려놓았다. 그리고 사케를 한 잔 따르고는 자작했다.

"사람들은 내가 아버지 빽 믿고 꽃길만 걸었다고 생각하는데, 천만의 말씀이야. 우리 잘난 아버지 김보선 장로가 어떻게 4선 코앞에서 물먹었는 줄 잘 알 거 아니요, 응? 여기 있는 장로님들, 말씀 좀 해보세요."

김인철은 취하지 않다. 연속 석 잔을 빠른 속도로 털어 넣긴 했지만 독충을 닮은 그의 눈동자는 선명하게 번들거렸다.

장로들은 좌불안석이었다. 민규가 보기엔 분명 그랬다. 하지만 뭐랄까. 이곳 도코모토에서의 술자리가 빨리 작파하기를 고대하는 염증의 태도는 느껴지지 않았다. 분명 김인철이 날카로운 독설을 날리는 대상이 자신들인 것 같은데도 불구하고, 그래서 한사코 김인철의 독설을 피하려 애쓰는 건 분명한데도 장로들은 김인철이 따로 마련해 둔 성찬을 기다리는 애증 섞인 갈망에 몸이 달아 있었다. 민규의 눈엔 그들의 미련이 또렷하게 보였다. 김인철의 푸념, 강한 한풀이성 성격의 말들이 거침없이 이어졌다.

"비리 의원으로 낙인찍힌 아버지 그늘에서 벗어나려고 내가 얼마나 개지랄 떨었는지 생각하면 지금도 피가 거꾸로 솟아……."

"……."

"그런데 말이요, 목사님. 아니 정목사."

"……."

"이런 열악한 환경을 딛고 내가 이곳 율주에서만 국회의원 노릇한 지 벌써 12년째요. 율주시장 한 것까지 합치면 14년을 율주시 왕으로 살았다고. 알아듣겠소!"

그때였다. 마치 때를 기다렸다는 듯이 2층 귀빈석의 미닫이문이 열렸다. 한옥식 형태로 마련된 미닫이문 다섯 개가 일제히 열리자 민규의 눈과 코로 끔찍할 정도의 강한 이미지와 향취가 파고들었다.

일식집 도코모토의 벽마다 꾸역꾸역 채워 넣은 춘화의 주인공, 유난히 하얀 피부에 붉은 입술이 돋보이는 게이샤를 닮은 열명 남짓한 여자들이 귀빈석 안으로 들어왔다. 이후 여자들은 약속이라도 한 듯 이미 지정된 자신의 자리를 찾아 신속하게 앉기 시작했다. 민규의 옆에도 부드럽게 찰랑거리는 생머리에 유난히 큰 키가 돋보이는 여자가 깍듯이 인사하며 옆자리에 앉았다. 민규의 옆에 접대부가 앉는 때와 맞춰 김인철이 소리치듯 말했다.

"내가 만약 사랑, 용서, 십자가…… 그딴 말랭이나 외치고 있었다면 과연 버틸 수 있을 거라고 생각해요? 절대 아니야. 이 시대는 말이요, 악마가 필요해. 강하고 독한 악마 말이야!"

'악마'란 두 글자를 힘주어 말하는 순간, 김인철과 민규의 자리에 커다란 도미 한 마리가 등장했다. 김인철이 난도질당한 도미를 바라보며 말을 이었다.

"그 악마가 율주시를 살기 좋은 지방 자치도시 영순위로 만들었고, 그 악마가 가난과 무식에 찌든 율주 촌놈들을 남부럽지 않은 벼락부자로 만들었어. 그 악마가 말이야!"

이후 침묵이 흘렀다. 민규는 아무 말도 할 수 없었다. 여성 접대부들도 침묵 속에서 오직 한 사람, 김인철의 결단만을 기다렸다.

깊은 한숨을 내쉰 김인철이 다시 일상의 표정으로 돌아왔다. 그러고는 무언의 경고처럼 도미 생선의 한 토막을 민규의 접시 위에 올려놓으며 한마디했다. 부탁의 말이지만 결국 그것은 경고였다.

"그러니 나한테 앞으로 기도 같은 건 시키지 마쇼."

15

민규는 술을 마실 수가 없었다. 특별한 종교적 신념 때문에 마실 수 없는 게 아니었다. 바로 옆에 앉은 여자의 지분 냄새가 너무 짙었다. 이른바 매음의 냄새가 가혹할 정도로 거센 탓에 머리가 아파 견딜 수가 없었다.

민규가 눈을 들어 일식집 귀빈실을 크게 둘러봤다. 방 안엔 고즈넉한 일본 전통 음악이 흘러나왔다. 모여 있는 율주제일교회 핵심 장로들은 해맑게 키득거리며 자신들에게 할당된 쾌락에 빠져 있었다.

전형적인 한국 사회를 경험한 한국 남자들의 술자리에 익숙한 사람이라면 이런 분위기에 어느 정도 익숙할 것이다. 하지만 민규는 이들의 풍경이 너무나 낯설었다. 자신에게 어떤 무례한 행동을 해도 웃기만 하는 젊은 여자들, 그렇게 젊은 여자들을 곁에 두고 그녀들이 따라주는 술을 받아 마시며 아주 잠시, 왕이 된 듯한 유치한 공상에 사로잡힌 남자들을 바라보는 건 민규에겐 견디기 힘든 역겨움이었다. 거기에 덧붙여지는 알아들을 수도 없이 저속한 음담패설. 민규는 한 잔의 술도 넘기지 못했다.

그의 옆에 앉은 여자는 내내 불안해했다. 민규의 굳고 경직된 표정에 그녀는 안절부절못했다. 자신이 술을 따를 기회를 얻지 못한 것에 대해 안타까워하는 기색이 민규에게 전해졌다. 여자가 말문을 열었다.

"안 드세요?"

민규가 대꾸 없이 손을 저었다. 여자가 말을 이었다.

"혹시 제가…… 싫으세요?"

그 말을 들은 민규의 시선이 본능적으로 바로 앞을 향했다. 맞은편에 앉은 김인철이 보였다. 김인철은 여자와 민규의 상황을 보고 있으면서도 모른 척했다. 그는 자신의 자리 앞에 놓인 도미 생선 발라 먹는 데에만 집중했다. 김인철의 곁엔 오히려 여자가 앉지 않았다. 그는 자신의 물량 공세에 흠뻑 취해버린 장로들의 꼴사나움을 관음증 환자처럼 관조하는 데 몰두했다. 민규가 김인철을 바라보며 여자에게 말했다.

"마음에 들고 안 들고가 아니에요. 이렇게 버티는 게 괴로워서……."

민규가 술잔 대신 물잔을 들고 벌컥벌컥 들이켰다. 그런 뒤 여자를 보며 말했다. 그때 민규는 처음으로 여자의 얼굴을 제대로 볼 수 있었다. 진한 메이크업 속에 가려졌을 뿐 풋풋한 얼굴이었다. 여자는 민규가 생각했던 것보다 훨씬 더 어려 보였다.

"저 자리, 비었는데. 저기로 가 앉으면 안 되겠소?"

민규가 말한 빈자리는 김인철의 옆이었다. 민규의 질문에 여자가 세차게 고개를 가로저으며 바로 답했다.

"안 돼요, 그건."

그제야 김인철도 젓가락을 손에 쥔 채 생선 먹기를 중단하고 민규와 여자의 대화에 시선을 보냈다. 일식집 분위기를 물씬 풍기는 기모노 차림의 종업원들이 분주히 움직이며, 상 위 빈 그릇들에 음식을 채워 넣었다. 민규가 말했다.

"난 당신이 필요 없어. 빈자리로 찾아가요."

"저한테 정해진 자리는 여기예요. 제가 싫으세요?"

"자꾸 싫다 싫다 하는데, 싫고 말고가 어디 있소."

그때 김인철이 민규와 여자의 대화에 불쑥 끼어들었다.

"왜? ……덜 싱싱해서 그런가?"

그 말을 듣자 민규의 얼굴이 붉어졌다. 순식간에 불쾌함이 밀려왔다. 김인철의 저속한 말을 더 이상 곱게 들어줄 수 없다는 분노가 강하게 치밀었다. 김인철은 민규의 표정 변화를 유심히 지켜보며 말을 이었다.

"우리 목사 양반, 미국물 좀 먹어서 그런가 눈이 꽤 높으시네. 지난번 목사는 이십대 중반만 붙여줘도 주무르고 터뜨리고 좋아 죽던데."

김인철의 말이 끝나자마자 곁에 있던 장로와 여자들이 일제히 키득거렸다. 민규는 더 이상 참을 수가 없었다. 그대로 자리를 박차고 일어났다. 그러자 문 앞에 앉아 자리를 지키고 있던 고동식도 함께 일어섰다. 민규는 고동식을 잠깐 의식한 뒤 다시금 김인철을 내려다봤다. 민규의 옆에 앉았던 여자는 울 것 같은 표정이었다.

"제가 있을 자리가 아닌 것 같군요. 그만 가보겠습니다."

민규의 말이 험하게 흔들렸다. 말을 멈춘 뒤 바로 등을 돌려 나가려 했다. 그때였다.

"앉아, 이 개새끼야!"

김인철의 카랑카랑한 고성이 터져 나왔다. 순간 약속이라도 한 듯 음악이 그쳤다. 장로들과 여자들 모두 침묵했다. 도코모토의 귀빈실 전체가 정적에 사로잡혔다.

민규는 자신의 귀를 의심했다. 김인철이 아무리 무소불위의 권력을 쥔 교회 장로라 해도 청빙 받은 목사에게 이렇게 욕을 할 순 없다고 생각했다. 하지만 멈춰 서서 뒤를 돌아봤을 때, 이어지는 김인철의 말은 민규가 잘못 들은 게 아니란 절망만 안겨다주었다.

"너. 지금 당장 짐 싸들고 미국 가고 싶어? 내가 못할 것 같아?"

"……."

"미국으로 갈 수는 있냐? 뉴욕에서도 계집 후리다 사고치고 짤린 주제에 어디서 고상한 척이야."

민규의 얼굴이 순간 굳어버렸다. 주위를 둘러봤다. 장로들이 민규를 바라보는 표정엔 경멸과 조소만이 가득했다.

김인철이 말을 이었다. 세차게 몰아치는 야생 동물의 으르렁거림 같았다.

"여기 있는 사람들, 나를 포함해서 네가 보기에 그 뭐냐…… 음탕한 소돔 같아 보이냐? 착각하지 마. 너처럼 고상 떨다가 뒤로 호박씨 까는 목사 새끼들이 천만 배는 더 역겨우니까."

나쁜 하나님

"……."

"그러니 목 아프게 올려다보게 하지 말고 빨리 앉아! 그리고 술이나 처마셔!"

민규는 한마디도 할 수 없었다. 끔찍했다. 민규의 두 다리는 자석이라도 붙은 것처럼 옴짝달싹하지 못하게 그의 몸을 붙잡았다. 김인철의 경고가 가혹하게 이어졌다.

"짐 꾸리기 싫으면 지금 결심해. 안 그러면 오늘 네 옆에 앉은 계집은 죽는 거야."

여자까지 볼모로 잡힌 순간, 민규는 비굴해지지 않을 수 없었다. 문득 어머니 양권사의 모습이 스쳐 지나갔다. 깊은 수치심이 온몸을 사시나무 떨리듯 떨게 만들었지만 결국 민규는 다시 자리에 앉았다. 그러고는 김인철을 떨리는 눈빛으로 바라보며 잔을 비웠다. 흥분을 가라앉힌 김인철이 민규의 빈 잔을 채워주며 한마디했다.

"오늘 이 술병, 다 비우고 나가세요."

16

민규가 술 한 병을 비우는 동안 김인철과 그 무리는 서른 병이 넘는 사케를 빠른 속도로 비워 나갔다. 열 명 가까이 되는 장로와 안수집사들의 취향은 다양했다. 주야장천 술잔만 비우는 데 열중하는 장로도 있었던 반면, 엽색에 가까울 정도로 옆에 앉은 여자를 괴롭히는 변태도 있었다.

민규의 옆에 앉은 여자는 여전히 불안해했다. 여자를 안심시키는 방법을 민규가 모르는 게 아니었다. 하지만 민규는 그 방법을 연출하고 싶지 않았다. 술판이 깊어질수록 김인철은 입버릇처럼 민규에게 자신과 같은 과가 되길 강요했다. 민규의 술잔은 상대적으로 모인 이들에 비하면 느렸지만 꼬박꼬박 비워졌고, 김인철은 직접 따라주는 수고도 마다하지 않았다.

민규에겐 술을 마시는 습관이란 게 없었다. 어렸을 적부터 술과 담배가 사탄의 음료와 기호품이란 신앙 교육을 받아온 민규가 술을 친숙하게 생각할 기회는 많지 않았다. 국내의 신학대학교와 대학원이 가진 보수적인 색채가 그랬다. 대한민국에서 교리적으로 가장 엄숙한 보수신앙을 표방하는 교단에 소속된 율주제일교회에서 보낸 청년 시절 역시 술을 접할 기회가 주어지

나쁜 하나님

지 않았다. 그러한 전통은 자연스럽게 뉴욕한인교회 시절에까지 이어졌다. 말 많고 탈 많은 것으로 유명한 교포 사회, 그것도 교회 안에서 미국에선 대중 스포츠로 자리 잡은 골프를 제외하고는 교포들이 목회자에게 기대하는 윤리적 기대치는 상당히 높았다. 사람 보는 눈과 입이 무서웠던 민규에게 음주는 그야말로 먼 나라 얘기였다.

그렇게 쌓아온, 나름 경건하다고 믿어온 전통의 벽이 김인철의 촘촘한 사악의 그물 안에 걸려버린 일식집에서 일시에 허물어져 내리자 민규는 허탈한 기분마저 들었다. 허탈한 기분만큼이나 가혹하게 파고드는 취기는 술과 전혀 친하지 않았던 민규를 순식간에 어지럽게 만들었다.

"우리 목사님, 술은 좋아하는데 여자는 별로 안 좋아하나 보네."

김인철이 민규의 자리에 놓여 있던 사케 술병에 남은 마지막 술을 따라주며 건넨 말이었다. 민규가 거칠게 자리를 박차고 일어섰다. 이제는 민규의 행동에 다른 장로들이 신경 쓰지 않았다. 그들은 그들의 유희에 바쁠 뿐이었다. 술잔을 기울이던 김인철만이 민규의 잔뜩 오른 취기, 그로 인한 거친 행동을 흥미롭게 바라보았다. 거기에 조롱과 냉소로 무장한 독설이 덧붙여졌다.

"역시. 그렇게 터프하게 나와야 담임목사지. 계집 마다하는 꼴은 여전히 유감이지만 지금 보니 사람 같네."

"가겠습니다."

"어딜? 이 시간에? 모셔다 드려야죠."

김인철의 말이 나오기가 무섭게 고동식이 벌떡 자리에서 일어섰다. 그러고는 민규의 바바리코트까지 잽싸게 챙겨들고 일어서 있는 민규에게 다가갔다. 민규는 고동식에게 신경질적으로 반응했다.

"저리 비켜요!"

"목사님!"

"나 혼자 갈 수 있어!"

민규는 비틀거리며 일식집 밖으로 나갔다.

무작정 걸었다. 처음엔 취기를 잊기 위해 걸었다. 하지만 걸으면 걸을수록 더 무섭고 맹렬한 취기가 민규를 사로잡았다. 깊은 어둠과 대조적으로 도로를 환히 비추는 가로등 불빛을 피해 민규는 걷고 또 걸었다.

율주시의 밤은 적막했다. 말끔히 정돈된 도로는 새벽 시간대가 되자 정물의 일부로 전락했다. 아무리 걷고 또 걸어도 차는 한 대도 보이지 않았다. 마치 유령 도시의 한복판을 걷는 듯한 기분이었다. 그 기분의 끝에서 민규는 멈춰 섰다. 네거리 정돈된 신도시 신호를 넘어서자 채 철거되지 않은 옥외 철로와 철로 표지대가 눈에 들어왔다. 노출된 철로와 표지대는 여전히 가동 중이었다.

철로 앞에 민규가 멈춰 섰다. 바리케이드가 내려져 있어서가 아니었다. 칠흑 같은 어둠을 밝히는 가로등 아래 누군가 서 있었기 때문이다. 철로 위에 한 여자아이가 보였다. 그 여자아이를

나쁜 하나님

보는 순간 민규의 취기는 빠른 속도로 사라졌다.

민규는 그 아이를 기억했다. 아이라고 하기엔 애매한, 유난히 입술만 붉은, 그래서인지 흰 낯빛이 더 창백해 보이는 여자아이는 민규가 처음 율주시 철거 예정 역사에 들어섰을 때, 벤치에 앉아 있던 그 소녀였다.

소녀 역시 민규를 보고 있었다. 소녀와 시선이 마주치는 순간, 민규는 아무것도 생각할 수 없었다. 소녀의 눈빛은 형언할 길 없는 증오와 환멸로 차올라 있었다. 무엇을 향한, 누구를 대상으로 타오르는 증오인지 민규로선 가늠할 길 없었다. 그는 소녀에게서 눈을 뗄 수도, 소녀에게 다가갈 수도 없었다. 난생처음 느끼는 공포가 민규의 온몸을 소름 끼치게 했다. 그것은 마치 추악한 자신의 범죄가, 오랜 시간 나름 평정된 환경에 의해 가라앉아 있던 것들이 일시에 수면 위로 떠올라 발각되는 기분이었다.

그 순간, 건널목에서 차임벨 소리가 들렸다. 요란한 기차 소리도 함께 이어졌다. 민규는 반대편에서 굉음을 쏟아내며 질주하는 한 량의 화물 열차가 소녀가 서 있는 철로를 통과할 수밖에 없을 거란 확신이 들었다. 하지만 민규는 자신을 노려보는 소녀를 향해 차마 입을 뗄 수가 없었다. 소녀의 증오가 그를 압도했기 때문이다.

열차가 지나간 뒤, 민규는 자신도 모르게 그 자리에 주저앉았다. 열차가 지나가고 난 자리를 멀쩡히 서서 지켜볼 자신이 없던 탓이다.

다행인가 불행인가. 소녀는 열차가 궤도 위를 짐승처럼 덮쳐든 그 순간, 궤도에서 한 걸음 물러섰다. 열차가 떠난 뒤의 소녀도 민규처럼 철로 바로 뒷자리에 웅크리고 앉아 있었다. 소녀의 눈빛은 여전히 민규를 향했다.

잠시 후, 민규는 소녀로부터 시선을 떼고 정돈된 6차선 도로로 돌아섰다. 그때 민규의 머릿속을 스치고 지나가는 직감 하나가 떠올랐다. 소녀가 뭔가를 말하고 싶어 한다고 느낀 것이다.

17

2주째 맞이하는 설교, 민규의 입에서 토해져 나오는 설교는 민규를 한결 더 가볍고 여유 있게 했다.

첫 주 때 올라섰던 강대상의 높이에 압도되었던 긴장감은 더 이상 민규를 힘들게 하지 않았다. 여전히 설교자의 권위를 인위적으로 유도하는 강대상의 높이가 비상식적이란 생각은 들었지만 민규는 그 비상식을 더 이상 어렵거나 낯설게 받아들이지 않았다.

강대상에 오른 민규는 지난주에 겪었던 긴장을 반복하지 않으려고 치밀하게 설교를 준비하던 습관에서 한 걸음 물러섰다. A4 용지에 빼곡히 타이핑한 설교 용지 대신 몇 장의 메모지만 손에 쥐었다.

'아브라함, 이삭, 번제단, 신의 제물'

그 네 단어면 충분했다. 미국에서 근 10여 년간 붙잡고 씨름하던 논문이 바로 '아브라함의 믿음'이란 주제였기 때문이다. 아브라함의 믿음을 실증적으로 확인시켜 주는, 이삭으로 상징되는 인신제사의 화두는 구약학이 주전공이 아님에도 학위 논문 청구를 아브라함으로 밀어붙일 정도로 민규를 사로잡았던 주제였다.

심호흡을 한번 크게 한 민규가 그 네 단어만 머릿속에 담아 둔 채 설교를 시작했다. 거친 파도처럼 회오리치던 부담감이 일시적으로 말소되자 비로소 교인들의 면면이 민규의 눈에 들어왔다. 순간 민규는 서글픈 신비감에 사로잡혔다. 그렇게 기도하고 갈구하던 첫 주의 설교 때는 민규의 눈에 교인들의 모습, 표정, 그 살아 있음이 아무것도 실감되지 않았다. 경건해야 한다고, 그리스도인은 세상과 달라야 한다고 그렇게 부르짖고 외치던 기도의 결과물로서 주어진 설교를 뇌까릴 때는 오히려 교인들에게서 분리되어 홀로 고립된 비통한 외로움에 사로잡혀야 했다.

그런데 지금 두 번째 설교는 확실히 달라졌다. 주일을 지키기 위해 모여든 이들의 마음과 생각, 그 살아 있음이 들리기 시작했다.

'왜 이럴까. 이게 뭔가.'

비겁하게도 그 순간, 김인철과 보낸 이른바 소돔의 시간이 주마등처럼 스쳐 지나갔다. 더럽고 불경건한 세계에 원하든 원치 않든 빠져버린 그 순간, 사람들의 마음 깊이 흐르는 맨얼굴이 보이기 시작했다. 민규, 그 자신부터.

맨얼굴이 드러나자 심장을 두들기는 긴장감도 휘발되었다. 드높은 강대상 위에 선, 그래서 외톨이가 되어버린 고립감도 더 이상 없었다. 민규는 비로소 잠잠히, 자신이 품어왔던 생각의 끈을 풀어낼 용기가 생겼다. 자신을 더 이상 신 앞에, 사람들 앞에 감출 수 없다는 마음, 무장해제된 무력감이 도리어 가장 솔직한

나쁜 하나님

자신과 마주하게 했다.

"오늘은 아브라함에 대해 이야기를 나눌까 합니다. 제목도 그렇죠. 아브라함의 믿음입니다. 그런데, 오늘 제가 말씀드릴 아브라함의 믿음은 아브라함의 위대함, 흔히 이야기하는 믿음의 조상으로서의 위인전을 읽으려는 의도와는 별 상관이 없다는 걸 말씀드리고자 합니다."

준비된 설교문 없이 이야기를 풀어갔던 게 언제였던가. 수백 번이고 고치고 쓰고, 또 지우고 고쳐 넣던 논문 속 내용이었기에 민규는 한번 말을 풀어내자 별다른 기억의 애씀 없이도 설교를 이어나갈 수 있었다. 민규의 말이 자연스럽게 이어지자 상투적인 설교에 지쳐 있던 교인들의 표정도 좀더 생생해졌다.

"아브라함이 아들 이삭을 제단 위 희생제물로 바치려 했던 행위는 과연 위대했던 걸까요. 그의 인생에서 경이롭게 축적된 야훼 하나님과의 신적 교감의 결과인 걸까요. 우리는 그게 아니라는 걸 너무나 분명히 확인하게 됩니다."

잠시 침묵. 침묵의 행간에서 민규는 자신의 부적절한 행위에 대한 죄책, 그에 반해 솟구치는 인간 본성, 그 본성에 대한 직면의 욕구가 정면으로 충돌하는 역동을 외면하지 못했다. 민규의 설교가 이어졌다.

"아브라함은 온갖 시행착오와 고통, 번뇌, 세상의 번잡한 처세에 때론 길들여지고 때론 타협하며 살아갔던 인물입니다. 그는 끝없이 야훼를 찾았지만 불신, 불능, 무능의 작태도 함께 보여주었습니다. 여러분, 그게 신 앞에 선 인간의 솔직한 모습입니다.

아브라함은 바로 이러한 인간의 모습으로 우리에게 나타난 것입니다.

　사람들의 영혼을 잠식한 끔찍한 허무 앞에서 전율하는 모습과 믿음의 바탕이 뿌리에서부터 흔들릴 때조차 지속되는 야훼를 향한 갈망, 이처럼 도저히 함께할 수 없는 숭고한 가치와 세속적인 욕망이 공존하는 아브라함이 보인 단 하나의 행위가 지금 우리 앞에 강력하고 찬란한 빛으로 타오릅니다. 아들 이삭을 끌고 야훼의 번제단을 향해 꾸역꾸역 걸음을 옮기던 그 모습인 것입니다."

　강단 위에 올라 설교를 하면 설교가 절정에 이를 때쯤 어떤 규칙처럼 교인들 중 한두 명에게 시선이 고정되곤 했다. 그건 오랫동안 설교해 온 민규의 익숙해진 습관 같은 것이었다.

　지금, 이삭의 번제단 이야기로 설교의 절정을 치닫던 이 순간, 민규의 시야로 강하게 파고드는 한 존재가 보였다. 왼편 앞자리 구석자리에 앉아 있던 감색 코르덴 양복 차림의 반백의 한 남자가 그랬다. 남자의 눈빛은 반백의 머리칼과 전체적인 풍모에서 느껴지는 중년 느낌에도 불구하고 소년의 눈빛처럼 총명하게 빛났다. 상대에게 자신의 전체를 내맡기는 듯한 강렬함으로 무장한 눈빛이었다. 그 눈빛이 민규에게서 떠나지 않는 순간, 그는 격정적인 어조로 설교를 마무리했다.

　"죄로 들끓는 아브라함의 손에 잡힌 그 아들, 이삭을 생각해 보시기 바랍니다. 그 숨 막히는 순간, 번제단 위에 타오르는 불이 소멸의 불이 되어 우리를 압도하는 장엄함, 그 앞에서 우리는

입을 열어 기도하게 됩니다. 주여, 우리의 믿음 없음을 도와달라
고 말입니다."

18

예배가 끝났다. 민규를 바라보는 교인들의 반응은 과하지도 덜하지도 않았다.

예배가 끝난 뒤 정해진 순서처럼 민규는 대예배실 입구로 이동했다. 한 명, 두 명, 율주제일교회의 교인들은 민규에게 최대한 예의를 갖추며 인사했다. 민규는 그들에게 처음엔 악수를, 조금씩 시간이 지나 사람들이 밀리게 되면 목례로 대신했다.

첫째 주엔 설교 이후 인사도 제대로 하지 못했다. 예배가 끝나자마자 김인철 장로가 민규를 서둘러 5층으로 데리고 가 장로회와 안수집사 일행과 인사하게 했기에 교인들과는 제대로 인사할 틈이 없었다. 둘째 주가 되어서야 민규는 율주제일교회 교인들과 제대로 눈을 마주할 수 있었다. 드높기만 한 강대상 위에서, 절대복종을 자발적으로 헌납한 땅의 백성들을 굽어 내려다보던 위치에서는 제대로 된 시선의 마주침을 기대하기 어려웠다. 이렇게 정면으로 사람들을 마주 보며 인사하는 순간이 민규에겐 자신이 담임교역자라는 위치를 회복할 수 있는 유일한 기회라고 믿었다.

더욱이 민규에겐 율주제일교회의 교인들은 낯설 이들이 아니

나쁜 하나님

었다. 떠나 있었던 시간의 공백이 있다 해도 이곳엔 평생을 아들을 위해 기도하는 어머니 양권사도 있었고, 중고등부와 대학, 청년부를 함께했던 시절이 고스란히 묻어 있었기에 익숙하게 보아오던 이들이었다.

물론 그러한 익숙한 마주침만 있는 건 아니었다. 김인철 장로를 전혀 알아보지 못했던 것이 그랬다. 민규는 그를 14년 전, 교회에서 만난 적은 한 번도 없었다. 대신 그의 부친이던 교회 원로 김보선 장로만 기억할 뿐이었다. 김인철은 율주제일교회 장로의 아들이란 타이틀을 이용하는 것 외에 교회 출석엔 관심이 없었다. 하지만 그런 김인철 장로의 돈, 권력, 명예에 자연스럽게 들러붙은 이들은 민규의 눈에 익숙하게 다가오던 이들이었다. 지난 주일 예배 후, 도쿄모토에서 만난 김인철 파벌 중 민규의 눈에 낯익게 들어오던 이들이 있었다. 어느새 집사 직분에서 장로, 안수집사로 등극한 그들의 과거는 율주에서 오랫동안 논밭을 일구며 살아가던 소박한 농부의 모습이었다. 하지만 일식집에서 본 그들은 더 이상 순박하고 순수한 시골 촌부가 아니었다. 그들은 스스로 몸에 맞지 않은 옷을 입었다는 진실을 애써 외면하려는 듯 술에 취하고, 음담패설을 뇌까리는 태도를 유지했다. 그들의 표정은 여전히 순박한 농부의 그것이었지만, 지역 맹주로 자리 잡은 김인철이 하사한 단맛에 취한 눈빛은 맹수의 야생을 빼닮은 김인철의 눈빛과 다르지 않았다. 그 모습이 민규를 절망케했다. 아마도 그날, 민규가 사케 한 병을 모두 비우고 심한 비역질을 계속하던 이유도 깊은 절망에 기인한 것인지도 모른다.

그래도 민규는 희망을 잃지 않으려 했다. 다시 시작하고픈 목사로서의 열정만큼은 대단했다. 그래서 그는 설교를 통해 자신이 쏟아내고 싶었던 신학적 소회를 죄다 쏟아내었다. 그렇게 맞이한 예배 후 교인들과의 만남. 그 만남에서 민규는 반가움을 나누고 싶었다. 그건 어쩌면 오래전에 잊고 있던 목회자와 교인과의 무리 없는 교류에 대한 갈망이었다. 민규는 최대한 편하고 자연스럽게 자신이 이곳의 일부였던 것처럼 스며들고 싶었다.

하지만 교인들의 표정은 한결같았다. 무표정에 가까운 형식적인 인사로 자신을 맞는 그들의 모습에서 민규는 채 좁혀지지 못한 거리감을 느꼈다.

분명 예전에는 격의 없이 인사해오던 사이였던 교인들이 대부분이었다. 하지만 지금 담임목사로 청빙 받아 온 민규를 대하는 그들의 반응은 서먹함 그 자체였다. 거기에 민규의 마음 깊은 곳으로 파고드는 또 하나의 감정이 있었다. 바로 불신이었다.

자신을 바라보는 교인들의 표정과 눈빛에 일관되게 흐르는 공통분모가 불신이란 점이 민규를 힘들게 했다. 그 느낌은 단순히 주관적인 것이 아니었다. 그것은 민규의 직관을 매섭게 파고드는 불길함이었다. 교인들의 표정에 묻어 있는 한마디가 민규의 심장을 아리게 파고들었다.

교인들과의 인사가 거듭될수록 그의 마음속 불길함은 더해만 갔다. 그것은 단지 이곳의 담임목사가, 공교롭게도 김인철이 장로가 되고 율주시 국회의원이 되고 율주시에 국가 기간 산업이 차례로 들어서고 대대적인 정부 지원이 이뤄지는 것과 때를 맞

나쁜 하나님

춰 여러 번 교체되었다는 이유 때문만은 아니었다. 교인들 대부분이 민규를 낯선 이방인 취급한다는 점이 그랬다. 더 나아가 그들은 누가 이곳 율주제일교회의 담임목사로 자리 잡는다 해도 별다른 관심을 두지 않을 듯 보였다.

다만 한 남자, 한 남자가 민규의 눈에 들어왔다. 교인들과의 인사가 얼추 끝난 뒤 민규도 교인들과 함께 지하에 위치한 교회 식당으로 향하려던 그때였다. 설교 시간 내내 민규의 시야에서 벗어나지 않던, 유난히 매섭고 총명한 눈빛을 보여준 코르덴 양복 차림에 반백의 머리를 한 남자. 어딘가 낯익은 모습이지만 쉽게 아는 척하기 힘든 남자가 입구 옆에 주춤거리고 서서 민규를 지켜봤다. 그는 교인들이 많이 빠져나간 틈을 빌려 민규에게 다가와 악수를 청했다. 다른 교인들과 다르게 얼굴이 맞닿을 정도로 최대한 가깝게 근접했다.

"목사님, 반갑습니다."

"예? 예…… 안녕하세요."

"전 한영호 장로라고 합니다."

"예, 장로님……."

민규가 기억을 더듬었다. 분명 낯이 익었다. 그런데 어디서? 자신을 한영호 장로라고 소개한 남자가 민규의 수고를 덜어주었다.

"율주터미널 근처에 있는 한영호 한의원 기억하시죠? 양권사님도 자주 오십니다."

"아, 한원장님. 기억합니다."

그제야 민규의 얼굴에 환한 웃음이 번졌다. 한영호 장로가 주위를 둘러본 뒤 목소리를 낮춰 말했다.

"잠시 시간 좀 내주실 수 있으세요?"

"무슨 이유로……?"

"일종의 신앙 상담이라 생각해주시죠."

19

  율주제일교회의 구조물 중 14년 전과 비교해 달라진 것이 있다면, 교회에서 장애인 복지시설 신애원으로 연결되는 이동 통로가 신설되었다는 점이다. 투명한 유리벽으로 만든 일종의 구름다리와 같은 시설물이었는데, 통로 길이는 얼핏 보아도 족히 100미터는 넘어 보였다.

  이 구름다리는 율주제일교회 본관 건물 3층 복도 끝에 연결되어 있었다. 계단을 따라 올라선 한영호의 뒤를 따른 민규는 질문을 하지 않았다. 한영호가 이끄는 대로 따랐다. 이유는 잘 설명되지 않았지만 강한 자력 같은 힘의 이끌림과 같았다.

  설교가 절정으로 치달을 순간 눈이 마주친다는 것, 화자와 청자의 일치가 공감되는 것처럼 강렬한 체험은 다시없을 것이었다. 그 강렬함이 강한 여운을 남긴 탓이리라. 자력과도 같은 여운에 이끌린 민규는 한영호의 뒤를 잠자코 따랐다.

  한영호의 뒤를 따르며 문득 떠오른 짐작이 있었다. 바로 김인철의 부재였다. 김인철은 당 최고위원회의 참석차 서울 여의도로 향했다고 했다. 종종 있는 일이었다. 그래서일까. 김인철을 따르던 장로회 파벌들도 긴장의 끈을 늦춘 모양새였다. 김인철이 예배에 불참하자 약속이라도 한 듯 장로들 절반이 예배에 불참했다.

그 생각에 미치자 민규는 한영호가 김인철의 부재를 기다리고 자신과의 만남을 시도한 것으로 읽었다. 둘 사이에 껄끄러운 어떤 것이 가로막고 있다는 실감이 들었다. 그렇지만 민규에게 그 실감은 부담스러운 건 아니었다. 14년 전 기억 속에 한영호, 민규에겐 한의원 원장님으로 알려진 그가 보여준 인자함은 말 그대로 따뜻한 추억이었기에 그에게는 한영호와의 만남이 편안한 환대로 다가왔다.

3층 복도 끝은 세 개의 자물쇠로 단단히 묶여 있었다. 열쇠꾸러미를 꺼낸 한영호가 말없이 자물쇠를 풀어냈다. 잠금장치가 풀릴 때마다 요란한 소리가 들렸다. 3층 복도에 둘만 있어서일까. 거친 철성이 메아리가 되어 복도 전체를 서늘하게 했다.

"어디로 가는 거죠?"

민규가 질문했지만 한영호는 답하지 않았다.

폐쇄된 문을 열자 기다렸다는 듯 신애원으로 연결되는 구름다리가 보였다. 철문을 연 한영호는 그제야 민규를 보며 말문을 열었다. 방금 전 묵묵부답이었던 탓에 비쳐지던 낯설고 차가운 무례함과 또 다른 차분히 정돈된 예의가 느껴지는 말이었다.

"목사님과 꼭 함께 걷고 싶었습니다."

"예?"

"잠시면 됩니다. 이 길, 저와 한 번만 같이 걸으실 수 없을까

　　　　　　　　　　　　　　　　　　　　나쁜 하나님

요?"

'무슨 의미가 있는 걸까.' 의구심이 순간 민규의 뇌리를 스치고 지나갔다. 하지만 그는 무리 없이 한영호와 동행했다.

통로는 사면이 유리로 되어 있어 외부의 경관을 훤히 들여다볼 수 있었다. 제법 단단한 장력을 가진 구조물 받침들이 설치되어 있어 100미터가 넘는 통로 길이에도 불구하고 전혀 불안함이 느껴지지 않았다. 둘은 나란히 걸음을 옮겼다. 민규가 원통 혹은 정육면체 모양으로 구성된 다리를 둘러보며 말문을 열었다.

"의미 있는 시설인데 왜 사용하지 않죠? 잔뜩 낀 먼지가 눈에 걸리네요."

민규가 둘러본 통로는 그랬다. 오랫동안 닦지 않은 탓에 유리벽 전체가 흙먼지와 들러붙은 오래된 나뭇잎들로 가득했다. 민규가 기억하기로 이곳 구름다리는 14년 전 율주제일교회가 새롭게 인수했던 장애인 복지시설 신애원을 가난한 자들을 보듬는 교회의 일부로 삼겠다는 의지에서 생겨난 것이었다. 민규가 떠나기 직전 첫 준공식을 했던 것으로 기억했고, 미국에 간 이후 구름다리가 여러 공사 중단 사태를 겪은 뒤 2년 만에 완공되었다는 소식을 들었는데, 이런 식으로 방치된 줄은 미처 몰랐다. 한영호가 무겁게 말했다.

"탐욕과 이기심 때문이죠."

"그게 무슨 말씀이신지……?"

"교회가 몇몇 장로들의 헌금 명목 기부금으로 잘도 운영되니 더 이상 복지시설이 쓸모없다고 느낀 겁니다. 그렇게 느끼는 이들에게 이 다리는 두려움의 다리예요. 이 다리를 통해 문이 열리면 귀신들린 자들이 언제라도 교회로 쳐들어와 자신들을 해칠 것으로 믿으니까요."

귀신들린 자들. 한영호가 말한 그들은 신애원에 입주한 정신지체 장애아들을 말하고 있다고 민규는 짐작했다. 본래 다리를 건립한 참된 의미는 장애인과 비장애인의 차별이 없는 교회 정신의 구현이었다. 하지만 결국 다리는 현재 굳게 잠긴 자물쇠만큼이나 열리지 않는, 오히려 더 강고하게 장애인과 비장애인의 분리를 상징하는 장벽이 되어 있었다.

그렇게 한영호와 민규는 침묵의 힘에 견인되어 다리의 끝에 도달했다. 신애원으로 연결되는 철문은 민규의 눈앞에 더 비참한 장벽의 서슬 푸름으로 그 위엄을 드러냈다. 거대한 철문 사면 전체가 이중, 삼중으로 용접되어 있었다. 녹슨 철문 앞에 선 민규를 보며 한영호가 오랜 침묵을 깨고 말문을 열었다.

"목사님을 통해 비로소 희망을 보았습니다. 마지막 희망이죠."

"예?"

한영호의 엄숙한 표정이 민규의 숨을 막히게 했다.

"아브라함의 설교를 기다렸습니다. 목사님만을 기다렸어요."

"저를요?"

"목사님이 쓰신 논문만이 이곳, 율주제일교회를 살릴 수 있는 마지막 희망입니다."

"논문이요……?"

"아브라함이 포악한 이교로부터 야훼이즘을 지켜낼 수 있는

나쁜 하나님

방법론 중의 최선은 그들이 연출한 종교 의식의 극단적 재연을 답습하는 모습을 보이면서도 이를 초극하는 새로운 신성에 대한 갈망을 도출해내는 데 있었다. 75페이지 여섯 번째 줄, 두 번째 단락."

　한영호가 낭독하듯 말한 부분. 페이지에 줄 번호까지 기억하는 그 부분을 듣자 민규의 눈이 더욱 크게 열렸다. 그 구절은 민규의 박사 논문 75페이지 여섯 번째 줄, 두 번째 단락에 적힌 글이었기 때문이다.

20

"한영호 장로요?"

민규는 보통 호칭 뒤에 붙일 수 있는 '님'을 생략하는 경우를 헤아려봤다. 상대에 대해 지극히 편하게 생각하는 경우와 불편한 상대를 애써 지워내려 할 경우. 두 경우가 있을 텐데 지금 민규의 질문에 답한 행정목사인 이황우의 경우는 후자였다.

한영호와의 짧지만 강렬한 만남이 있은 뒤의 주일 오후. 민규는 행정목사 이황우와 면담했다. 면담은 약속된 것이었다. 전날 토요일, 민규가 새롭게 지급받은 휴대폰으로 걸려온 전화, 이황우였다. 그는 민규에게 업무 영역과 관련되어 보고드릴 게 있다고 짧고 간단하게 말했다.

행정목사 이황우는 직접 민규의 담임목사 집무실을 찾았다. 응접실용 소파에 앉으라는 민규의 권유도 이황우는 한사코 따르지 않았다. 자신은 직장 상사보다도 클래스가 훨씬 높은 담임목사를 예우하겠다는 의지에서일까. 이황우는 집무용 책상에 앉은 민규 앞에 선 채 결재 서류를 펼쳐 보였다.

행정목사가 보고하는 내용은 그처럼 극진한 담임목사에 대

나쁜 하나님

한 예우가 담긴 태도와는 다르게 건조할 정도로 제한적인 담임 목사 권한에 대한 거의 일방적인 통보였다. 이황우는 서두의 말에서 짧게 보고에 대한 취지를 못 박고 들어갔다.

"목사님. 청빙 의뢰 받고 계약하실 때, 계약 조항 읽어보셨죠?"

"예, 대충은."

민규가 답하자 이황우가 담임목사 청빙계약서 사본을 보여주며 말했다.

"목사님께서는 1년 계약직이시구요. 제시된 연봉 안에 전별금이 포함되어 있습니다. 단서조항에 적힌 대로 추후 전별금을 따로 요구하지 않으신다는 조항에 서명하셨으니 나중에 다른 말씀을 하시면 법적 분쟁의 소지가 있고……"

그렇게 말해놓고 난 뒤 이황우가 짐짓 망설였다. 자신이 말한 수위를 스스로 검열하는 듯했다.

"죄송해요. 전임 담임목사님들께서 이 조항에 예민하게 반응하셔서요. 법정 다툼도 두어 번 있고 해서 말씀드리는 겁니다."

"전 그런 일 없을 겁니다. 안심하셔도 돼요."

"예, 그럼…… 1년 뒤, 재계약 여부는 장로회의에서 의결해 정족수 3분의 2 이상이 찬성할 경우 갱신 가능하시다는 거 알아두시구요."

민규는 서서히 체념하는 듯한 모습이 되어갔다. 고작 이런 걸 말하려고 날 만나려고 한 걸까. 하지만 한편으론 이해도 되었다. 담임목사 교체가 반복되는 동안 여전히 진행 중인 소송도 있다고 들었기에 추후 불미스러운 일을 겪지 않으려는 의지의 일환으로 여겨지기도 했다. 이황우의 말은 여기서 끝나지 않았다. 그는 가장 강조하고 싶은 담임목사의 업무 범위에 대한 이야기를 꺼냈다. 이황우는 유독 건조하고 짧게 말을 마무리하려 했다. 그는 민감한 사안일수록 오히려 더 무심하게 말하는 게 통보하는 입장에서 유리하다는 것을 오랜 시간 행정목사를 경험해오면서 얻은 노하우라고 믿고 있었다.

"청빙 요청 받으셨을 때 실무진으로부터 얘기 들으셨겠지만 율주제일교회 담임목사직의 업무 범위는 주일, 수요, 금요 예배 설교와 축도로만 제한되어 있습니다. 이외에 심방 스케줄은 저희 행정팀이 마련한 별도 스케줄에 맞춰 진행하게 되구요. 교회 외적 행사 참여의 경우, 불미스러운 정치적 발언을 일삼는 종북, 좌파 세력 집회나 모임에 참석해선 절대 안 되며, 인문학을 빙자한 시국 모임이나 기타 미풍양속을 해치는 별도 모임 역시 절대로 규합하면 안 되고요. 그리고 또 뭐냐……"

"잠깐만요."

그때 민규가 말을 가로막았다. 순간 이황우가 말을 멈추고 민규를 바라봤다. 긴장된 표정이었다. 하지만 민규는 다른 의도로 말을 자른 게 아니었다. 민규에겐 담임목사의 권위 따위를 주장하려는 어떤 의욕도 없었다. 민규는 뉴욕에서의 악몽을 다시금 떠올리며 이곳 율주에서의 목회 기회가 마지막 기회라고 마음을 다잡았다. 그 다짐으로 한마디했다.

"이미 다 알고 왔어요. 행정목사님도 아시잖아요, 제가 어떤 처지인지. 저 그 정도로 사리분별 못하는 목사 아닙니다. 얌전히,

나쁜 하나님

조용히, 있을 거예요. 이끼처럼."

"죄송합니다, 담임목사님. 무례를 용서하세요."

"무례하지 않습니다. 그건 그렇고……."

"……?"

민규가 그렇게 화제를 돌려 한영호에 대해 물었을 때였다. 한영호 장로의 이름을 듣자마자 이황우는 경계하는 듯한 표정을 지었다. 이어지는 이황우의 말은 진심으로 민규의 신변을 위하는 말처럼 들렸다.

"한영호 장로가 이번 청빙 건에서 영향력을 행사한 건 사실입니다."

"그게 무슨 뜻이죠?"

"청빙 목사 후보로 몇몇이 물망에 올랐는데, 모두 사정이 생겨 고사했어요. 김인철 장로 쪽에서 추천한 인사들이 사생활에 문제가 많아서요. 그래서 한영호 장로가 추천한 인물이 낙점되었는데, 그게 바로 목사님이세요."

"그분이…… 절 추천했다구요? 전 그분을 잘 알지도 못하는데요."

"저야 잘 모르죠. 이 교회…… 현실적 실권은 김인철 장로가 꽉 쥐고 있지만 그 뭐랄까, 상징적 지분은 한영호 장로도 무시 못 하죠. 좀처럼 청빙 추천 일에 나서지 않던 한영호 장로가 나서니 이번 한 번은 들어주자는 분위기였어요. 그렇게 목사님께서 청빙 받게 된 데 한영호 장로의 공헌이 결정적이라고 해야겠죠."

민규는 다른 생각이 떠오르지 않았다. 어떤 인과관계가 짚어지지 않은 것이다. 민규의 기억 속 한영호 장로는 율주시 구시가지 사거리에 위치한 한의원의 원장님일 뿐이었다. 어떤 특별한 친분관계도 없는 분이었다. 그런데 그런 그가 스캔들로 얼룩진 자신을 추천하고 게다가 출판되지도 않은 자신의 박사 논문을 페이지 수까지 틀리지 않고 외우고 있다는 사실이 쉽게 납득되지가 않았던 것이다.

생각에 잠긴 민규에게 이황우가 조심스럽게 말을 꺼냈다.

"목사님."

"말씀하세요."

"한영호, 그 사람이 목사님을 추천했다고는 하지만 가깝게 지내진 않았으면 좋겠는데요."

"어째서죠?"

"이 교회 목사들의 생사여탈권을 쥔 건, 한영호 장로가 아니라 김인철 장로님이니까요."

고통의 문

21

다른 말은 머릿속에 선명히 기억되지 않았다. 다만 한마디 경고만이 민규의 머릿속에 처치 곤란한 오물처럼 잔류되어 떠돌았다.

'생사여탈권'

가장 근본적인 고민이었다. 원론적으로는 이미 답이 나온 문제이기도 했다. 하지만 민규는 최근 들어 더 빈번히 교회의 주인은 누구일까 하는 생각을 했다. 어렸을 적만 해도 교회의 주인은 당연히 하나님이라고 생각했다. 교회가 허름하고 비좁은 가건물에서부터 시작할 때만 해도 그 하나님은 너무나 작게 보였다. 하지만 민규의 키가 자라고 생각이 깊어지는 것만큼 교회는 커져만 갔다. 민규는 그것이 당연한 하나님의 은혜 혹은 축복이라 여겼다. 신은 전능하다고 들어온 민규에게 교회의 성장은 하나님의 자녀가 받아야만 하는 당연한 축복이었다. 그것이 수많은 교회의 집사, 장로, 권사 들이 믿어온 신앙이었다. 하지만 청년기에 접어들어 신학대학과 대학원을 거치면서 민규의 생각은 달라졌다. 민규는 교회의 주인은 가난하고 소외된 사람들이어야 한다고 믿었다. 예수님의 생애를 곰곰이 짚어나가면 나갈수록 그 생각은 단단해졌다. 그럼에도 민규는 자신이 속한 교회에 대한 신뢰를 잃지 않았다. 자신이 몸담고 있던 율주제일교회는 양적으로만 성장한 게 아니라 내실을 다지는 측면에서도 가난한 자, 소외된 자를 돌보는 예수님의 정신을 잃지 않았으니까. 민규는 그렇게 믿었다. 율주제일교회는 '밥퍼'란 개념조차 희박했던 시절부터 오갈 데 없는 이웃들에게 무료 급식 봉사를 실천했다. 또한 누구도 돌보지 않는, 그래서 초라하기 이를 데 없는 정부 시설에만 의존해야 했던 지역 내 정신지체 아이들을 최상의 시설에서 양육하기 위해 교회 차원에서 장애인시설을 자비로 운영해왔다. 민규는 청년부 시절 당시의 담임목사와 교회 핵심 멤버들의 의미 있는 활동을 지켜보며 율주제일교회의 주인은 하나님이 아니라 하나님의 자비와 은총 속에서 살아가는 가난한 자, 소외된 자들이라는 생각을 갖게 된 것이다.

하지만 지금 다시 율주제일교회로 돌아온 민규의 머릿속에서 맴도는 한 가지 질문과 답은 처참할 정도로 달랐다. 유년과 청년 시절을 겪으며 품어온 본래 생각과 완전히 달라져 있는 것이다. 그리고 그것이 민규를 힘들게 했다. 민규는 자조 섞인 독백도, 넋두리도 아닌, 있는 그대로의 말을 보고하듯 자신의 내면을 향해 독백했다.

'지금, 이 교회의 주인은 김인철이야. 스스로 악마가 되길 원한 김인철이라고.'

혼자 있기엔 너무도 사치스럽고 거대하기만 한 사택으로 돌아온 민규는 두려운 마음을 품고 안방에 들어섰다. 낮 시간 동안에 가사도우미가 다녀간 모양인지 집 안은 마치 호텔처럼 전날 어지럽게 놓아두었던 정리하다 만 책이며 얼마 되지 않은 생필품들이 깔끔히 정리되어 있었다.

안방에 들어온 민규의 눈에 가장 먼저 들어오는 건 나이트 테이블 위에 올려놓은, 검은색 바탕에 금박의 테두리가 인상적인 휴대폰이었다. 아침에 집을 나설 때, 민규는 액정이 바닥을 향하도록 내려놓았다. 그런 자신의 의지에서 드러나듯 민규는 휴대폰을 확인하고 싶지 않았다. 그러나 한편으로는 시간이 지날수록 휴대폰을 확인하고픈 욕망으로 들끓어 올랐다. 두려움과 반드시 봐야만 한다는 필연성이 뒤섞이는 자신의 심리를 민규 자신도 이해할 수 없었다.

결국 민규는 두려움이란 강한 의지에 굴복하고 말았다. 침대에 앉아 한참을 멍하니 있던 민규가 결국 휴대폰 액정을 열고 하루 동안 접속해 온 통화 내역, 메시지를 확인했다.

예상했던 결과인가. 단 한 사람을 제외하고는 다른 누구의 연락도 오지 않았다. 그 한 사람. 불륜이라는 주홍글씨를 가슴에 새길 수밖에 없게 된 연주를 제외하고는 누구도 민규를 찾지 않았다.

민규는 연주의 메시지를 확인하지도 않고 삭제부터 하려 했지만 결국 그 설명할 수 없는 심리에 의해 단어 하나까지 점검하듯 바라보았다. 주로 자신과의 관계에 있어서 때론 절망이나 때론 회복을 원하는 갈망들이 혼란스럽게 뒤엉킨 독설과 애원의 글들이었다.

연주가 보낸 장문의 메시지를 읽어 내려가는 동안 민규는 자신이 어떤 존재였는지, 그리고 앞으로 어떤 존재로 살아가야 하는지 더욱 혼란스러워졌다. 마치 자신이란 존재가 이 세상에서, 그리고 교회라는 공간에서 철저히 삭제되는 느낌이었다. 아내와 자식으로부터 버림받은 자신이 드높은 강대상 위에 올라선 꼴은 그야말로 누구에게도 관심 받지 못하는, 하지만 언제까지라도 그 자리를 지키고 서 있는 허수아비 같다는 생각이 들었다.

그런 허수아비와 같은 자신을 발견해준 이의 목소리가 다시금 복원되었다. 나이트 테이블 밑에는 정리를 하다 만 책들이 두서없이 쌓여 있었다. 안방으로 갖고 들어온 책들은 민규가 중요하게 다루던 책들이었다. 그것들 속에는 민규가 직접 쓴 박사 논문도 포함되었다.

민규가 자신의 박사 논문을 손에 들었다. 그 후, 그는 자신도 모르게 침대 등받이에 등을 기대고 앉아 논문을 읽기 시작했다. 400페이지가 넘을 정도로 방대하고, 광역의 학문적 연구 의지가 담겨 있는 논문을 들여다볼수록 자신이 허수아비만은 아니란 생각이 조금씩 마음속 깊은 곳에서부터 치솟았다. 동시에 한영호 장로가 말한 것처럼 아브라함의 믿음이란 정말 무엇이었을까, 교회의 주인은 이제 누구인가 하는 질문도 함께 떠올랐다.

민규는 그렇게 자신이 쓴 논문을 읽는 데 두어 시간을 보냈다. 민규는 논문의 결론을 다시 한번 정독하고 난 뒤, 머릿속을 투명하게 만드는 어떤 힘을 실감했다. 그 힘은 머릿속을 어지럽히던 질문에 대한 한 가지 또렷한 답이었다. 교회의 주인이 누구인가에 대한 답. 민규는 논문 속 한 문장에서 그에 대한 그 자신만의 답을 찾았다고 믿었다.

교회의 주인은 신을 간절히 찾는 가난한 민중이다.

22

    율주제일교회의 부교역자인 김현태 목사가 소예배실 불을 켜고 난방을 점검하던 중이었다. 시간은 새벽 4시 50분. 5시에 시작되는 새벽 예배가 이제 막 시작될 때였다. 그때 소예배실로 제일 먼저 들어서던 새벽 예배 참석자가 김현태를 놀라게 했다.

    "아니, 담임목사님 아니세요!"

    민규였다. 새롭게 청빙된, 대예배실에 마련된 그 공간에서는 가장 높은 자리에 앉을 수 있는 권리와 의무를 가진 담임목사인 민규가 새벽 예배에 등장한 것이다.

    목사가 자신이 섬기는 교회 예배에 참석하는 건 어쩌면 당연한 일일 것이다.

    주일 예배를 마치고 돌아온 뒤, 거의 자정을 넘기면서까지 자신의 박사 논문을 정독하느라 기운을 모두 쏟아부은 민규는 그대로 깊은 잠에 빠져들 것으로 기대했다. 하지만 기대와 다르게 잠이 오지 않았다. 휴대폰에 한가득 저장되어 있는, 적절한 비유일지 모르지만 더 이상 현실에는 존재하지 않는 한 맺힌 유령의 핏빛 절규와 같은 연주의 말들이 머릿속을 떠돌았던 탓도 있을 것이다. 하지만 그 외 다른 복잡한 심경들이 갑자기 깨져버린 유리 파편처럼 곳곳에서 보였기에 그 날카로운 긴장감 역시 민규를 쉽게 잠들지 못하게 했다.

눈을 감고 있어도 잠을 잔 것 같지 못한 기분을 그대로 끌어안은 채 결국 민규는 새벽 4시가 되자마자 아파트 주차장을 빠져나왔다. 고요하게 가라앉은 자신만의 세계를 독려해주는 새벽 예배에 참석하려는 마음이었다. 그런데 자신을 맞이하는 부목사 김현태의 반응은 민규의 예상을 벗어났다. 의외의 돌출 행동으로까지 여겨졌다. 하지만 그런 그의 의아함은 이내 해소되었다. 김현태가 거듭 물었다.

"목사님께서 새벽 예배에는 어쩐 일이세요?"

민규가 들어온 이후로 한두 명씩 새벽 예배 참석자들이 들어서는 중이었다. 그들 중 대부분은 중년과 노년을 맞이한 여성 교인들이었다. 민규를 알아보곤 목례했지만 그들의 표정이 썩 밝은 건 아니었다. 경계심까지는 아니었지만 민규의 새벽 예배 참여에 대해 의아해하는 눈빛만큼은 분명해 보였다.

"그냥 예배드리려고 온 겁니다. 신경 쓰지 마세요."

김현태가 워낙 경직된 표정과 자세로 자신을 맞이하는 게 못내 신경 쓰인 민규가 서둘러 장의자에 앉았다. 강단이 아닌 장의자에 앉는 게 김현태를 안심시키는 일일 거란 느낌이 순간 들었기 때문이다. 그런 민규의 느낌은 맞았다. 민규가 장의자에 앉자마자 김현태가 귀엣말처럼 작은 목소리로 말했다.

"전 목사님께서 새벽 예배 용역까지 함께 맡으신 줄 알았습니다."

"용역……이요?"

'용역'이란 말을 교회에서 들을 거라곤 생각해본 적 없었다. 그랬기에 민규는 그 말에 생소하게 반응했다. 하지만 김현태는 자신의 발언이 부자연스럽다고 생각하는 표정이 전혀 아니었다. 그는 천진한 얼굴을 하고서 말을 이었다.

"월, 수 두 번의 새벽 예배가 제가 맡은 용역입니다. 월급은 적지만 다른 나머지 시간을 자유롭게 쓸 수 있어서 좋아했거든요."

"그런데요?"

"담임목사님께서 나오셔서 식겁했지 뭡니까."

"제가…… 목사님 일자리를 뺏는 걸로 생각하신 겁니까?"

"그렇게 결정된 줄 알았습니다."

김현태는 진심으로 안심하는 눈치였다. 하지만 5시가 되었음에도 김현태는 교인들의 자리인 장의자에 앉은 민규의 곁을 떠나지 않고 있었다. 뭔가 한마디 더 확실한 민규의 다짐이 필요한 듯 보였다. 그런 직감을 느낀 민규는 자신의 곁에 서 있는 김현태에게 한마디 확실한 말을 들려주었다.

"전 오늘 평신도 자격으로 기도하러 온 것뿐이에요. 설교할 생각도, 예배 인도할 생각도 없습니다. 그러니 찬양하고 설교하고 다 하세요. 어서요."

"그렇게 확답해주시니 감사합니다. 그럼……."

민규의 확답을 듣고 나서야 김현태는 자리에서 벗어나 강단으로 돌아섰다. 자신의 자리를 빼앗길 수 없다는 강한 집념을 엄포라도 하는 듯 두 손으로 강단 모서리를 강하게 움켜쥐었다. 그리고 새벽 시간임에도 불구하고 진군가를 연상케 하는 '십자가', '보혈' 찬송을 목청껏 부르짖기 시작했다.

김현태 목사의 새벽과는 어울리지 않는 들뜬 예배 인도에도 민규는 아랑곳하지 않고 기도하려 했다. 조용하고 차분하게 자신의 과거를 돌이키고 율주에서 새롭게 시작하고 싶었다. 그런 마음으로 두 손을 맞잡았을 때였다. 약속이라도 한 것처럼 민규의 시선이 피아노 쪽을 향했다. 우측 장의자에 앉은 민규의 자리에서 보면 대각선 방향에 놓여 있는 피아노 의자에 앉아 있는 반주자가 그의 눈에 들어왔다. 반주자는 김정은이었다.

김현태가 생음악으로 찬송가를 부르고 있을 동안 반주자인 김정은은 피아노 의자에만 앉아 있을 뿐 반주를 하진 않았다. 대신 그녀는 민규가 소예배실로 들어와 우측 장의자에 앉아 마음을 정돈하고 있던 그 순간부터 그를 바라보았다. 김정은과 눈이 마주치자 민규 역시 그녀로부터 눈을 뗄 수가 없었다. 침묵만으로 나누는 그녀와의 눈 마주침에서 민규는 그녀, 김정은이 정말 많은 것을 이야기하고 있다는 느낌을 받았다. 피할 수 없는, 오랫동안 짓눌러 있던 고통, 슬픔, 회한, 원망, 그리고 애증이 자신을 바라보는 김정은의 눈빛 속에 고스란히 담겨 있음을 거부할 수 없었다.

그렇게 짧지만 강렬한 여운을 남긴 김정은이 민규로부터 등을 돌렸다. 김현태가 준비 찬송을 멈출 생각을 않자 그에 장단을 맞추려는 듯 피아노 건반을 두들기기 시작한 것이다. 하지만 그

후로도 민규는 기도에 집중할 수 없었다.

시편 한 편 낭송한 분량에 지나지 않는 설교가 마무리된 후, 불이 꺼졌다. 개인 기도 시간이 찾아왔다. 그사이 음악은 피아노 반주가 아닌 미리 녹음된 음악이 흘러나왔다. 민규는 두 손을 모으긴 했지만 기도를 할 수는 없었다. 불이 꺼지자마자 김정은이 자리에서 일어섰기 때문이다. 자리에서 일어선 뒤에도 김정은의 시선은 내내 민규를 향했다. 긴 생머리를 모양 없는 리본으로 질끈 동여맨, 체크무늬 남방에 청바지 차림의 김정은은 민규의 기억 속에서 청년부 시절의 모습 그대로 소환되었다. 그런 김정은이 개인 기도 시간이 시작되자마자 소예배실 밖으로 걸어 나갔다. 잠시 민규는 망설였다. 그의 머릿속이 다시 어지럽게 움직였다.

'뭘 어떻게 하자는 거야. 다시, 정은이에게 접근한다 해서 뭐가 달라진다는 거지?'

하지만 민규는 더 이상 눈을 감고 입을 열어 기도할 수가 없었다. 김정은이 예배실 밖으로 나간 지 얼마 되지 않아서였다. 민규 역시 자리에서 일어섰다. 순간, 안심하고 진군가처럼 찬송을 부르던 현태가 긴장된 눈빛으로 민규를 바라봤다. 민규는 그의 시선 따윈 신경 쓰지 않고 소예배실 밖으로 나왔다.

23

"목사님."

민규를 먼저 부른 건 김정은이었다. 서둘러 김정은의 뒤를 따라 나온 민규였지만 바로 그녀의 이름을 부르지는 못했다. 지하에 있는 소예배실에서 나온 김정은은 엘리베이터 앞에 멈춰 서있었다. 민규는 그녀와 시선이 마주쳤지만 그 순간 할 말이 없어졌다. 어떤 말을 꺼내야 할지 엄두가 안 났다고 하는 게 정확한 민규의 마음이리라.

어색한 침묵의 벽을 먼저 깬 건 정은이었다. 정은이 민규를 '목사님'으로 부른 순간, 민규의 마음에선 두 가지 생각이 회오리처럼 뒤엉켰다. 청년부 시절, '야', '너', 혹은 '민규', '정은'으로 부르던 막역한 사이에서 이제는 목사님과 성도의 관계로만 봐야 하는 어색함이 그 하나였다. 하지만 반대로 이 거리감이 없다면 정은과는 최소한의 대화도 불가능했을 거란 안도감이 교차했다. 그렇게 민규의 머리와 가슴에서 묘한 심정의 충돌이 일어나던 사이 엘리베이터 문이 열렸다. 정은이 먼저 엘리베이터에 올랐다. 그리고 다시 한번 말문을 열었다. 엘리베이터 문 밖에 서서 자신을 바라보는 민규를 보며.

나쁜 하나님

"안 타실 거예요?"

정은의 그 말은 민규의 귀에 함께 탑승하자는 제안처럼 들렸다. 민규가 엘리베이터 안에 들어서자 문이 곧 닫혔고, 둘 사이엔 또다시 침묵이 흘렀다. 지하 2층 소예배실에서 지상 1층으로 올라서는 동안이었다. 그 시간이 민규에겐 숨 막히는 순간으로 다가왔다. 침묵의 베일을 벗겨낸 건 이번에도 정은이었다. 정은은 자신을 조심스럽게 바라보는 민규와 다르게 머리 하나 정도는 큰 키의 그를 당당하게 올려다보았다. 그 순간, 민규 역시 정은을 보다 자세히 살필 수 있었다. 14년이란 시간이 지났다. 오랜 시간의 풍상을 입은 것만큼이나 더 심대한 변화가 그녀의 인생을 두고 휘몰아쳤을 것이다. 하지만 민규의 눈에 들어온 정은은 세월을 잊은 14년 전 모습 그대로였다. 청년부 예배를 마치고 예배실 밖을 향하며 성경, 하나님, 진실에 대해 진지하게 말하던, 맑게 빛나던 눈동자와 표정 그대로였던 것이다.

"목사님."

"예?"

"환영해요."

"……?"

"돌아온 걸 환영한다구요."

"……."

"진심으로…… 기뻐요."

엘리베이터 문이 열렸다. 문이 열리자 절반쯤 개방되어 있는 교회 정문이 보였다. 스테인드글라스로 화려하게 장식된 율주제일교회의 정문은 지나칠 정도로 높고 웅장했다. 정은과 민규는 그 문의 출입을 함께했다. 둘 사이에 오가는 말은 없었지만 서로를 외면하지 않았고, 둘은 약속이라도 한 것처럼 보폭을 함께하며 걸어 나갔다. 이 순간 민규는 마치 시간을 잊은 듯했다. 오래전 청년부 예배를 파하고 교회 정문을 함께 걸어 나오던 그때 그 기분 그대로였다.

하지만 민규는 자신의 머릿속에서 한 가지 생각을 쉬 지우지 못했다.

'진심으로 기쁘다? 과연 정은이 그럴 수 있을까.'

그러한 마음은 민규로 하여금 두려움과 죄책감을 낳았다. 정은은 자신의 얼굴을 당당하게 볼 수 있지만 민규는 그렇지 못했다. 자신이 정은에게 보여주었던 무책임과 비겁함이 민규의 마음을 무겁게 내리눌렀기 때문이다.

민규가 마음의 죄책감을 쉽게 내려놓지 못하던 그때, 새벽 2부 예배를 드리기 위해 교회 정문으로 걸어오는 여자 집사들과 권사들의 곱지 않은 시선이 파고들었다.

민규는 그 따가운 시선이 자신만의 착각이 아닌 것을 실감했다. 정은과 나란히 걷는, 때문에 둘이 함께 걷는 일행으로 예측될 수밖에 없는 상황을 바라보는 교인들의 시선은 가혹할 정도로 차가웠다. 질타와 원망, 두려움과 경계로 뒤엉킨 교인들의 시선이 표적처럼 파고들었다. 그리고 그 대상은 민규가 아니라 정은이었다. 민규는 조심스럽게 교인들의 따가운 시선의 대상이 된 정은의 눈치를 살폈다. 하지만 정은은 교인들의 경계의 시선

나쁜 하나님

에 대해 오래된 내성을 지닌 듯 태연하게 반응했다.

"왜…… 이러지?"

민규가 물었고 김정은이 태연한 표정으로 되물었다.

"뭐가요?"

"저기…… 정은 씨."

어떤 표현이 적당할까를 쉽 없이 고민하던 중 내뱉은 마지막 말은 결국 '정은 씨'였다. 그 호칭을 뱉은 뒤 민규는 바로 호칭을 정정했다.

"미안해요, 옛날 습관이 남아 있어서. 김선생님으로 불러야 하는데."

그 사이사이에도 새벽 예배 참여 교인들의 따가운 시선은 계속해서 민규를 괴롭혔다. 정은이 말했다.

"말하지 않아도 알 것 같아요."

"뭘?"

"뭘 묻고 싶어 하는지 짐작한다고요. 권사, 집사 들의 시선 때문에 그렇죠?"

"김선생……."

"알고 싶으세요? 저들이 왜 저러는지?"

김정은의 시선이 민규의 마음속 깊이 파고들었다. 순간, 민규는 어떻게 해볼 겨를도 없이 14년 전 겨울의 자신으로 되돌아갔다. 일방적인 헤어짐을 통보받던 정은이 물었던 질문이 민규의 기억 속에서 되살아났다.

'알고 싶어, 민규 씨. 왜 이러는지…… 알고 싶어.'

고통의 문

24

신앙과 기도는 신을 향한 깊은 성찰과 이웃을 향한 조건 없는 사랑으로 파고든다. 하지만 때론 그 반대도 있다. 기도의 화살이 신앙과 다른 방향을 향하게 되면 그 기도는 상대에게 깊은 상처를 낼지도 모르는 일이다.

오래전 국내 유수의 신학대학원에서 목회학 석사 과정을 마치고 율주제일교회 전도사로 부임할 때의 민규는 거룩함에 대한 범접할 수 없는 열정에 사로잡혀 있었다. 거룩함과 세속에서의 성공이 동일시될 수밖에 없는 이십대의 피 끓는 청춘, 그 흥분은 민규의 신앙 열정을 욕망의 추구로 탈바꿈시키는 데 분명한 역할을 감당했다. 민규는 기도했다. 자신이 이런 대형 교회에다 일궈놓은 담임목사의 카리스마에 의해 놀아나는 부속품이 되지 않게 해달라고. 더 크고 더 깊은 신학을 공부할 수 있게 해달라고.

그런 민규에게 미국이란 나라는 기회의 땅으로만 보였다. 신앙의 위인들이 일궈놓은 세계 제1의 패권국 미국은 민규에게 신앙과 신학의 끝으로 보였다. 그곳에서 신학을 공부하고 현지에서 사역한다면 신의 뜻을 더 크고 효율적으로 확장시킬 것으로 믿었다. 적어도 이 지방 소도시에서 개척 아니면 담임목사가 될 방법이 거의 없어 보이는 막연한 현실은 벗어날 수 있을 거라 믿었다.

그러나 민규 혼자만의 힘으로 미국 유학을 준비하는 건 너무나 막막했다. 백만 원이 채 안 되는 전도사 월급을 모아 미국에서 신학대학교를 갈 수 있는 건 불가능했다. 그렇지 않으면 미국에 사역할 수 있는 최소한의 연고가 있어야 했다. 홀어머니가 가족의 전부인 민규를 지원해줄 인맥은 어디에도 없었다. 그러한 악조건 속에서 민규는 김정은과 결혼을 약속했다. 둘만의 조촐한 언약식도 치렀다. 교회 청년들이 함께 축하해주고 기도해준 그 자리에서 민규는 신대원 졸업반 시절, 지방대학 음대를 졸업하고 교회 반주 봉사를 하며 어린이집에서 아이들에게 피아노를 가르치던 피아노 선생님 김정은과 미래를 약속한 것이다.

김정은은 민규의 가난에 아무 불만도 얘기하지 않았다. 중고등학교 때부터 교회에서 함께 예배하고 함께 밥을 먹었다. 그렇게 함께 성장한 민규는 정은에겐 신뢰하고 아끼고 싶은, 찬란히 빛나는 별이었다. 정은의 마음속에 들어온 민규는 분명 그랬다.

하지만 언약식을 끝내고 전도사 직임을 시작한 민규의 생각은 급변했다. 정은이 자신의 큰 뜻을 이뤄줄 수 있는 상대가 아니란 절망감을 갖게 된 것이다. 그 절망감이 정은을 바라보는 민규의 마음을 점점 차갑게 만들었다. 가난한 홀어머니 밑에서 성장한 민규와 홀아버지와 둘이 사는 정은에겐 미국 유학과 그곳에서의 사역을 기대할 수 있는 어떤 청사진도 나타나지 않았다.

그래서일까. 한국에 사업차 체류 중이던 정묵환 장로. 20여 년 전 미국 뉴욕으로 이민한 뒤 자수성가해 상당한 재력가가 된 뉴욕한인교회의 일등공신 장로인 그가 민규에게 당신의 특별한 신학적 재능을 눈여겨봤다는 소회를 털어놓았다. 그때 민규는 자신이 걷는 길에 새로운 지평이 열릴지도 모른다는 기대를 갖게 되었다. 그리고 기도했다. 자신의 욕망을 신의 뜻과 동일시하는 기도를.

그 기도는 악마의 기도였다. 정장로가 뉴욕 증권사에 근무하는 자신의 외동딸에 대한 신앙 상담을 요청했던 그때, 민규는 이 기회가 자신에게 주어진 마지막 기회일지도 모른다는 생각에 몸이 달았다. 그래서 한 번도 보지 못한 정장로의 딸을 향한 기도와 상담에 열중했다. 그 모습에 감복한 정장로는 조심스럽게 자신의 딸을 민규에게 소개하고자 했다. 혼담을 주선한 것이다.

정장로로부터 딸과의 결혼을 제안받았던 그때, 민규의 귀와 눈, 심장, 마음 어디에도 정은은 없었다. 10여 년 이상을 교회에서 거의 하루도 빼놓지 않고 봐오던 정은이 민규의 타오르는 욕망 속에서 한 줌 재가 되어 소멸되어버린 것이다.

민규는 정은에게 이별을 말하는 데 있어 아무 망설임이 없었다. 수많은 청년들의 축하를 받으며 언약식도 하고 결혼도 약속했었지만, 민규는 그런 약속 따윈 안중에도 두지 않았다.

'하나님이 나의 길을 더 강한 곳으로 나아가게 이끄시는 거야. 난 목적이 이끄는 삶을 의심하지 않아. 결코.'

민규는 가증스럽게도 하나님의 이름을 들먹거리며 파혼을 통보했다.

"정은아, 여러 날을 고민하면서 기도했어. 결국 너와 나는 가는 길이 다르다는 하나님의 음성을 듣고 말았지. 이건 말이지…… 우리 둘 모두, 서로가 살 수 있는 길이라 생각해. 그러니 우리 헤어지는 걸로 생각하지 말자. 서로 더 좋은 길로 나아가는 신의 뜻에 뜨겁게 순종하는 길이라고 믿자. 그렇게 믿어보자, 정은아. 우리 그렇게 믿자."

민규는 정은이 어떤 말이라도 해주길 바랐다. 참으로 이기적이지만 정은도 자신이 생각하는 것처럼 하나님의 음성을 듣게 해달라고 기도했다. 하지만 정은은 어떤 말도 하지 않았다. 민규의 파혼 통보를 잠자코 듣고 있던 정은은 침묵의 결을 타고 하염없이 맑은 눈물만 쏟아냈다. 민규는 그 눈물이 견딜 수가 없었다. 구차하고 초라해 보였다.

"너도 생각해봐. 나같이 가난하고 배경 없는 전도사와 결혼해 무슨 미래가 있겠어? 내가 이 지방에 처박혀 있는 이상 실패한 목회자로 늙을 게 불을 보듯 훤해. 너도 그런 배우자를 원하는 건 아니잖아. 그러니 우리 기도하자. 우리 서로 더 좋은 배우자를 만나게 해달라고 기도하자. 그렇게 하자, 정은아."

그 순간 정은은 단 하나의 질문만을 건넸다. 맑은 눈물을 끊임없이 흘러내리던 그때였다. 정은이 떨리는 입술을 조심스럽게 열며 말했다.

"알고 싶어."

"……뭘?"

"왜 이러는지."

"……."

"왜 이러는지 알고 싶어."

민규는 한 번도 묻지 않았다. 자신이 왜 이러는지. 왜 이래야
하는지. '왜'라는 질문이 14년 전의 그때에는 좀처럼 들리지 않았
다.

25

"내가 떠나기 전에 여기는 공장들이 있던 자리였는데."

민규가 자연스럽게 말을 놓았다. 민규의 맞은편 자리에 앉은 정은이 옅은 웃음을 보였다. 다소 풀어지고 흩어졌던 생머리를 다시 묶었다.

블라인드를 내리지 않은 아침의 스타벅스였다. 창문 틈새로 강렬한 햇살이 쏟아져 내려 정은의 자리를 밝혔다. 눈이 부실 법도 했지만 정은은 빛을 피하지 않았다. 그녀가 말했다.

"농촌 마을이 첨단 산업 단지로 바뀐 지는 5년 정도 됐어요."

"첨단 산업 단지?"

"그렇게 표현하는 것뿐이죠. 사실 이곳은 원주민들의 생계를 강제로 빼앗고 지역 주민 대부분을 국가시설의 용역으로 만들어버렸어요."

정은의 한 마디 한 마디엔 원망과 질타보다는 현실을 정확히 설명하고픈 의지가 느껴졌다. 그 의지가 민규로 하여금 다시금 질문하게 했다.

"폐기물처리장 등의 시설이 급속도로 늘었어."

"불과 10년 만에 벌어진 일이에요. 그사이 율주는 이상한 나라의 앨리스가 되어버렸죠."

"그게 무슨 말이야?"

"초고층 아파트에 최첨단 쇼핑 센터가 세워졌어요. 있어야 할 건 전부 사라지고 남은 건 초고층아파트와 대형 쇼핑몰뿐인 게 이곳의 현실이에요."

"김선생. 아니, 정은아."

"……?"

"너 좀 변한 것 같아."

"어떤 면으로요?"

"뭐랄까. 세상을 보는 눈이 냉소적으로 변한 것 같아."

'냉소적'이란 말이 정은을 자극한 걸까. 정은이 더 또렷하고 분명한 시선, 거기에 덧붙여진 정색의 낯빛으로 민규의 말에 답했다.

"제가 변한 게 아니라 이곳이 변했고."

"……."

"목사님도 변했어요."

변했다는 말을 듣는 순간 민규의 입에서 옅은 한숨이 새어 나왔다. 애써 잊으려 했던 오래전의 죄의식이 복원되는 순간이었다. 민규는 정은이 자신을 편하게 대할 마음이 없다고 판단하고는 다시 존댓말로 되돌아왔다.

"……내내 무거웠고, 죄스러웠어요."

"무엇이 죄스러웠다는 거예요?"

"14년 전의 일…… 당신과의 약혼을 아무렇지도 않게 어기고 성공을 쫓아 미국으로 도망쳤던 내 자신에 대해 많은 생각을 했어요."

"목사님."

"……?"

"솔직하게 말해도 돼요?"

정은이 민규의 말을 가로막고 말했다.

"그때, 목사님이 저한테 했던 행동은 어떤 말로도 용서받을 수 없어요."

"……."

"그때 목사님, 아니 정민규란 사람은 제 마음속에서 죽었어요. 영원히 떠오를 수 없는 깊은 바다 속에 수장된 거죠."

정은의 단호한 말이 천형의 선고처럼 민규의 마음속 깊이 파고들었다. 민규는 정은의 시선을 피하며 말을 이었다.

"그래요. 그 후로 난 천형의 벌을 받고 있는 것 같아요."

"이혼의 고통을 말하려는 건가요?"

이혼이란 말을 듣는 순간 민규가 다시 정은을 바라봤다. 정은은 내내 민규를 보고 있었다. 정은이 말했다.

"양권사님만 모르고 교회 사람 모두가 알고 있어요."

"내 이혼 사유에 대해서도?"

정은이 고개를 끄덕였다. 민규는 절망적인 표정이 되었다.

"하지만 이제 율주제일교회 사람들은 사생활 관련해 문제 삼지 않아요. 그냥 목사님은 무던히 세련된 설교와 평안을 주는 인자한 웃음, 성품만 보여주시면 되죠."

"그렇게 말하는 김선생은 그런 걸 원하지 않는 것처럼 보이는 데…… 내가 잘못 본 건가요?"

"정확히 보셨어요. 솔직히 목사님을 비롯해 지금까지 이곳을 거쳐간 목사님들의 설교는 정말이지 듣고 있을 수가 없어요. 역겨워요."

"역겹다……."

그 말이 민규의 속에서 반발심을 생기게 했다. 민규는 볼멘소리로 따지듯 물었다.

"그렇게 역겹고 불만스러우면서 왜 여기 계속 남아 있는 거죠? 나와 이렇게 만나 말을 섞는 건 또 뭐고. 김선생 말대로라면 난 이미 오래전에 죽은 사람 아닌가요?"

말은 그렇게 했지만 민규는 자신이 꺼낸 말을 이내 후회했다. 자신이 무슨 자격으로 정은에게 그런 말을 할 수 있는지 자괴감이 밀려들었다. 하지만 정은은 아랑곳하지 않았다. 오히려 정말 하고 싶은 말을 할 수 있는 기회를 잡았다는 듯 분명하게 말했다.

"목사님이 이곳에서 마지막으로 해야 할 일이 남았기 때문이에요."

"마지막으로 해야 할 일?"

"목사님도 다른 이들과 다르지 않을 수도 있겠죠. 하지만 한 가지만큼은 분명히 알아요. 목사님이 할 수 있고, 해야만 하는 일이 있다는 것."

"……."

나쁜 하나님

"사실 목사님이 이곳에 청빙 받으셨다는 소식을 듣기 전날, 전 이곳과 관계된 모든 일을 그만두려고 했어요. 그런데, 목사님이 오신다는 말을 듣고 마음을 고쳐먹었죠. 이번이 마지막일지도 모른다는 생각으로요."

"난 잘 모르겠어요. 내가 뭘 할 수 있다는 거죠?"

"한번 보시겠어요?"

"무엇을?"

"제가 왜 이곳 사람들에게 외면당하고 있는지…… 그리고."

"그리고?"

"왜 목사님이 오셔서 기쁘다고 했는지에 대해서요."

26

그 주의 수요일. 교회는 사순절 고난주간을 맞이하는 재의 수요일이었다. 그날은 민규가 정은과 만나는 날이었다.

월요 새벽 예배에서 정은을 만난 이후, 그 만남의 마지막 자리에서 정은은 '부탁'이란 말과 만남을 말했다. 그때만 해도 민규는 고개를 끄덕일 수밖에 없었다. 정은에게 일종의 원죄와 같은 두려움을 끌어안고 있던 민규는 정은이 말하는 어떤 요구에도 응할 수밖에 없는 자신을 부정하지 못했다. 그건 14년 전, 일방적 헤어짐에 대한 뿌리 깊은 죄책감의 결과였다.

민규에게 들려오는 율주제일교회 피아노 반주자 김정은에 대한 풍문은 들어주기 어려운 추잡함 일색이었다. 이제 막 교회에 부임한, 그것도 이 지역 소문을 제대로 접하기도 어려운 고립된 담임목사 신분이던 자신에게까지 들려왔다면 정은에 대한 이야기는 율주시 전체에 모르는 사람이 없을 정도일 거라고 민규는 짐작했다.

풍문의 내용은 민규의 귀를 더럽힐 정도로 지저분했다. 정은이 겉으로는 교회에 충실하고 교회가 운영하는 신애원의 돌봄교사로 착실히 일하는 것처럼 보이지만 속을 들여다보면 창녀에

나쁜 하나님

가깝다는 게 악소문의 주요 내용이었다. 소문이 무서운 것은 쌓이고 쌓여 사람들 사이에 기정사실화된다는 점이었다.

소문을 듣고 난 뒤, 민규는 왜 사람들이 김정은을 때론 집어삼킬 듯 노려보거나 혐오스러운 것을 보는 듯 인상을 구기며 외면했는지 짐작할 수 있었다. 율주제일교회에 다니는 사람들 대부분은 정은을 둘러싼 소문을 믿고 있는 눈치였다. 피아노 교사에다 돌봄 교사로 일하는 정은이 순진한 사람들을 꾀여 불륜이며, 스캔들이며, 가족, 이웃 가리지 않고 저지르고 다녔다는 것, 그 때문에 임신한 아이를 낙태한 것도 벌써 여러 번이며, 율주제일교회를 비롯해 율주시 남자 중에 정은과 관계 맺지 않은 사람이 없을 정도라는 소문이 먹구름처럼 정은을 에워싸고 있었다. 민규와 동갑내기인 정은이 마흔을 훌쩍 넘긴 지금까지 결혼하지 않고 혼자 있는 이유 역시 창녀처럼 몸을 함부로 놀리고 다닌 것에 대한 하나님의 저주라는 말까지 나돌았다.

민규는 그들의 소문 중 그 어떤 것도 믿지 못했다. 아니, 설령 백번 양보해 그게 사실이다 해서 무슨 상관이냐는 생각이었다. 민규는 정은에 대한 사람들의 소문보다도 그녀의 눈빛에서 진실을 읽었다. 정은의 눈빛에선 흔히 말하는 세속적 탐욕이나 조금의 물욕도 찾아볼 수 없었다. 민규가 알고 있는 정은은 결코 그런 부적절한 행동을 할 사람이 아니었던 것이다.

하지만 그런 정은이 파리 목숨에 가까운 율주제일교회의 담임목사 자리에 앉은 자신에게 저녁에의 독대를 요청한다는 건 민규로 하여금 그 먹구름 가득한 소문을 떠올리지 않을 수 없게 했다. 소문의 주범들은 대부분 율주시민들이었다. 그들 대부분 정은을 세속적이고 비윤리적인 여자로 낙인찍은 상태였다. 민규는 정은과의 만남에 사람들의 시선을 의식하지 않을 수 없었다.

정은은 이런 민규의 마음까지 헤아릴 여유가 없었다. 정은은 민규가 당연히 약속 장소에 나올 것으로 믿는 눈치였다.

수요일 저녁. 민규는 정은이 말한 장소로 향하고 있었다. 정은이 말한 곳은 공교롭게도 교회였다. 교회에서도 현재는 사용이 불가해진 장소, 비밀 장소가 되어버린 교회 3층의 복도 끝이었다.

이미 오래전에 문을 걸어 잠근 3층은 지난주 한장로와 민규가 동행했던 곳이었다. 다시 찾은 이곳의 복도 끝 입구엔 자물쇠가 채워져 있었다. 밤 8시. 저녁 예배가 이제 막 끝날 때쯤, 몇 되지 않는 수요 예배 참석 교인들이 2층 대예배실을 빠져나가고 있었다.

복도의 끝. 정은은 이미 기다리고 있었다. 민규는 3층 복도로 들어서자마자 불부터 점등하려 했다. 스위치가 고장 난 걸까, 아님 전등이 고장 난 걸까. 3층 복도의 불은 끝내 켜지지 않았다. 하지만 불이 꺼져 있어도, 복도 창문 사이로 스며드는 외부 건물 조명에만 의지해야 하는 어둑어둑함에 불구하고 복도 끝에 서 있는 정은을 알아보는 건 전혀 어렵지 않았다. 정은과 눈을 마주한 민규가 먼저 질문했다.

"왜 여기서 만나자고 한 거죠?"

나쁜 하나님

정은이 바로 답했다.

"함께 갈 곳이 있다고 했잖아요."

"그곳이 어딘데요?"

"신애원요."

신, 애, 원. 왜 정은으로부터 신애원이란 이름을 듣는 순간 자신의 온몸에 뜻 모를 소름이 돋았는지 민규는 이해하지 못했다. 언제나 이해를 앞서는 건 몸의 반응이다. 공포, 두려움, 슬픔, 분노와 같은 즉흥적 감응은 비록 그것이 즉흥적으로 보일지라도 오랜 시간 차곡차곡 쌓여온 근본적인 생각과 맞닿아 있는 법이었다. 설명하긴 어렵지만 민규는 어느 순간부터 신애원에 대한 거부감과 뜻 모를 두려움을 품고 있었다.

이윽고 정은은 닫혀 있던 복도 통로 문을 개방했다. 자물쇠를 다루는 솜씨가 꽤 익숙해 보였다. 그 모습을 지켜보던 민규가 물었다.

"왜 그곳에 가야 하죠?"

조심스럽게 물었지만 그 말 속에 담긴 민규의 거부감을 정은은 눈치챈 듯했다.

"내가 왜 그곳에 가야 하냐고요?"

정은은 민규의 질문에 망설임 없이 답했다.

"직접 보고 난 다음에 이야기해도 늦지 않아요."

"김선생, 난 말이에요……."

순간 민규가 망설였다. 정은을 창녀, 미친 여자, 이중인격자로 몰고 있는 수많은 교인들의 데스마스크 같은 얼굴이 떠올랐기 때문이다. 망설이는 민규에게 정은이 못 박듯 한마디했다.

"나에 대해 속죄하고 싶은 마음이 조금이라도 남아 있다면."

"……."

"그럼 따라오세요."

그 말을 끝으로 정은이 열린 복도 통로문 사이로 들어섰다. 유리구조물로 마감된, 신애원으로 연결되는 구름다리에 발을 내딛은 것이다. 결국 민규는 그녀의 뒤를 따랐다. 정은에 대해 남아 있는 죄의식을 털어내기 위해서라도.

27

지난번 한장로와의 만남에서는 신애원으로 실제 연결되는 통로, 그 너머까지 다가가지는 못했다. 비약이 허락된다면 민규에게 신애원으로의 문, 그 문을 여는 것은 열지 말아야 할 판도라의 상자를 여는 것과 같았다. 왜 그런 생각이 들었는지는 모르지만 자신보다 앞에서 걸어가고 있는 정은의 뒷모습을 보며 민규는 그런 생각의 그늘을 쉬 지우지 못했다.

민규보다 앞장서서 일정한 속도로 걸음을 옮기던 정은은 아무렇지도 않게 구름다리의 끝, 겹겹이 자물쇠가 채워져 있는 철문을 열었다. 정은의 행동은 건물 구조에 대해 익숙하게 알고 있는 사찰 집사의 그것보다도 더 능숙해 보였다.

철문이 열리고 나타난 세계는 판도라의 상자 운운했던 것이 민망할 정도로 평범했다. 밤 9시가 다 되어가는 시간대여서 그런지 신애원 시설, 3층 복도를 사이에 두고 빼꼭히 도열되어 있던 방마다 야간 점호를 준비 중이었다. 철문을 열고 신애원 3층으로 들어선 순간, 정은과 그 뒤를 따른 민규를 가로막는 이가 있었다. 야간 점호를 진행하던 지도 선생이었다. 전형적인 아줌마

파마머리가 인상적인 오십대 초반의 그녀는 교회로 이어진 철문을 열고 들어선 정은을 향해 앙칼진 목소리로 경고했다.

"그 문, 사용하지 말라고 몇 번을 말했어요!"

민규가 깜짝 놀라 짐짓 걸음을 멈출 정도로 지도 선생의 목소리엔 험악한 원망, 날카로운 경계가 한가득 뒤섞여 있었다. 하지만 정은은 이러한 반응이 일상이라는 듯 아무렇지도 않게 대구했다.

"저 문을 닫아 놓으라는 규정은 어디에도 없어요."

"이곳의 규칙이잖아요. 원장 선생님 명령이에요."

"원장 선생님 명령이 규칙이라고 누가 그래요? 신애원은 율주 제일교회와 연결되어 있어요. 그런 취지에서 구름다리도 만들어 놓은 거구요. 자, 보세요."

그렇게 말한 정은이 자신의 손에 쥐고 있던 자물쇠를 보여준 뒤 다시 말을 이었다.

"모든 선생님이 이 열쇠를 사용할 수 있어요. 이 열쇠, 신애원 사무실에서 구한 거구요."

정은의 말엔 흥분이 담겨 있지 않았다. 그저 차분히 자신이 품은 생각을 담담히 털어내는 데 집중했다. 그런 정은의 말에 지도 선생의 풀이 죽어버렸다. 하지만 지도 선생은 이내 정은의 뒤를 따라 들어온 한 남자, 민규를 손가락으로 가리키며 거칠게 불만을 쏟아냈다.

"저렇게 외부 사람을 함부로 들이는 것도 규정에 있어요?"

지도 선생이 그렇게 말하자 정은이 어처구니없다는 표정을 지

나쁜 하나님

었다. 잠시 침묵하는 정은의 태도에 기가 오른 지도 선생이 더 목소리를 높였다.

"어디 말 좀 해봐요. 아까는 잘도 떠들더니만 지금은 왜 꿀 먹은 벙어리가 됐는데!"

자신을 추궁하는 지도 선생을 향해 정은이 세차게 한마디 내뱉었다.

"이분은 율주제일교회 담임목사님이세요. 선생님도 교인이면서 담임목사님 얼굴도 모르세요?"

"뭐라고?"

"이번에도 신애원 규정을 잊은 건 아니겠죠. 율주제일교회 담임목사는 교회 부속 복지시설인 신애원의 감사, 관리의 의무를 가진다고요."

지도 선생은 더 말을 잇지 못했다. 민규를 향해 눈을 제대로 뜨지도 못했다. 그저 물러나고 싶은 마음뿐이었다. 실제로 그녀는 이어지는 정은의 말을 더는 견디지 못하고 서둘러 3층에서 벗어났다. 야간 점호도 생략한 채.

"지금까지 거쳐간 목사님들이 둘러보지 않았던 것뿐이지 이곳은 원래 담임목사님의 지도와 관심이 필요한 곳이에요. 그렇지 않나요?"

정은의 말은 어느새 대상 없는 메아리가 되고 말았다. 그리고 이제 남은 건 정은과 민규, 그리고 둘을 숨죽여 바라보는 방 안의 아이들, 신애원 원생들이었다.

정은이 천천히 걸음을 옮겼다. 민규도 그녀와 보폭을 함께하며 걸었다.

야간 점호를 위한 조치인 듯 양 옆으로 도합 열 개가 넘는 방문은 모두 열려 있었다. 그와 함께 민규의 눈에는 결코 크지 않은, 방이 더더욱 비좁다고 느낄 정도로 많은 아이들이 앉아 있었다. 적게는 초등학교 갓 입학한 연령대로 보이는 남자아이에서부터 많게는 스무 살로 봐도 오해가 없을 정도로 성숙한 몸을 가진 여자아이도 눈에 띄었다. 그 많은 아이들이 놀랍게도 정신지체라는 특성에도 불구하고 미동도 하지 않은 채 무릎 꿇은 자세로 점호를 기다리고 있는 게 민규의 시선에 강하게 파고들었다. 그와 동시에 민규는 아이들을 살폈다. 아이들의 시선과 표정에는 피하기 어려운 대상을 향한 공포와 두려움이 들끓고 있었다. 민규를 차마 똑바로 올려다보진 못하고 흘깃 치켜뜬 눈으로 바라보던 그들의 흔들리는 눈동자엔 공포의 그림자가 강하게 배여 있음을 민규는 거부하지 못했다.

민규가 한 아이 앞에서 멈춰 섰다. 복도의 끝 마지막 오른쪽 방에 앉아 있던, 십대 후반 정도로 보이는 여자아이였다. 긴장의 끈을 놓아버린 듯 그 여자아이만큼은 무릎을 꿇지 않고 방구석에 기대고 앉아 있었다. 민규의 시선은 팬티를 훤히 노출시킨, 민망함을 일으키는 남루한 원피스 차림의 두 다리를 향했다. 여자아이의 민망함에 대한 관찰이 아니었다. 그 아이의 두 허벅지와 무릎, 그리고 종아리, 어디 하나 여지를 찾아볼 수 없이 시퍼렇게 배여든 멍자국이 그의 눈에 들어왔다.

다리에 한가득 시퍼런 멍을 남긴 여자아이 앞에 멈춰 선 민규

나쁜 하나님

를 따라 정은도 멈춰 섰다. 그리고, 정은은 이제껏 침묵을 지키던 그녀 자신만의 규칙을 어기고 민규가 바라보는 그 여자아이를 함께 바라보며 말문을 열었다.

"이게 여기 모습이에요."

"……그게 무슨 뜻이에요?"

"지금 보이는 게 진짜 현실이라고요."

차갑게 가라앉은 정은의 목소리가 민규의 마음에 고요한 파문을 일으킬 때였다. 그때 민규의 눈에 또 한 사람이 들어왔다. 복도 계단을 슬그머니 밟고 4층 계단으로 올라선, 폐쇄된 터미널 역사에서, 철도 건널목에서 마주했던 소녀였다. 민규의 시선이 소녀에게 머물자 정은이 말했다.

"윤서주예요."

"……."

"앞으로 기억해야 할 거예요, 그 이름을요."

거역할 수 없는 거부의 눈길로 타오르는, 윤서주란 이름을 가진 소녀. 민규는 윤서주와 가만히 눈을 마주했다. 윤서주도 민규를 피하지 않고 맞서 바라봤다. 소녀는 마치 민규에게 다음과 같이 말하는 것 같았다.

'여긴…… 왜 왔어요?'

28

　민규는 악몽을 꾼 느낌이었다. 단지 정신지체 장애인 시설을 둘러보고 온 것뿐이다. 더욱이 그들은 대외적으로는 정부와 교회의 지원을 받으며 부러울 것 없이 생활하는 것으로 알려진 이들이었다. 시도 단체, 특히 지방자치단체는 신애원의 존재를 매우 눈여겨보며 장애인 돌봄 시설의 선도적 모델로 제시할 정도였다. 지역 사회와 종교 시설이 긍정적인 유대와 협력을 일궈낸 상생의 첫 사례로 율주제일교회가 운영하는 신애원을 거론했던 것이다.

　하지만 이 모든 건 민규가 언론을 통해 들어온 신애원이었을 뿐이다. 정은의 보이지 않는, 이른바 침묵의 소리에 이끌려 바라본 신애원은 설명하기 어려운 절망으로 가득한 곳이었다. 곰팡이 가득한 방, 설핏 살펴만 봐도 알 수 있는 구타의 흔적, 더 이상의 주눅 든 모습을 상상할 수 없이 가라앉아 있는 원생들의 일그러진 무표정, 죽음의 위협마저 위협으로 다가올 수 없을 정도로 짓눌려버린 타성으로 가득한 그들의 모습에서 민규는 지금까지 추상적으로만 알아온 신애원의 겉모습과 너무 다른 실상에 경악했다.

　　　　　　　　　　　　　　　　　　　나쁜 하나님

신애원 1층 입구. 본의 아니게 이뤄진 율주제일교회 담임목사의 시찰 이후, 정은은 민규에게 다음과 같은 말을 남겼다.

　　"목사님."

　　"……."

　　"목사님이 마지막으로 하셔야 할 일은 바로 여기에 있어요."

　　"신애원?"

　　"이곳과 교회요."

　　"내가 뭘, 어떻게 해야 하는 거죠?"

　　"이곳의 아이들을, 구원해야 해요. 그럼 교회도 구원되는 거예요."

　　"그게 무슨 말이요? 구원이라니."

　　"목사님은 지옥이 어디 있다고 생각하세요?"

　　"……."

　　"지옥이 있다면 바로 여기예요. 절망조차 사치스러운, 숨 쉴 수 있는 어떤 통로도 막혀버린. 이곳보다 더한 지옥은 없어요. 이곳은…… 하나님도 버린 곳이에요."

　　"김선생, 잠깐만."

　　"말씀하세요."

　　"대체 무슨 근거로 이곳을 지옥이라고 말하는지 이해할 수 없어요."

　　"보고도 그런 말을 하세요?"

　　"뭘 말이요? 혹시 지금 아이들이 자는 방의 비좁음, 아이들의 하나같이 침울한 표정, 그걸 말하는 거요? 그건 지엽적인 문제예요. 또한 난 지금 이곳 신애원을 처음 본 거요."

"목사는 원래 보이는 세계 너머의 진실을 볼 수 있어야 하는 거 아닌가요? 배후의 진실을 더 확실히 보려고 미국에 가신 거 아니었어요?"

미국행에 대한 비난처럼 들리는 그 말이 민규의 심기를 자극했다.

"목사가 무슨 신이나 된다고 생각해요? 목사도 그냥 사람이에요. 보이는 것 너머의 진실은 무슨. 보편적으로 모든 이에게 확인되는 사실. 그게 진실 아닙니까?"

민규가 소리 높여 말하자 정은의 표정이 더 무겁게 굳었다. 민규가 발끈한 것에 대한 감정적 반응으로 보긴 어려웠다. 그 반응은 민규를 향한 이유를 알 수 없는 절망, 그 절망의 마지막에서 호소하는 절규에 가까운 신음이었다. 잠시 침묵을 지킨 정은이 말을 이었다. 방금 전보다 한층 더 차갑고 낮은 목소리로.

"그렇다면 목사님. 진실을 알고 싶으세요?"

"그래요. 당신이 이곳이 지옥이라고 부르짖을 만한 진짜 진실을 두 눈으로 직접 봐야 믿을 수 있을 것 같아요."

"민규 씨."

갑자기 정은이 호칭을 목사에서 민규 씨로 바꿨다. 그렇게 말한 그녀의 목소리는 한층 부드러웠지만 그만큼 절박했다. 민규는 정은의 모습에서 청년 시절의 그녀를 보는 듯한 감정에 사로잡혔다. 민규가 정은을 좋아할 수밖에 없었던, 사랑해주고 싶을 수밖에 없었던 격동의 순간에는 언제나 정은의 부드럽지만 절박

나쁜 하나님

하고 안타깝게 흐느끼는 감정의 호소가 있었다.

"말해요. 김선생, 아니."

"……"

"정은아."

민규가 자신의 이름을 불러주는 순간, 정은의 눈빛도 함께 흔들렸다. 민규는 순간 혼란스러웠다.

'뭘 망설이는 거야. 대체 뭘?'

한참을 안타깝게 자신을 쳐다보던 정은이 조금은 가라앉은 목소리로 답했다.

"진실을 본다면 민규 씨, 당신은 더 이상 벗어날 수 없을 거야."

"……"

"민규 씨."

"말해줘. 알고 싶어. 진실을."

민규의 마음속에서 이해할 수 없을 정도의 강한 파동이 일어났다. 그 감정은 매우 복합적이고 미묘한 것이었다. 자신을 자극하던 정은을 향한 변명이나 반발 작용과는 확실히 차원이 달랐다. 그것은 정은을 통해 나타난 자신의 오래전 모습, 그 모습에 대한 거부할 수 없는 동경이었다.

'모든 것을 잃어버리고 여기에 왔어. 그런데 여기에서마저 진실을 잃고 싶진 않아.'

진실을 알고 싶다는 다짐을 천형의 선고처럼 내린 민규에게 정은은 더 이상 날카롭게 굴지 않았다. 이제 민규는 자신을 내내 짓누르던 악몽으로부터 벗어나고 싶었다. 하지만 그 순간, 떨처버리기 힘든 불길함이 민규를 기다리고 있었다. 1층 입구 앞에서 정은과 대화를 나누던 민규의 시선이 그 자신도 모르게 입구의 반투명 유리문을 향했다. 짙게 차양이 내려진 유리문 너머로 서 있는 그 누군가. 윤서주란 이름을 가진 더없이 슬프고 강렬한 눈빛을 품에 안은 소녀가 자신을 노려보고 있었다.

'저 아이도 정은과 같은 말을 하고 싶은 걸까.'

29

"한번 뵙고 싶었습니다. 죄송하지만 성함이……?"

예의를 갖췄지만 일전 김인철 장로의 경우와 마찬가지의 시건
방짐이 느껴졌다. 그 순간, 민규는 사무실 전체를 둘러봤다. 지금
둘러보는 공간인 원장실의 거대한 위엄, 대기업 총수의 개인 집
무실을 연상케 하는 분위기 역시 김인철의 영향력을 간접적으
로 전달해주었다. 민규를 마주 보고 있는 여자, 얼굴 가득 수많
은 주름을 품고 있는, 그 주름을 감추기 위해 정도 이상으로 포
장한 과도한 메이크업이 더한 흉측함을 풍기는 신애원 원장 남
궁숙애였다. 그녀를 본 순간의 느낌, 그것은 김인철과 마주했을
때의 느낌과 동일했다.

"정민규입니다."

"아, 그렇죠? 정민규. 우리 담임목사님."

"우리 담임목사님이라면 원장님께서도?"

"여부가 있겠어요? 여기 신애원은 율주제일교회 소유인걸요.
이곳 원장이 율주제일교회를 섬기지 않으면 어딜 섬기겠어요.
안 그래요?"

남궁숙애가 그렇게 서두르고 조급한 태도로 말을 이어가는

사이 비서로 보이는 한 여자가 들어왔다. 비서의 모습이 인상적이었다. 진보랏빛 투피스에 가슴팍에 화려한 브로치까지 꽂아 넣은 남궁숙애의 치장과는 극적인 대비를 이뤘다. 결코 초라하다고는 할 수 없지만 대기업 회장실을 연상케 하는 화려하고 고급스러운 인테리어로 무장한 원장실 분위기와는 어울리지 않는 소박한 복장이었다. 여자가 들어와 민규의 자리에 커피를 내려놓았다. 민규가 자연스럽게 잔을 들어 한 모금 마실 때였다. 남궁숙애가 고개를 숙인 사이 민규를 내려다보며 한마디했다.

"이번 주 수요일에 이곳을 왔다 가셨다고요?"

커피를 한 모금 마신 민규가 잔을 내려놓음과 동시에 고개를 끄덕이며 답했다.

"예. 잠깐 들렀습니다."

그렇게 말한 민규의 시선이 반사적으로 응접용 탁자 위에 놓여 있는 캘린더를 향했다. 토요일 오후 4시. 평소 같으면 주일 설교 준비에 집중하기 위해 외부와의 연락을 최대한 삼갔을 민규였다. 하지만 지금 이 시간 민규는 직접 차를 몰고 사택을 나와 율주제일교회 옆에 위치한 신애원의 원장실에서 원장 남궁숙애와 마주하고 있다.

이렇듯 평소와는 다른 예외를 수용할 수밖에 없는 결정적인 원인 제공자는 이번에도 김인철이었다. 당일 오전에 걸려온 김인철의 수족 고동식의 전화를 받는 순간, 민규는 표현하기 어려운 중압감에 머리가 지끈거리고 괜스레 심장이 뛰었다. 고동식은 토요일엔 설교 원고를 작성해야 한다고 한사코 외출을 마다하려

　　　　　　　　　　　　나쁜 하나님

는 민규를 세련되게 몰아붙였다. 아니, 세련되고 말 것도 없었다. 고동식의 시작과 끝은 언제나 김인철이었다. 다짜고짜 신애원 원장 남궁숙애와의 면담을 요구하는 자신의 제안을 강하게 거부하는 민규를 향해 고동식의 말이 이어졌다.

'김인철 장로님의 뜻입니다. 바쁘시더라도 잠깐만 시간 내시죠.'

'김인철 장로님의 뜻'. 그 말을 듣는 순간 민규는 감히 피해선 안 된다는 강한 인력에 사로잡혔다. 민규는 김장로가 무슨 이유로 신애원 원장을 만나라고 지시했는지에 대해선 아예 질문조차 못했다. 토요일이건 일요일이건 상관없이 만나야 한다는, 더 정확하게는 그의 지시에 따라야 한다는 기계적인 의무가 머릿속을 지배했다.

그렇게 민규는 토요일 설교 준비의 원칙을 깨고 신애원 원장 앞에 마주 섰다. 원장 남궁숙애는 이미 자신과 마주하고 있는 민규가 김인철의 지시에 의해 자신을 만나고 있다는 사실을 알고 있는 듯했다. 그래서일까. 여유롭고 과장된 미소를 머금으며 대화를 이어나갔다. 목회자에 대한 정중한 예의로 포장되었지만 남궁숙애의 이어지는 말은 권고를 넘어선 일종의 경고였다.

"정목사님, 할 말이 있는데요."

"말씀하세요."

원장과 시선을 마주하기 싫었던 민규는 연신 잔을 내려다보며 커피 마시기에 집중했다. 평소엔 커피 마시기를 즐기지 않던 그였지만 지금 상황에선 커피를 홀짝거리는 것조차 하지 않으면 이 불편함을 해소할 수 없었기 때문이다. 남궁숙애는 자신의 시선을 부러 피하는 민규를 향해 여전히 미소 지은 얼굴로 말했다.

"다음부터는 이곳 원장인 제게 먼저 방문 의사를 밝혀주세요."

"예?"

"그렇게 함부로 오시지 마시구요. 그게 뭡니까, 양아치처럼."

'양아치'라는 단어를 내뱉는 그녀의 주름진 얼굴엔 이미 웃음기가 사라진 뒤였다. 천박한 눈화장, 짙게 그린 마스카라 너머로 숨어 있던 섬뜩한 눈동자가 날카롭게 움직였다.

"게다가 김정은 선생과 함께 오셨다고요?"

"그게 문제될 게 있습니까?"

"문제될 게 있냐고요?"

"김정은 선생은 이곳 신애원의 돌봄 교사입니다. 그분과 함께 이곳을 시찰한 게 담임목사로서 못할 일을 한 겁니까."

"한마디만 할까요?"

"……?"

"그년은 미친년이에요."

"원장님!"

"목사님. 소문이란 게 말이에요, 율주시 주민들 거의 전부가 알고 인정하는 거라면 그 소문은 사실이 아닐 수 없어요."

"원장님, 대체 무슨 근거로……."

"제 말 막지 말고 끝까지 들어요!"

"......"

"그 더러운 씨발년은 칠순이 넘은 내 남편한테까지 꼬리치는 창녀예요. 그 나이 되도록 결혼도 안 하고 제발 꺼지라는데도 교회 주변을 얼쩡거리며 뭐 하나 떨어지는 거 없나 어슬렁거리는 찢어 죽일 년이라고요!"

남궁숙애는 어느 순간 자신의 감정을 절제할 수 있을 기회를 놓쳐버린 듯 보였다. 민규가 잠자코 듣기만 하자 남궁숙애는 겨우 스스로 호흡을 가다듬으며 말을 이었다.

"김인철 장로님이 이 소식 듣고 매우 불쾌해하셨다는 거, 명심하셨으면 좋겠어요."

30

다음 날. 민규는 새벽부터 교회를 찾았다. 최근 교회의 흐름이 새벽 예배를 차츰 폐지하는 추세였지만 율주제일교회는 달랐다. 금요 철야 예배가 있고 난 다음 날인 토요일 새벽에도, 그다음 날 일요일 새벽에도 예배를 진행했다. 덕분에 율주제일교회는 교계로부터 얄팍한 시대 흐름에 편승하지 않는 기도하는 교회, 흔들리지 않는 교회라는 평을 듣고 있었다.

하지만 민규가 교회를 찾은 건 지난번처럼 새벽 예배에 참석하기 위함이 아니었다. 민규는 교회 주차장이 아닌 그곳으로부터 100여 미터 정도 떨어진 신애원 주차장에 주차를 했다.

율주의 안개는 지독했다. 민규가 차에서 내렸을 때, 5층짜리 신애원 건물이 희뿌연 안개의 숲에 에워싸여 있었다. 그 희미한 형체가 민규의 시야에 늪 속에 파묻혀버린 수많은 의문의 전사자들, 그 시기를 가늠하기 힘들 정도로 오래된 유골들의 윤곽처럼 비쳐졌다. 섬뜩한 오한이 일순간 민규를 감싸 안았다.

그래도 나서지 않을 수 없다. 민규는 한 걸음, 한 걸음 신애원을 향해 발을 옮겼다. 김인철이 선사해준, 사택의 신발장 안에 한 가득 담긴 명품 구두 중 하나를 착용한 민규가 자갈밭과 같은

나쁜 하나님

신애원 입구 도로를 걸을 때마다 자박거림이 제법 불규칙한 소리를 내며 주위를 환기시켰다. 짙은 새벽안개, 그 안개의 늪 속에 파묻혀 있던 신애원 건물 외관이 조금씩 민규의 눈앞에서 선명해졌다. 건물 외관이 선명해지면서 한 가지 일관된 내부의 시선들이 자연스럽게 노출되었다. 신애원 3층 창문 너머로 창문을 깨뜨릴 듯 가까이 붙은 채로 민규를 내려다보고 있는 아이들, 어떤 생각이나 어떤 감정을 품고 있는지 도무지 알 수 없는 데스마스크를 쓴 것 같은 표정과 눈빛으로 민규를 보고 있었다.

자신을 바라보는 아이들의 눈빛이 민규의 걸음걸이를 더 강하게 채근했다. 입구 근처에 도착했을 때였다. 민규의 눈앞에 다시 그 소녀, 윤서주가 모습을 드러냈다. 윤서주는 언제나 그랬다는 듯 다소 무심한 표정으로 민규를 바라보며 정문 앞을 지키고 섰다. 민규는 신애원에 들어서는 입구가 자물쇠뿐만 아니라 보기에도 섬뜩해 보이는 쇠사슬로 봉쇄되어 있음을 발견했다. 그리고 다시 윤서주를 바라보며, 말문을 열었다. 아직은 초봄의 날씨 탓일까. 민규가 입을 열자 새벽 차가운 공기와 뒤섞여 하얀 입김이 거칠게 배여 나왔다.

"네가 전화했어?"

민규의 말을 들은 윤서주는 말없이 고개를 끄덕였다. 민규가 상의 안주머니에서 휴대폰을 꺼내 녹음파일을 찾아 재생했다. 이내 휴대폰 너머로 아이들의 비명이 터져 나왔다. 그 소리는 단순한 울먹임이 아니었다. 제대로 소리칠 수도 없는 극한의 공포가 영혼을 짓누를 때, 짓누름을 견디다 못해 어쩔 수 없이 새어 나오는 신음이었다. 더 내려갈 곳 없는 바닥에서 터져 나오는 아우성. 그 소리를 듣는 민규의 얼굴은 다시금 일그러졌지만 윤서주는 일말의 동요도 일으키지 않았다. 눈동자의 떨림도 없이 또렷이 민규를 바라봤다.

어젯밤 일이었다. 신애원 원장 남궁숙애에게 지독한 수치의 여진을 남기는 경고를 들은 뒤 돌아온 민규는 도저히 설교 준비를 할 수 없었다. 어쩔 수 없이 다시 수첩을 꺼내들고 지난주처럼 아브라함과 이삭, 그사이에 일어난 번제단 사건에 대한 나름의 기억을 반추해 몇 개의 단어를 수첩에 적어 넣는 것으로 설교를 대신하려 했다.

그런데 이상했다. 자꾸만 그의 의지와 상관없는 하나의 단어가 반복해서 쓰였다.

'비명…… 비명……'

비명이란 한 단어가 민규의 수첩, 그 한 면을 빼곡히 채워나가던 순간이었다. 그때, 걸려온 전화 한 통. 액정엔 새롭게 저장된 '김정은 선생'이란 이름이 나타났다.

복잡한 심경이었지만 민규로서는 정은의 전화를 받지 않을 이유가 없었다. 정은은 자신에게 가해지는 외압과 상관없이 오래전부터, 어쩌면 민규가 이곳 율주제일교회에 있게 해주는 유일한 정신의 끈과도 같았기 때문이다. 급격하게 기울어진 자신의 마음을 거역할 자신이 민규에게는 주어지지 않았다. 그래서 받은 전화. 하지만 정은의 목소리는 들리지 않았다. 대신 끔찍하게

나쁜 하나님

티져 나오는 아이들, 그 수효를 가늠할 수 없는 아이들의 비명, 도살장에 끌려나온 짐승의 울음소리를 닮아버린 끔찍한 절박감이 민규를 미치게 했다.

밤새도록 그 소리에 시달린 민규는 결국 일요일 새벽, 이곳 신애원 앞에 서게 된 것이다. 그리고 입구에서 민규를 기다리고 있는 건 정은이 아니었다. 윤서주, 그 아이였다. 민규가 소리치듯 물었다.

"김선생은? 어디 있어?"

"선생님을 왜 여기서 찾아요. 선생님은 교회에 있잖아요."

"이 소리, 너도 들었지?"

"……"

"너도 들었어. 모를 리가 없어. 아이들 몸에 난 상처, 겁에 질린 얼굴. 이건 이상해. 정상이 아니야."

"……"

"비켜! 들어가겠어. 들어가서 확인하겠다고!"

"들어가면 뭐가 달라지는데요?"

"뭐?"

민규가 쇠사슬로 단단히 동여 묶인 입구 문을 거칠게 흔들 때였다. 민규의 행동을 가로막은 건 냉소적인 분위기로 무장한 윤서주의 말이었다.

"달라지는 건 아무것도 없어요. 오히려 더 끔찍해질걸요."

"무슨 소리야! 그게 무슨 말이냐고!"

윤서주가 자신을 다그치는 민규를 향해 손에 쥐고 있던 휴대폰 하나를 건넸다. 본 적이 있었다. 액정을 여니 민규의 이름으로 찍힌 부재중 전화가 스무 통이 넘는, 정은의 것이었다.

"먼저 김선생님을 찾아가요. 여기 와서 이러지 말고."

정은의 휴대폰을 대신 손에 쥔 민규가 잠시 멍한 표정을 지었다. 그리고 다시 이어지는 눈길의 방향은 윤서주였다. 내내 살아 있는 상태라고는 보기 어려운, 죽은 듯한 무표정을 품고 있는 그녀의 눈빛을 민규는 어떻게 이해해야 할지 판단이 쉽게 서지 않았다. 그런 상황 속에서 민규가 말문을 열었다.

"넌 여기 왜 있는 거야? 어떻게 나온 거야."

"……."

"대체…… 뭘 본 거야?"

악마의 그늘,
새로운 빛

31

"무슨 일이에요?"

정은이 놀란 얼굴로 물었다. 율주제일교회 담임목사가 주일 오전 9시에 가쁜 숨을 내쉬며 자신을 찾아온 것 자체가 정은에 겐 의문이었다. 그건 정은뿐만 아니라 다른 아이들도 마찬가지였을 것이다. 하지만 민규는 신애원에서 이곳 율주제일교회로 한걸음에 찾아오면서 다른 생각을 할 겨를이 없었다. 정은에게 다급하게 요청할 일이 있었다. 그래서일까. 가쁜 숨을 가라앉히기도 전에 민규가 말을 이었다.

"지금 신애원에 같이 가요. 가서 문을 열어야 해."

"지금요? 무슨 일인데요?"

"당신이 전화했잖아. 아니야?"

민규가 그렇게 말하자 정은은 여전히 의문 가득한 얼굴로 민규를 바라봤다. 정은의 의문을 해소해주기 위해 민규는 자신의 휴대폰을 꺼냈다. 그리고 통화기록을 보여주었다. '김정은 선생'이란 연락처가 적혀 있는 최근 통화가 나타났다. 통화기록을 확인한 정은이 뭔가 짐작하겠다는 표정으로 변했다. 그리고 다음과 같이 말했다.

나쁜 하나님

"서주군요."

"서주?"

"목사님이 오늘 만났던 윤서주, 그 친구가 전화한 거예요."

"그럼…… 이 번호는 뭐죠?"

"제 전화…… 맞지만 어제 신애원을 나온 이후로 보이지 않았어요. 자주 있는 일이에요."

"뭐가 자주 있는 일이란 말이요?"

"……."

"도대체 뭐가?"

그때였다. 정은이 갑자기 말을 멈추고 슬픈 기색을 띠며 민규과 눈을 마주하던 그때, 민규는 오히려 주변을 살피게 되었다. 정은이 앉아 있는 자리만 텅 비어 있었다. 주위 다른 자리는 유년부 아이들로 가득 채워져 있었다.

김정은이 앉아 있는 자리는 주일 유년 예배가 진행되던 지하 소예배실이었다. 하지만 정은은 홀로 유년 예배의 한 자리에 앉아 있었다. 정은은 분명 유년부 교사란 명패를 가슴에 달고 있었고 아이들을 기다리고 있었지만 정은의 곁에는 누구도 오지 않았다.

민규는 주위 소예배실을 둘러보며 자신도 모르게 주춤했다. 유년부 교사인 율주제일교회의 여성 집사와 청년부원들의 시선이 일제히 자신과 정은에게로 향한 것이 뒤늦게 느껴진 것이다. 주위 교인들의 시선이 의식된 이후였지만 민규는 더 이상 움츠리지 않았다. 신애원, 그 안개로 뒤섞인 곳에서 벌어질 끔찍한 비

악마의 그늘, 새로운 빛

명을 외면할 수 없었던 것이다. 정은이 침묵을 지키는 동안 민규는 더 참지 못하고 다급하게 말했다.

"아이들의 비명이 들렸어. 그냥 비명이 아니야. 한 사람의 소리도 아니고. 뭔가 끔찍한 일이 벌어지는 게 틀림없어. 빨리 들어가 봐야 해."

민규의 말이 다급하게 이어졌지만 그럴수록 정은의 표정은 더 무겁게 가라앉았다. 하지만 침묵하는 정은을 민규는 더 두고 볼 수 없었다. 결국 참다못한 민규가 정은의 손을 붙잡고 그녀를 잡아 일으켰다. 그리고 소리쳤다.

"당장 갑시다. 가보면 알 거야. 내가 하는 말, 거짓말 아니라는 거."

민규가 그녀를 데리고 소예배실을 나오려 하던 그때였다. 그 순간, 한 여자 집사가 입구를 가로막았다. 민규는 순간 멈칫했다. 하지만 굳게 잡은 정은의 손을 놓으려 하진 않았다. 여자 집사가 다소 울먹이는 소리로 말했다.

"안 돼요, 목사님."

"왜 이러시는 겁니까. 전 지금 급한 일이 있어 여기 김정은 선생과 함께 나가려는 겁니다. 비켜주세요."

"목사님도 소문 들으셨잖아요. 김정은 선생이 어떤 사람인지에 대해서요."

"지금은 소문이 중요한 게 아닙니다. 확인해야 할 게 있습니다."

"목사님."

"비켜주세요!"

나쁜 하나님

민규는 결국 여자 집사까지 밀치고 정은과 나와 한참을 걸었다. 교회 정문을 박차고 나와 신애원으로 한걸음에 왔다. 주일 아침. 오전 예배까지는 시간이 얼마 없었다. 하지만 민규의 시간은 바로 새벽에 보고 들었던 비명과 안개에 멈춰버렸다.

　그러나 신애원에 도착했을 때였다. 민규의 마음 한구석에 황망함이 몰려왔다. 신애원 입구 정문을 강철 뱀처럼 휘감았던 사슬은 오간 데 없었다. 문은 활짝 열려 있었다. 입구 앞에서는 허름한 작업복 차림을 한, 율주제일교회에서도 종종 모습을 보이던 사찰 집사인 최집사가 비질을 하며 낙엽을 치우고 있었다.

　그사이 스르륵 하고 정은의 손이 민규의 손으로부터 빠져나갔다. 이게 끝이 아니라는 걸 정은은 무거운 침묵을 깨고 말을 여는 것으로 대신했다.

　"늘 이래요. 악마가 다녀간 이후 신애원은 아무 일도 없다는 듯 돌변해버리죠."

　"그 말은…… 내가 들었던 그 소리가 거짓이 아니란 뜻이요?"

　정은은 고개를 끄덕였다. 그리고 이번에는 정은이 민규의 손을 잡고 신애원 안으로 성큼 발걸음을 옮겼다. 잔뜩 등이 굽은 최집사가 비질 막대를 손으로 맞잡고 둘을 걱정스럽게 바라봤다.

　민규는 들어가고 싶지 않았다. 이제야 시간도 확인되었다. 오전 10시가 넘었다. 예배가 시작되기까지는 한 시간도 채 남지 않았다. 아니나 다를까. 민규의 재킷 안주머니에서 휴대폰 진동이 울리기 시작했다.

"김선생. 난."

정은이 민규를 바라보지 않고 말했다.

"그 비명…… 이곳을 덮어버린 안개. 확인해야 하지 않나요?"

"김선생."

"같이 가요. 확인시켜 줄게요."

32

정은이 민규를 데리고 간 곳은 원장실이었다. 원장실 문 앞에는 표어가 붙여져 있었다.

'신애원은 누구나 자유롭게 오갈 수 있습니다.'

적혀 있는 말처럼 원장실 문은 잠겨 있지 않았다. 언제나 열린 듯 보였다. 하지만 민규에겐 이런 식의 모습이 결코 안도의 한숨을 내쉬게 만들지 않았다. 오히려 더한 불안감을 가중시켰다.

정은이 원장실 안으로 들어섰을 때, 민규는 열린 원장실 앞에 멈춰 선 채로 가만히 있었다. 잠시, 아주 잠시 망설였다. 더구나 민규에게 이곳 원장실의 기억은 끔찍했다. 불과 하루 전 민규는 이곳에서 원장 남궁숙애와 만난 적이 있었다. 그때 민규가 체감해야 했던 섬뜩한 악의 기운을 다시 떠올리고 싶지 않았다.

정은은 문 앞에 서서 망설이는 민규를 돌아다봤다.

"방금 전까지만 해도 목사님은 살아 있는 사람이었어요."

"……"

"하지만 지금 자신의 얼굴을 한번 보세요."

"……"

"영혼이 말라버린 시체 같아요. 아무 생기도 찾아볼 수 없는"

민규는 원장실 소파 옆에 있는 전신거울에 비친 자신을 보았다. 자신의 얼굴과 마주하는 순간 나타나는 차가운 기운을 민규는 외면하기 어려웠다. 그 냉기는 바로 자신의 자아에서 분출되어 나오는 것이었다. 민규가 자신의 절망적인 냉기에 주목하는 동안 정은이 말을 이었다. 단호하고 분명하게.

"들어와요."

"김선생."

"어서 들어와요. 목사님이 반드시 봐야 할 게 있어요."

정은의 말은 명령에 가까웠다. 이 명령은 누가 강요한 것도, 등을 떠민 것도 아니었다. 민규 자신이 직접 정은의 손목을 붙잡고 교회 지하 소예배실에서 이곳 신애원까지 왔다. 뱀의 사슬로 묶여버린 철문 앞에서 문을 부술 듯 두드렸던 것은 다른 이가 아닌 민규 그 자신이었다.

결국 민규는 정은의 명령이 아닌, 자신의 두 어깨를 강하게 짓누른 자아의 공명심에 의지해 원장실 안으로 한 발 내딛었다.

민규가 원장실 안에 들어오자마자 정은은 원장실 문을 잠갔다. 문이 잠기기 직전 민규의 시선은 자신도 모르게 복도 끝을 향했다. 4층엔 원장실이 전부였다. 그 원장실을 바라볼 수 있는 복도 끝 모서리에 신애원 아이들이 머리 하나씩만 꺼내어 놓고는 숨죽여 원장실 안에 있는 민규와 정은을 지켜봤다. 아이들의 시선은 단순한 호기심이 아니었다. 모두 공포에 질려 있었다. 창백하게 질린 얼굴빛의 신애원 아이들은 이 끔찍한 시간을 민규와 정은이 어떻게 받아들일지 매우 초조하게 지켜보았다.

그 지켜봄 속에서 원장실 문이 닫혔다. 민규가 물었다. 블라인드 커튼까지 내린 정은에게.

"뭐 하는 거예요?"

블라인드를 내리고 불조차 켜지 않은 오전의 원장실은 어두웠다. 빛이 스며들 여지라곤 굳게 내려진 블라인드 틈새가 고작이었다.

어둠이 내린 원장실 안에서 정은은 티브이 전원을 켰다. 그러고는 매우 익숙하게 이동식 디스크를 연결한 뒤 화면을 향해 더블클릭했다. 하지만 티브이 화면은 노이즈 가득한 잡음뿐이었다.

"난 지금 가봐야 해요. 우리 예배 끝난 뒤 다시 이야기합시다."

그렇게 말한 민규가 자리에서 일어섰다. 꺼놓지 않은 휴대폰의 진동이 계속되고 있었다.

민규가 원장실 문손잡이를 붙잡았을 때였다. 바로 그때, 다시 한번 민규의 귓가로 오늘 새벽의 그 소리, 심연의 끝에서 소리치는 바닥의 소리가 재연되었다. 아이들의 절규, 악마를 본 이들만이 내지를 수 있는 비명이었다.

티브이 화면에선 비명의 주인공들이 차례로 아우성치는 모습이 드러났다. 두 팔과 다리가 묶인 신애원 장애아들이 나란히 묶여 있는 장면이었다. 더 끔찍한 건 아이들 모두 알몸이라는 점이었다.

알몸의 아이들 중 단 한 명도 성한 몸이 없었다. 모두들 피투성이, 멍투성이였다. 그 상태에서 말쑥한 양복 차림의 남자 몇이

들어섰다. 성적 학대를 가했다. 여자아이로 하여금 자신의 성기를 애무하게 했으며, 때론 알몸의 남자아이가 또 다른 알몸의 여자아이를 강간하게 했다. 남자아이가 하기 싫다고 거부하면 할수록 그들의 손과 발을 묶은 악마들은 여자아이들 위에 뜨거운 물을 붓거나 거침없이 구타하면서 남자아이에게 협박했다.

'네가 하지 않으면 이 애는 끝나.'

'으으으으으'

'뒈지는 거라고. 알아들어? 죽, 는, 다, 고!'

단지 5분도 지나지 않았는데, 민규는 이 끔찍한 장면을 더 보고 있을 수 없었다. 민규는 그대로 티브이 전원을 껐다. 어떻게 해야 할지 한동안 멍했다. 꼼짝할 수가 없었다.

감정을 겨우 수습한 민규가 입을 열었다. 정은을 바라보면서였다. 정은은 여전히 차분히 가라앉은 무표정, 그대로였다.

"이거…… 대체 뭐요? 뭐가 어떻게 된 건지 모르겠어……."

"본 그대로예요."

"이게 어떻게 원장실에…?"

"원장실이니까 가능하죠."

"뭐요?"

"저 양복 입은 남자가 누군지, 확인해야 하지 않겠어요?"

33

보고 싶지 않은 건지도 모른다. 민규의 솔직한 속마음은 그랬다. 정은이 말한 양복 차림의 남자, 그를 보고 싶지 않았다.

휴대폰 진동은 계속해서 울렸다. 이제는 오히려 정은이 걱정스럽게 물을 정도였다.

"전화…… 받아야 하는 거 아니에요?"

민규는 정은의 질문에 아무 답도 하지 못했다. 그의 몸은 여전히 남궁숙애란, 날카롭고 신경질적인 신애원 원장이 자신을 훈계하던 때에 남아 있었다. 또한 그의 눈은 원장실 소파 맞은편 서가 중앙에 설치된 벽붙이 대형 티브이에 고정되었다.

지금 민규가 노려보고 있는 티브이는 시커먼 암흑이었다. 아무것도 재연되지 않았다. 민규는 티브이 전원을 다시 켤 자신이 없었다. 방금 전 보았던 충격적 장면의 잔상이 여전히 머릿속을 어지럽게 맴돌았기 때문이다. 휴대폰 속 소리에 이어 촬영된 동영상 안에 등장하는 신애원 아이들, 그 아이들의 비명과 마주하는 순간 민규는 쉬 마음을 가라앉히지 못하고 어떻게, 어디서부터 생각을 정리해야 할지 막막하기만 했다.

한참이 지난 뒤에야 민규가 말문을 열었다. 정은은 민규의 오랜 침묵을 가만히 기다렸다.

"누구죠?"

"목사님."

"저 화면 속의 인물. 아이들을 유린한 파렴치한 가해자."

"……."

"저 악마, 누구냐고."

"이제…… 궁금해지신 건가요?"

민규가 그제야 정은에게로 눈길을 돌렸다. 정은은 원장실 입구 쪽에 서 있었다. 문은 반쯤 열려 있었다.

열린 문 너머로 아이들이 보였다. 꾀죄죄한 머리통들이 하나둘씩 모이더니 어느새 한 명도 빠짐없이 모여들었다. 순간, 아이들의 눈동자가 민규의 가슴에 와 박혔다. 원장실 안에 서 있는 민규를 바라보는 아이들의 눈빛엔 설명하기 어려운, 하지만 그만큼 분명한 절박감이 스며들어 있었다. 아이들은 민규를 할퀴듯 노려보며 그의 마음 깊은 곳에 자리 잡은 충동을 자극했다.

'뭐 해요. 다시 티브이 전원을 켜요! 티브이 전원을 켜서 그 악마를 확인해요! 그 악마가 우리에게 어떻게 했는지 똑똑히 보라구요!'

민규가 물었다.

"보안이 너무 허술해요. 원장은 어떻게 그렇게 자신만만할 수 있죠?"

"자신만만하다구요?"

"누구나 쉽게 이 끔찍한 동영상을 확인할 수 있잖아요."

나쁜 하나님

"누구나 쉽게 할 수 있죠. 하지만 문제가 있어요."

"그게 뭐죠?"

"누구나 쉽게 볼 수 있지만 아무도 보려 하지 않는다는 거예요."

"보려 하지 않는다고?"

민규가 정은의 말뜻을 헤아려보는데, 정은이 민규의 생각을 대신 말해주었다.

"신애원 사람들은 이미 알고 있어요."

"무엇을요?"

"악마가 누군지요."

"……."

"악마가 버젓이 날뛰는데도…… 알고 있는데도 침묵하는 거예요."

"침묵……한다?"

민규의 치가 떨렸다. 정은은 그 순간, 민규가 손에 쥐고 있던 리모컨을 빼앗아 들었다. 순간 민규가 놀란 표정을 지으며 정은을 바라봤다. 정은은 민규를 보며 물었다. 질문과 동시에 티브이 전원을 켰다.

"당신도 침묵할 건가요?"

"……."

"저 화면 속 아이들, 지금 저 문 밖에 서서 우릴 숨죽여 바라보는 아이들이에요. 저 아이들이 당한 거라고요. 악마는 이곳 신애원 사람들 모두의 침묵을 등에 업고 자신만의 왕국 건설에 완전히 미쳐버렸어요."

"그 악마가 저 장면 속에 등장한단 말이요?"

"피하지 말고 봐요."

"……"

"……지금 등장해요."

정은의 말이 끝나자마자 다시 한번 티브이 화면에선 한 소녀의 울음소리가 들렸다. 소녀의 두 팔, 두 다리를 묶고 가학적인 성학대를 하던 양복 차림의 남자는 이제 알몸으로 변해 있었다. 남자의 구릿빛 몸은 단단했다. 마치 오랜 시간 전쟁터에서 잔뼈가 굵은 투사의 느낌이었다. 소녀가 그 악마 앞에서 계속해서 울었다. 온몸을 버둥거리며 필사적으로 애원했다. 살려달라고.

하지만 악마는 소녀의 간절한 바람을 무참히 짓밟았다. 악마는 방금 전 같은 원생 남자아이에게 당한 소녀를 또 한번 잔혹하게 유린했다. 유린의 순간 악마인 남자가 무언가에 도취된 듯 카메라 방향을 자신의 얼굴로 향하도록 했다. 남자는 카메라를 향해 시선을 거두지 않았다. 자신이 승리자란 쾌감을 즐기는 정복자다운 표정을 유감없이 보여주었다.

악마를 발견한 순간, 민규는 고개를 돌리고 말았다. 더 보고 있을 수가 없었다. 하지만 민규에겐 피할 곳이 없었다. 시선을 돌린 그곳에 아이들이 있었다. 자신들이 직접 당한 비명소리, 울음소리가 들리는 원장실 문 앞에 서 있는 그들은 이곳을 떠나지 않았다. 아이들을 바라본 민규는 자신도 모르게 소리 질렀다.

"당장 꺼!"

34

"솔직하게 말할까. 아님…… 돌려서?"

"……"

"민규 형. 아, 아니지. 이젠 목사님으로 불러야겠지. 미안."

처음엔 장난스러운 관심으로만 생각한 모양이었다. 율주경찰서에 근무하고 있는 김상현 경정은 자신을 찾아온 교회 청년부 선배 민규에게 말했다. 월요일 오후 3시. 점심을 먹기도, 그렇다고 저녁을 준비하기도 애매한 시간의 식당은 주방조차 텅 비어 있었다. 비밀스러운 이야기, 밀담을 나누기에 적당한 공간이었다. 한사코 표정을 풀지 않는 민규를 보며 상현도 장난기 어린 표정을 거두고 말을 이었다. 그 역시 진지해졌다.

"난 형이 율주에 돌아온 것도 몰랐어요."

"그게 이번 사건에 대해 묻는 것과 무슨 상관이야?"

"형 여기 온 지 한 달도 안 됐다면서요."

"그게 무슨 상관이냐고!"

끝내 민규가 언성을 높였다. 그러자 난처해하는 상현의 얼굴이 그대로 민규의 두 눈에 정확히 와 박혔다. 몇 년 만에 처음 찾아온 민규는 율주제일교회의 담임목사로 부임해 왔다. 그런 그가 신애원 관련 사건에 대해 자신에게 묻는다는 게 어떤 위험 부담으로 작용할지 본인이 더 잘 알고 있었다. 그렇기에 이어지는 상현의 말은 민규를 자극하기보다는 오히려 작금의 상황을 이해하기 위한 설득의 의지로 다가왔다. 상현이 낮게 깔린 음성으로 말했다. 대형 식탁 위에 올려놓은 두 손을 맞잡아 만지작거리며.

"형이 다치는 게 싫어서 그래."

"내가 아는 게 다치는 거냐?"

"당연한 거 아니야? 김인철, 그 사람은 여기 왕이야. 누구도 못 건드려. 서울이나 부산같이 규모가 있는 곳이야 견제 세력이 받쳐 주니까 왕들이 여러 명이지만 여긴 그냥 한 명에게로 올인이야."

"그래서? 조사도 않겠다는 거야? 김정은 선생이 자료까지 만들어줬다며."

"……."

상현이 즉답을 피했다. 민규는 그 순간, 신애원에서 말한 정은의 말들을 기억했다.

'이런 파렴치한 것을 보고도 왜 신고를 안 해요? 김선생, 당신도 정상이 아니야!'

'누가 신고하지 않았다고 그래요?'

'그럼…… 신고를 했다고요?'

'물론이에요. 지금 본 동영상 자료 들고 경찰서 문을 두드리고

또 두드렸어요.'

'그런데…… 그런데 어떻게 됐어요?'

'증거불충분…… 아이들의 자작극으로 결론 맺었죠.'

'그게…… 말이 돼요? 이게 아이들의 자작극이라고?'

'아이들 부모가 적극적으로 증언했어요. 지적 장애를 심하게 앓는 아이들의 극심한 심리불안, 그 병리적 현상으로 성적 자학 행동을 벌인 거라고.'

'그럼 저 악마는! 저 악마는 뭐라고 설명하던가요?'

'증, 거, 불, 충, 분.'

'뭐?'

'증거불충분요. 그러고는 더 아무 것도 조사하지 않아요.'

'……'

'이게 현실이에요. 알겠어요?'

이게 현실이라는 말. 민규는 믿고 싶지 않았다. 지금은 근대화 이전의 세상이 아니다. 전쟁 중도 아니고 독재자가 통금시간까지 만들며 국민을 통제하던 때도 아니다. 21세기 대한민국이다. 그런데 이게 현실이라니. 성인 남자가 자신의 엽색 취미를 위해 지적 장애아들을 성적 학대의 대상으로 삼는데도, 버젓이 그걸 동영상에 담아 감상까지 하는데도, 어떻게 이게 현실일 수 있단 말인가.

상현은 절망적인 표정을 지은 민규에게 조심스럽게 한마디했다.

"형이 오랫동안 미국에 가 있어서 여기 사정을 잘 모르지. 여기 율주, 무서운 곳이 되어버렸어. 그거 알아?"

"뭐가 무서운데?"

"서로가 서로를 감시하거든."

"감시?"

"시의원부터 말단 공무원, 덩치 있는 건설기업부터 구멍가게 사장까지 죄다 폐기물처리장 건립 허가 받고 정부로부터 지원금 챙길 때, 적어도 서울 강남 아파트 한 채 값은 챙긴 작자들이거든."

그 순간, 민규의 머릿속에선 아이들의 필사적인 발버둥과 비명, 바닥과 벽으로 튀어 오르는 핏방울들이 떠올랐다. 끝으로 그 아이들을 짓밟는 악마 김인철의 구릿빛 알몸이 떠올랐다. 짧게 자른 머리에 굳게 다문 입술, 두꺼운 얼굴 가죽까지. 김인철의 그런 모습은 피도 눈물도 없는 늪지대의 포악한 왕, 악어를 떠올리게 했다. 민규의 마음 상태를 아는 걸까. 아님, 넘겨짚는 걸까. 상현이 말을 이었다.

"서로가 서로의 목줄 쥐게 만든 게 누구겠어? 김인철, 그 양반이야. 지 아버지 때부터 그렇게 처먹더니 이젠 아예 자손대대 물려받을 왕국을 만들어버렸어."

"그래서."

"그래서는 뭐가 그래서야. 형, 그딴 동영상 백 개는 더 있어. 그 인간 취미가 좆같아서 스너프 매니아거든. 그렇다고 걸리겠어? 검사, 시장, 지역 유지 가리지 않고 한 번쯤은 그 야동 속 주인공이었을 텐데."

"그건 또 무슨 소리야?"

"상납. 감 안 잡혀?"

상납. 그 말을 듣는 순간 민규는 입을 다물었다. 언론은 왜 침묵하는지, 검찰 측에서는 왜 기소조차 하지 않는지, 그리고 상현은 왜 조서 작성을 포기했는지 말하지 않아도 알 수 있었기 때문이다.

멍해진 얼굴로 민규가 상현에게 물었다. 어떤 답을 기대하고 물은 건 아니었다.

"너도 그중 하나야?"

상현도 민규의 질문에 답하지 않았다.

35

상현은 민규와의 만남을 다음의 말로 마무리했다.

"형, 나 사실 할 말 있는데. 해도 돼?"

"말해."

"어제…… 김의원 쪽으로부터 전화를 한 통 받았어."

상현은 머리를 매만지며 대수롭지 않다는 듯 한마디 꺼냈다. 그 말을 듣는 순간 민규의 표정은 자신도 모르게 일그러졌다. 순간 계단을 밟고 지하 식당으로 내려오는 누군가의 발소리가 들렸다. 하지만 민규의 시선은 오롯이 상현만을 향했다.

"김인철이 직접 했어?"

민규의 질문에 상현이 세차게 고개를 저으며 답했다.

"미쳤어? 그 인간은 직접 전화 안 해. 산전수전 다 겪은 빠꼼이가 녹취라도 당하면 어쩔까 싶은 조심성이 없을까. 그 밑에서 설거지하는 인간이 전화했지."

"그래서. 뭐라던데?"

"형이 날 찾아올 거라고 말했어."

상현이 말끝을 흐렸다. 그 한 문장에 많은 내용이 담겨 있었다. 상현의 말이 민규의 귀에 오롯이 담겼다. 말은 귀에만 담기는 게 아니었다. 민규의 심장까지 농밀하게 파고들어 그를 아프게 했다. 점점 조여드는 영혼의 압박이 민규를 괴롭게 했다. 땅에 두 발 딛고 서 있는 것 자체가 이처럼 힘들고 버거운 일인지 처절히 실감하는 중이었다.

상현이 담배를 입에 물었다가 빼냈다.

"참, 목사님 앞이지. 미안."

피우지 못한 담배를 그대로 쓰레기통에 버리며 상현이 말을 이었다.

"형, 옛날에 '안개 마을'이란 소설 좋아했잖아. 기억나?"

"……?"

"우리 교회 청년부 때, 휴게실인가 어디에 작은 도서관 만든다고 함께 밤새워 책장 만들고 했던 거 기억 안 나? 그때 형이 추천해준 책인데."

민규도 기억했다. 단편소설이었고, 그 소설의 배경과 이곳 율주의 새벽안개가 미치도록 닮아 있었다는 것도. 상현도 그 사실을 말하고 싶었던 걸까.

"그 지겨운 안개 말이야. 가만히 생각해보면 알 듯 모를 듯 베일에 가려져 있는 상태가 안정감 있게 느껴질 때가 있어."

"모든 게 가려져 있는 안개가 안정적이라고?"

"문제라는 건 말이야. 문제로 느끼고 고통스러워하는 이들에겐 문제지만 그걸 고통이 아니라고 느끼는 이들에겐 문제가 아닐 수도 있어."

"그게 무슨 뜻이야? 무슨 의도로 그런 말을 하냐고."

민규의 되물음에 상현이 잠시 답을 망설였다. 약간은 난처해했지만, 그렇다고 자신의 말을 멈출 분위기가 아니었다. 상현이 민규를 정면으로 바라보며 말했다.

"형, 내가 나일론 신자인 건 인정하지만 말이야. 알 건 다 알고 있어."

"뭘 말이야?"

"형이 김정은 선생 버리고 정략 결혼한 거 말이야."

느닷없는 그 말에 순간 민규의 숨이 막혔다. 때맞춰 민규가 스스로 담금질하고 길어 올리려 했던 공분도 멈춰버렸다. 민규는 아무 말도 하지 못했다. 민규의 창백하게 질린 얼굴을 보며 기세가 오른 상현이 타이르듯 민규에게 다음과 같은 말을 들려주었다.

"오해하지 마. 난 형을 비난하려는 게 아니야. 난 그때도 그렇고, 지금 형이 스캔들 때문에 이혼당하고 여기 와 연봉 1억이 넘는 목사질 하는 거도 전혀 문제 삼지 않아. 그냥 이런 식으로 생각해줬음 좋겠어."

"……?"

"신애원 애들 말이야. 그 애들 부모 만난 적 있어?"

그렇게 말한 상현이 한 걸음 더 민규에게 다가갔다. 중요한 것을 말하려는 순간, 상현의 눈빛이 차갑게 빛났다.

"그 부모들, 완전 쓰레기야. 자식새끼 병신이라고 시설에서 때려 죽이든 구워 삶든 자기네들은 아무 상관 없다고 각서에 공증까지 받아간 새끼들이 부모란 것들이야."

나쁜 하나님

"……."

"아무리 친고죄가 폐지되었다고는 해도 부모도 버린 애들만 모여 있는 시설을 들쑤셔 쑥대밭 만들어 놓으면 과연 누구에게 득이 될까? 아무도 없어. 아이들조차 피해자야. 그 애들이 갈 데가 있을 거라고 생각해?"

"그게 무슨 소리야? 아이들은 자유를 얻을 수 있잖아."

"자유? 순진하긴."

그때 지하 식당 계단으로 내려오는 누군가의 발소리가 더 가까이 들렸다. 그사이 상현이 낮은 목소리로 경고하듯 말했다.

"부모도 버리고 국가도 귀찮아하는 잉여들에겐 말이야. 자유가 아니라 구속이 더 절실한 거야. 형도 적당한 구속과 적당한 자유를 찾아 다시 돌아온 거잖아. 내 말 틀려?"

"……."

"프로답지 못하게 이러지 말고 조용히 잘 있다가 재기해요. 내가 말이 좀 심했어도 진심으로 형을 위해서 하는 말이니까 이해하고."

상현의 말이 마무리될 때였다. 민규의 시선은 본능적으로 식당 입구로 향했다. 지하 계단 밑으로 내려온 한 남자, 고동식이 눈에 들어왔다. 고동식은 아무 표정이 없었다. 특별히 화가 난 것도, 어떤 반응을 보이는 것도 아니었다. 하지만 그 냉정하고 차가운 눈빛이 도리어 민규를 긴장하게 만들었다.

고동식이 내려온 걸 확인한 상현이 자연스럽게 식당에서 벗어났다. 그사이 민규는 식당 자리에 다시 앉았다. 고동식은 여전히 입구에 그대로 서 있었다. 민규의 몸은 제어할 수 없을 정도로 떨렸다. 믿을 수 없을 정도의 오한이 밀려왔다.

36

다음 주. 한 주 설교를 불참했지만 그것 때문에 민규를 향해 따가운 시선을 보내는 교인들은 없었다. 강대상 위에 올라선 민규는 지난번보다 더 편한 마음으로 설교에 임했다. 하지만 그건 편한 게 아니었다. 느슨해진 마음이라고 보는 게 더 솔직한 표현일 것이다.

이번에도 아브라함의 설교였다. 한 주가 빠진, 그 이전 주에 나눴던 설교와 본문이 똑같았다. 내용 역시 크게 다르지 않았다. 다를 수가 없다. 번제단으로 집약되는 아브라함의 극기를 넘어선, 이른바 초극하는 주제가 반복되어 나온 것이다.

그러나 초극의 믿음을 강조하는 민규의 머릿속은 텅 비어 있었다. 믿음에 대한 강조를 귀담아듣는 교인들 역시 많지 않았다. 일주일에 한 번 교회 예배당에 나와 가족의 평화와 무사안녕, 그도 아님 형식적인 위로를 기다리는 교인들의 고개는 대부분 반쯤 숙여져 있었다.

하지만 설교 막바지에 가자 달라졌다. 예정된 수순처럼 한 사람의 안광이 민규의 영혼을 사로잡았다. 우측 장의자 제일 첫 번째 자리에 홀로 앉은 한영호 장로. 그의 바라봄이었다.

한영호는 민규가 설교를 시작하면서부터 끝날 때까지 눈빛, 자세, 어느 것 하나 흐트러짐이 없었다. 처음 설교를 시작할 때 민규는 그런 한영호 장로의 시선을 부러 피하려 했다. 자신을 향해 기대하는 열망의 시선이 너무나 강하게 느껴졌던 탓이다. 하지만 한장로의 시선을 피하자 민규가 숨을 돌릴 곳은 없었다. 설교하는 내내 강한 자력처럼 자신을 감시와 질책의 시선으로 바라보는 눈동자들이 따라붙었기 때문이다. 눈동자들의 주인은 김인철 장로와 그 무리들이었다. 그들은 예배당 우측 중간 자리에 자리 잡고 앉아 민규를 바라봤다. 그들 중엔 좀처럼 예배 시간에 참석하지 않는다는 김인철도 있었다. 고압적으로 민규를 몰아붙이던 신애원 원장 남궁숙애도 눈에 띄었다. 그들은 민규의 설교가 이어지면 이어질수록 알 수 없는 분노와 노기 띤 시선으로 민규를 올려다보았다. 그래서일까. 민규의 시선은 다시 한장로에게로 돌아설 수밖에 없었다.

민규에게 한영호의 시선은 일종의 위로였다. 자신의 머릿속이 텅 비어버린 설교에도 일관되게 반응하고 있는 존재가 줄 수 있는 위로. 동시에 민규에게 그 위로는 용기였다. 자신이 일주일 내내 괴로워하던, 밤잠을 설칠 수밖에 없는 고통을 안겨주던 부정할 수 없는 문제를 향한 실마리를 한영호가 가져다줄 수 있을지도 모른다는 용기.

물론 처음 그 용기는 해명되기 어려웠다. 한영호가 율주제일교회에서 확보한 신앙적 위치, 세속적으로 표현해 지분을 갖고 있다 해서 김정은이 보여준, 그리고 신애원에서 일어난 입에 담

　　　　　　　　　　　　　　　　나쁜 하나님

기 힘든 파렴치한 일들에 대해 그 내막을 알고 있으리란 보장은 없었기 때문이다. 하지만 민규는 한영호가 자신에게 보여준 단하나의 신뢰에 의지해야 했다. 자신을 향한 적극적인 움직임, 자신의 논문 전체를 외울 정도의 열의, 그 열의는 다르게 말하면 현재 율주제일교회가 처한 상황에 대한 암담함을 개혁하고픈 의지가 담긴 것으로 봐도 좋았다.

그 용기가 민규를 행동하게 했다. 예배가 끝난 뒤 민규는 그대로 자신의 집무실로 가지 않고 한영호의 뒤를 따랐다.

"장로님."

차 앞에서 멈춰 선 한영호가 민규를 쳐다봤다. 민규는 심각한 눈빛이었고, 한영호는 이런 민규의 초조감을 이해하고 있다는 듯한 눈빛이었다. 이해한다는 눈빛, 무슨 말을 해도 들어줄 수 있다는 용의로 가득한 눈빛을 바라본 민규가 더욱 용기를 얻어 말을 이었다.

"잠깐 드릴 말씀이 있습니다."

"지난 주일과 관계된 이야기를 하고 싶으신 건가요?"

"다른 문제입니다."

"아니, 다른 문제가 아닐 겁니다."

한영호의 손은 여전히 차 문 손잡이를 붙잡고 있었다. 민규가 한 걸음 더 한영호에게 다가갔다. 한영호가 말을 이었다.

"지난 주일, 김정은 선생을 만나지 않았습니까?"

"알고…… 계신 겁니까?"

"그리고…… 신애원을 찾아가셨죠."

그 순간 민규가 입을 다물었다. 한영호가 말을 이었다.

"교회와 신애원을 연결하는 구름다리의 철문이 열리는 걸 보았습니다."

"장로님."

"말씀하세요."

누군가 "담임목사님!" 하며 민규를 부르고 있었다. 교회 주차장과 예배당 입구 사이에 설치되어 있는 계단이 그처럼 높아 보일 수 없었다. 교회 입구에서 남궁숙애가 민규를 손짓하며 불렀지만 민규는 그녀의 부름에 반응하지 않았다. 그리고 한영호에게 물었다.

"사실입니까?"

'사실'. 그 단어를 꺼내는 순간, 민규의 눈빛이 심하게 흔들렸다. 한영호에게 더 이상 구체적인 설명을 하고 싶지 않았다. 그냥 그 말 한마디가 모든 걸 설명해줄 거라 믿었다. '사실', 그랬다. 그 일주일 동안 일어난 일을 그 이상으로도, 이하로도 설명할 수 없는 것이다. 민규가 거듭 물었다.

"말씀해주세요. 사실입니까."

굳게 다문 입술을 연 한영호가 그 역시 짧고 굵게 답했다.

"사실입니다."

그리고 말을 이었다.

"그 이상의 것도 있습니다만…… 아마 김선생이 말을 아꼈을 겁니다."

"대체 어떻게 이런 일이…… 어떻게 이럴 수 있습니까?"

나쁜 하나님

"가능하죠."

"예?"

"이곳이 교회이기 때문에 가능한 겁니다."

37

쩨 많은 시간이 지났다. 민규로선 이해하기 힘든 한 가지 말이 머릿속을 맴돌았다.

'이곳이 교회이기 때문에 가능한 겁니다.'

교회이기 때문에 파렴치한 성범죄가 가능하다는 말인가. 그 말을 들은 민규는 오직 한 가지 의문을 풀고 싶은 욕구에만 집착하는 자신을 발견했다. 또한 그러한 자신을 믿기 어려워했다. 이러한 집착은 평소 민규가 추구해왔던 방식이 아니기 때문이다.

민규는 자기 자신의 삶과 신앙에서 하나님의 따뜻한 사랑을 무한 신뢰했다. 결국 그 사랑의 빛에 의한 최종적인 만인구원을 지지해왔다. 모든 이들이 하나님의 따스한 손길에 의해 본래의 창조 목적이 회복될 것으로 믿어온 것이다. 민규가 생각한 만인 구원론은 어떤 면에선 다분히 낭만적 성격을 지니고 있었다. 구원의 영역은 하나님의 절대 주권에 있는 것이기에 인간의 판단이 개입될 여지는 없다. 하지만 구원을 향한 하나님의 의지는 분명 모든 이들을 위한 것이다. 그렇기에 민규는 모든 이들의 실제적 구원을 말하는 의미가 아닌 하나님 구원 의지의 최종적 범주

나쁜 하나님

로서 만인구원론을 지지했던 것이다.

민규는 그러한 만인구원의 낭만적 관점에서 사람들을 대해왔다. 원죄의 고통으로 인해 타락하고 더럽혀진 인간이지만 양심과 윤리, 사람이 사람을 사랑하는 근간의 의지로 결국 신의 사랑을 깨닫는 길이 열릴 것으로 믿어온 것이다. 그런 민규에게 최근 찾아온 붕괴의 징후는 그 자신에게 날카로운 사랑의 잣대를 들이밀기에 충분했다. 하나님이 그토록 사랑하던 사람들의 심장에 자신이 가슴 아픈 비수를 꽂고 말았다는 사실이 그랬다. 그 사실이 민규의 마음 안에 파고드는 순간 민규는 자신의 주관이 점점 흐릿해지고 있음을 느꼈다.

사람이 사람을 상대로 짐승보다도 못한, 아니 짐승과 비교하는 것조차 수치스러운 파렴치한 죄악을 서슴없이 저질렀다. 그런 가학적 쾌락주의자들의 무정한 눈빛을 목격한 민규는 과연 저런 존재가 하나님의 사랑을 받아 이 땅에 태어날 수 있는지 의문이 들었다. 그 모습은 그야말로 역사 속에서만 보아왔던 악마의 얼굴이었기 때문이다.

그런데 무슨 뜻으로 이런 말을 한단 말인가. 교회이기 때문에 가능하다니? 교회이기 때문에? 민규는 그 말의 진의를 듣고 싶었다. 한영호. 그에게 직접.

주일 11시 예배가 끝나자마자 민규는 점심 식사도 거른 채 한영호의 뒤를 따랐다. 한영호가 직접 자신을 따라오라는 말을 한 건 아니었다. 그렇다고 그는 자신을 따라오는 민규를 막지도 않왔다. 그렇게 민규는 한영호의 뒤를 따랐고 결국 그가 운영하는 한의원까지 갔다.

일요일의 한의원 입구는 셔터가 굳게 닫혀 있었다. 먼지 쌓인 한의원 문을 열고 한영호가 먼저 그 안으로 들어갔다. 따라 들어간 민규는 약간은 낯설고 어색한 풍경을 목격했다. 마치 오랫동안 한의원 문을 닫아 놓은 것처럼 한의원 내부 공간은 황량해 보였다. 카운터의 표지판도 조각난 채 빛이 바랬고, 한낮임에도 불을 켜야 할 정도로 어두웠는데, 그나마 등 몇 개는 깜빡거려 보는 이를 어지럽게 했다.

한영호는 한의원 진료실로 들어가지 않았다. 커다란 파티션이 설치된 공간으로 들어섰다. 민규도 따라 들어섰고, 한 발 들여놓는 순간 그곳이, 이곳 한의원 공간에서 유일하게 살아 있다는 느낌을 받았다.

그 느낌은 그야말로 강력했다. 천장 높이까지 쌓여 있는 책들은 한눈에 봐도 신학 서적들이 대부분이었다. 그 외에 성경을 주석한 주석들, 정식 출간되지 않은 제본된 종이 묶음들도 한가득 쌓여 있었다. 서재인지 연구실인지 알 수 없는 두 평 남짓한 공간인 그곳에 작은 책상이 눈에 띄었다. 그 책상 위에도 수많은 서류와 종이들이 가득했다. 바로 몇 시간 전까지도 사람이 이곳을 다녀간 흔적이 느껴졌다.

바깥 한의원보다도 더 어두웠지만 한영호는 불을 켜지 않았다. 한의원 실내에서 켜둔 형광등 불빛이 내부 공간으로 스며들어 한영호와 민규, 서로의 얼굴을 희미하게 비쳐주었다.

나쁜 하나님

자리에 앉은 한영호가 커다란 서류 뭉치를 민규에게 건네주었다. 서류는 몇 장 펼쳐볼 것도 없이 그 성격과 목적이 명확했다. 피의자 김인철의 기소를 준비하는 증명 서류들이었다. 서류 안에 담긴 내용들은 민규가 잠깐 보았던 내용보다 훨씬 더 끔찍하고 악랄했다. 아동 성학대는 기본이고, 학대를 이기다 못해 스스로 목숨을 끊은 원생을 신애원 뒤편 야산에 묻은 사체 유기 의혹까지 구체적으로 적혀 있었다.

　서류를 중간까지 지켜보던 민규는 끝내 마지막까지 보지 못하고 덮었다. 그때였다. 부들부들 떨리는 손을 주체하기 힘들어하던 민규에게 한영호가 오랫동안 지속되던 침묵을 깨고 말문을 열었다.

　"왜 기소하지 않느냐고 묻고 싶으신 거죠?"

　"예."

　"김정은 선생의 답과 같을 겁니다. 기소 자체가 안 된다고 하더군요. 증거불충분. 왜 그런지 아십니까?"

　"왜죠?"

　"이곳이 교회이기 때문입니다."

　"묻고 싶었습니다. 교회이니까 이런 일이 가능할 수 있다고 말씀하신 게 맞습니까?"

　민규의 궁극적인 질문에 한영호는 단호했다.

　"그렇습니다. 교회, 그중에서도 권력을 먹고 자란 종교라면 권력을 주무르는 데 탁월한 샤먼으로 작동하는 법입니다. 그건 목사님께서 더 잘 알고 계시지 않습니까?"

"제가요?"

"목사님의 논문 215페이지 일곱 번째 줄 세 번째 단락을 가장 인상적인 대목으로 기억합니다. 이교의 배후에 숨은 신을 찾기 위해, 그리고 그 신이 진정 자신이 숭배하는 야훼 하나님이 분명한지 입증하기 위해 아브라함은 이삭을 번제로 바치려 했다. 그것은 곧 종교 권력의 배후를 파헤치고 이를 무력화시키는 가장 효과적인 신앙 행위다."

이번에도 한영호는 토씨 하나 틀리지 않고 민규의 논문 일부를 낭독했다. 민규는 그 순간 할 말을 잃어버렸다. 교회이기 때문에 가능하지 않느냐는 질문은 해선 안 되는 것이었다. 교회이기 때문에 가능하다. 이 모든 파렴치한 범죄가. 교회이기 때문에.

깊은 침묵이 흘렀다. 그사이 민규가 망연한 눈길로 한영호를 바라보았다. 그런 그에게 한영호가 한마디 남겼다.

"목사님이 만나야 할 사람이 있습니다. 이 악몽을 끝내려면 그분을 만나셔야만 합니다."

나쁜 하나님

38

"그 사람이요?"

민규가 자신도 모르게 '그 사람'이란 표현을 쓰고 말았다. '그 사람'이란 말을 꺼내는 순간 민규는 '아차' 하는 마음이 들어 한영호를 바라봤다. 하지만 한영호는 별다른 반응을 보이지 않았다. 어쩌면 민규의 이런 반응이 당연하다는 듯 무덤덤했다.

한영호가 말한 사람은 유재환, 율주제일교회 초대 담임목사였다. 유재환이란 이름을 듣자 민규는 자연스럽게 유년시절을 떠올렸다. 초등학교 시절, 아버지와 헤어진 어머니 양권사의 손을 잡고 교회를 처음 찾았을 때가 생각났다. 그날은 민규가 난생처음으로 교회를 나가던 날이었다. 양권사는 술, 도박, 여자에 취해 있던 남편을 견디다 못해 어린 민규를 데리고 집을 나왔다. 서울에서 도망치다시피 민규를 데리고 내려온 율주시는 사실 양권사에게 아무 연고도 없는 곳이었다. 무능한 데다 폭력까지 휘두르는 남편을 피해 아는 사람 한 명 없는 율주시에 도착한 양권사가 붙잡아야만 했던 유일한 길은 하나님뿐이었다. 대학시절과 처녀 시절, 자신에게 빛과 희망의 이름으로 함께했던 신앙이 남편과의 결혼으로 인해 짓뭉개지고 말았다. 양권사는 돌아온 탕자가 된 마음속 흐느낌을 안고 교회를 찾았다.

그렇게 율주시에 오자마자 찾았던 율주제일교회의 주일 대예
배 설교 시간. 따로 초등부 예배에 등록하지 않고 양권사의 손
에 이끌려 장의자에 앉았던 민규의 눈에 가장 먼저 들어온 건
낮고 낮은 강대상이었다. 민규가 고개를 쭉 내밀어야만 강대상
위에 서 있는 작고 마른 체형의 한 남자를 볼 수 있을 정도였다.
강대상은 지금의 교회 구조와 가장 다른 특징이었다. 대예배실
전체에서 강대상의 위치가 지금과 전혀 달랐다. 지금처럼 거의
천장에 닿을 듯 강대상이 올라서 있지 않았다. 그때엔 강대상과
장의자의 높이 차이가 거의 없었다. 더욱이 강대상 위에 올라서
있는 담임목사 유재환의 체구는 평범한 일반 남성에 비해서도
왜소했다. 초라할 정도로.

민규는 그날을 잊지 못한다. 강대상이 형편없이 낮아서는 아
니었다. 유재환의 체구가 특별히 왜소하다는 것 때문도 아니었
다. 민규가 그날을 잊지 못하는 이유는 목사 유재환의 통곡 소리
를 들었기 때문이다.

지천명에 가까운 남자가 울음을 터뜨리고 있었다. 그는 두 주
먹을 불끈 쥐며 강대상을 두들기며 눈물과 콧물이 뒤엉킨 채 설
교에 열중했다. 설교를 하는 내내 울음이 그치지 않았다. 어떤
이야기를 했는지 민규는 제대로 기억하지 못했다. 그럼에도 한
가지는 분명히 기억에 남았다. 그 울음은 진심이라는 것. 형언할
수 없지만 가득 차오른 비통함을 마음속 깊은 곳에서 쏟아내기

나쁜 하나님

위해 몸부림치고 있다는 것.

진심을 담은 유재환의 설교 시간 내내 민규의 손을 놓지 않던 어머니 양권사도 함께 울었다. 그때 민규의 머릿속을 맴돌던 두 단어. 그 두 단어가 지금도 잊히지 않았다. 죄와 용서. 민규는 다시 그때의 기억을 떠올렸다. 울먹임과 함께 뒤엉킨 유재환의 핏빛 절규. 그 절규가 설교 막바지에 격정적으로 끓어올랐다.

'우리의 죄, 끝을 모르고 펼쳐진 짐승보다도 못한 이 죄, 이 죄를 씻어내려고 예수님께서 오신 겁니다. 십자가 도상 위에 검고 붉은 피를 쏟아낸 것입니다. 그것이 바로 용서입니다. 자신의 아들을 내어주면서까지 우리를 용서하려 했던 그 사랑을 생각해보십시오. 그리고 그 사랑에 앞서 반드시 생각해야 할 게 있습니다. 우리가 얼마나 끔찍하고 험악한 죄를 지었는지 생각해보란 말입니다!'

"제가 왜 목사님을 이 지옥에 초청했는지 이제는 아셔야 합니다."

"지옥…… 그렇죠. 지금 제가 서 있는 율주제일교회 강대상, 여기 지옥, 맞습니다."

민규가 자신도 모르게 고개를 끄덕였다. 한영호의 말이 틀린 말은 아니기 때문이다. 하지만 곧 질문이 생겼다.

"제가 무슨 일을 할 수 있다고 부르신 거죠?"

민규의 질문에 답하던 한영호의 눈에서 그 자신도 의식하지 못한 안광이 섬뜩하게 비쳤다.

"목사님의 논문 속 이론과 유재환 목사님의 신앙 정신이 일치하기 때문입니다."

다시, 유재환의 이야기로 돌아온 걸까. 민규의 정신이 처음 유재환의 설교를 들었던 순간에서 현재로 되돌아왔다. 동시에 민규가 기억하고 있는 율주제일교회 초대 담임목사 유재환의 마지막이 떠올랐다. 민규의 신대원 입학이 이뤄지던 그해, 유재환은 교회에서 물러났다. 그 떠오름의 순간 민규가 낮은 목소리로 경고하듯 한영호에게 말했다.

"장로님."

"말씀하세요, 목사님."

"저흰 이단이 아닙니다."

단호한 결의를 품고 꺼낸 말이었다. 이단이 아니라는 말. 민규는 지역만이 아닌, 메이저 언론에서도 떠들썩하게 소개되던 기사 제목을 떠올리며 입술을 깨물었다.

율주제일교회 유재환 목사, 교회 전도사 자살 방조 혐의와 문제 많은 이단 교리 추문으로 인해 끝내 파면

"그분은 이단이 아닙니다."

"그 사람이 이단이라는 건 교회와 교단, 총회와 세상이 만장일치로 인정한 사실입니다."

"한 가지만 묻겠습니다."

"……"

나쁜 하나님

"유목사님이 어떤 이단 사상을 갖고 있었는지 아십니까?"

"예?"

"이단 판정을 받을 때는 이단 사상이 충분히 검증되어야 합니다. 하지만 유목사님의 이단 판정은 한마디로 마녀사냥이었어요."

"마녀사냥이라고요? 그럼, 그 사건은 어떻게 설명하실 겁니까?"

"목사님."

"청년 전도사 다섯이 죽었어요. 다섯 명이 하루아침에 목숨을 잃었다고요. 그중엔 제가 아는 형도 있었습니다."

"……."

"그 책임이 유재환 목사, 그 사람에게 없다고 할 수 있나요? 말씀해보세요!"

39

"별거 없고요. 병가원 한 장 쓰시면 됩니다."

'병가원'이란 말. 민규로서는 처음 듣는 말이었다. 하지만 행정목사 이황우가 자신의 책상 자리 위에 올려놓은 서류를 보았을 때, 민규는 병가원이란 서류가 어떤 용도로 쓰이는지 알 수 있었다. 행정목사는 자신이 제공한 정보를 자랑이라도 하는 듯 서류에 자신이 적어 놓은 부분을 손으로 가리키며 말했다.

"주일 예배 불참하신 사례는 제가 말이 되게 적어 놓았으니 이름 쓰시고 사인만 하시면 됩니다."

월요일 아침. 행정목사가 9시가 되자마자 담임목사 집무실을 찾은 이유는 단 한 가지였다. 민규가 주일 예배에 불참할 수밖에 없는 상황을 교인들에게 설명해주기 위함이었다. 병가 사유서에 적힌 이유를 읽어 내려가던 민규가 당혹스러운 얼굴로 말했다.

"제가 공황장애를 앓고 있다고요?"

"그게 제일 적당하니까요."

그렇게 말한 이황우가 호주머니에 두 손을 찔러 넣었다. 자신보다 열 살 이상 나이 차이가 나는 이황우의 표정을 보며, 민규는 다음과 같은 속내를 읽을 수 있었다.

나쁜 하나님

'당신도 오래 못 가겠네.'

이황우가 적어 놓은 병가원에 사인하고 난 뒤였다. 집무실 흔들의자 깊이 몸을 파묻은 민규는 아주 잠시 어제 주일에 일어났던 일들을 떠올렸다. 신애원 아이들의 비명은 여전히 귓가에 남아 있었다. 하지만 민규를 더욱 신경 쓰이게 만든 건 한영호 장로의 말이었다.

유재환 목사. 민규로서는 한영호 장로로부터 유재환의 이름을 들을 줄 생각조차 하지 못했다. 교단과 사회로부터 이단으로 판정받고 율주제일교회로부터 퇴출된 이후, 유재환이란 이름 석 자는 교인들 사이에 금지어로 통했다. 민규의 어머니 양권사조차 민규가 율주제일교회로 청빙 받았다는 말을 들었을 때부터 대뜸 유재환에 대한 경계심부터 드러냈다.

'유재환 목사, 그 사람 이야기를 꺼내선 안 돼. 여러모로 위험해진다.'

그런데 그런 유재환과 자신이 닮았다? 민규는 한영호의 말이 좀처럼 이해되지 않았다. 이해되지 않으면서도 마음 한구석엔 강한 이끌림이 있었다. 특히나 자신의 논문과 유재환 목사의 신앙 정신이 일치한다는 말이 끝을 알 수 없는 울림이 되어 들려왔다. 그와 함께 민규는 자신의 휴대폰에 남아 있는 한 통의 메시지, 오늘 새벽 한영호가 보내온 문자를 바라봤다.

오늘 오후 5시. 우리 한의원에서 성경 공부가 있습니다. 목사님이 정말 교회를 위하고 신애원 아이들을 위한다면, 꼭 와보셔야 합니다.

교회를 위하고, 신애원 아이들을 위한다면?

늦은 오후 4시가 다 되도록 민규는 집무실을 벗어나지 않았다. 오전에 이황우 목사가 들러 자신이 미리 작성한 병가원에 사인을 받고 나간 게 전부였다. 그사이 민규의 집무실은 한 명의 방문객도 찾지 않았다. 대표 전화를 통해 식사 여부를 묻는 전화, 김인철 장로 측 사람이 민규의 행방을 묻는 듯한 의도를 품은 전화 몇 통 걸려온 게 전부였다.

생각에 생각을 거듭하던 민규가 자리에서 일어선 건 오후 5시가 넘어서였다. 집무실 밖, 석양의 기운이 공간을 감싸 안고 있었다. 민규의 귓속에선 다시 아이들의 비명이 오갔다. 창밖 건너편에 진한 청록빛 넝쿨에 에워싸인 신애원 건물이 보였다. 동시에 일식집 도코모토에서 보았던 한 마리 짐승이자 범접할 수 없는 상왕上王 김인철 장로도 보였다. 표정을 읽을 수 없는 무정한 모습이 무법한 야생에 노출된 굶주린 늑대를 떠올리게 했다. 그때, 아이들의 비명이 다시 한번 민규의 마음속 깊이 파고들었다. 민규는 자신도 모르게 자조적인 독백을 터뜨렸다.

'날보고 뭘 어쩌라는 거야?'

답이 없었다. 답을 잃어버린 민규가 이끌리듯 차를 타고 운전대를 잡고 가는 곳이 있었다. 한의원이었다. 민규는 율주시의 옛 중심으로 취급받는 한영호 장로가 운영하는 한의원으로 향하고 있었다. 운전대를 잡은 민규가 반복해서 깜빡거리는 휴대폰

나쁜 하나님

액정을 바라봤다. 한 통의 메시지. 한영호가 아닌 정은의 메시지였다.

목사님이 와주실 거라 믿어요. 어제 경험했던 악몽에서 벗어나고 싶다면요.

김정은의 말이 정답일지 모른다고 민규는 믿었다. 누군가 그랬다. 타인의 끔찍한 비극에 나설 수밖에 없는 이유는 정의나 공분이 아니라 정작 그 자신이 견딜 수 없기 때문이라고. 민규는 사실상 타인을 돌볼 겨를이 없었다. 자기 자신이 숨을 쉬는 것. 숨만 쉴 수 있다면 악마에게 영혼이라도 팔 것 같았다. 아이들의 비명과 무정한 짐승들이 민규의 머릿속에서 떠나지 않는 한 민규는 숨을 쉰다는 게 불가능해 보였다.

그래서 민규는 한영호의 한의원으로 향했다. 그가 말한 성경공부, 그곳으로. 초대 목사 유재환을 추종한다는 그 비밀스러운 모임이 있는 곳으로. 그것은 한영호의 설득도, 김정은을 향한 연정도, 그 무엇도 아니었다. 단지 민규는 숨을 쉬고 싶었다. 그렇지 않으면 숨이 막혀 아무것도 못할 것 같았기 때문이다.

40

한영호가 말한 성경 공부 장소는 한의원에서 이뤄졌다. 정확히 말하면 한의원 내부는 아니었다. 오래된 단층 아파트 옆 상가 2층에 위치한 한의원 건물 1층에는 간판이 붙어 있지 않은 열 평 남짓한 창고 개념의 공간이 있었는데, 그곳에서 모였다.

월요일 저녁 7시였다. 차를 주차한 민규는 바로 2층 한영호 한의원에 들어섰다. 하지만 입구 문이 굳게 닫혀 있었다. 사람 한 명 보이지 않는, 열린 창문 틈으로는 어둠이 스며들며 해명하기 어려운 고독감이 민규의 온몸을 감싸 안았다.

'아무도 없다면 성경 공부를 하지 않는 건가?'

'성경 공부가 없다면 좋아해야 하는데 왜 이렇게 허탈하지?'

몇 가지 생각이 어지럽게 민규의 머릿속을 헤집을 그때였다.

누군가의 소리가 들렸다. 여자의 목소리였다. 2층 복도 창문이 모두 닫힌 공간이어서 그런지 여자의 목소리는 제법 심한 메아리를 일으켰다.

"목사님."

"김…… 선생?"

복도 끝에서부터 걸어오는 한 여자가 김정은인 걸 알아보는 데는 긴 시간이 걸리지 않았다. 민규는 그 순간 예감했는지도 모른다. 이 상황에서 자신을 부를 수 있는 이는 김정은밖에 없다는 걸. 아니, 없어야만 한다는 걸.

어느새 민규가 선 자리까지 다가온 정은이 환대하며 말했다.

"정말 잘 오셨어요."

정은이 가볍게 민규의 오른팔을 두 손으로 붙잡았다. 무례하거나 다른 사심이 느껴지지 않는 부드럽고 정중한 태도였다. 민규가 물었다.

"……이곳에서 월요 성경 공부가 있다고……."

"성경 공부 장소는 1층이에요. 함께 내려가요. 그렇잖아도 한 장로님이 목사님을 기다리고 계셨어요."

"내가 올 줄로 믿고 있었단 말이요?"

"믿음이라기보단 갈망이겠죠. 한장로님은 김인철, 그 사악한 뱀이 교회 전체를 송두리째 집어삼킬 때, 더러운 뱀의 뱃속에서도 기도하셨어요. 끔찍할 정도로 집요한 인내를 품에 안고서요. 그러다 이런 기적의 때를 만난 거고요."

"내가…… 이곳에 온 게 기적이란 말이요?"

"목사님이 해야 할 일이 있기 때문이죠."

"김선생."

"예?"

"김선생은 언제부터 성경 공부를 시작했어요?"

민규의 질문에 정은은 망설임 없이 답했다. 마치 그것이 당연하다는 듯.

"담임목사님이 마귀의 공격을 받아 쓰러지신 그다음부터요."

"유재환 목사님을 말하는 거예요?"

"다른 이들은 율주제일교회의 담임목사가 아니에요. 아니 목사도 아니죠. 그들은 김인철의 먹이를 받아먹는 개들이에요."

순간 민규의 얼굴이 화끈거렸다. 나 역시 개에 불과하단 말인가. 하지만 이어지는 김정은의 말은 민규를 절반은 안심, 절반은 더한 혼란으로 이끌었다.

"하지만 목사님은 달라요."

"나는 뭐가 다르죠?"

"그건 한장로님이 이미 말씀하셨을 텐데요."

정은의 그 말은 민규에게 분명한 혼란으로 각인되었다. 한장로가 자신에게 말한 건 다분히 추상적인 분노의 표출, 그뿐이었다. 민규가 이를 추상적으로 생각하는 이유 역시 분명했다. 논문을 근거로 자신에게서 어떤 혁명의 불씨를 발견했다는 걸 납득하기 어려웠기 때문이다.

1층. 열 평이 채 안 되는 공간은 발 디딜 틈조차 없을 정도로 많은 이들이 모여 있었다. 안팎으로 밀폐된 공간을 가득 메운 이들은 민규도 한눈에 알아볼 정도로 오랜 시간 율주제일교회를 향해 헌신, 봉사하던 교회 초기 멤버들이었다.

정은의 손에 이끌려 민규가 들어왔을 때, 성경 공부는 이제 막 기도 순서에 접어들었다. 그렇지만 기도는 기선을 제압하기 위한 강압이나 위력적인 모습과는 거리가 멀었다. 조심스럽게 두

190   나쁜 하나님

손을 모으고 가만히 무릎 꿇고 앉아 깊은 침묵 속에서 신과의 조우를 일궈내는 시간 같았다.

오랜 기도의 시간이 지나고 사람들이 한두 명씩 눈을 뜨기 시작했다. 가장 나중에 눈을 감았던 민규 역시 일행들 중 마지막으로 눈을 열었다. 성경 공부의 인도자는 유재환이 아니었다. 한영호였다. 그가 빛바랜 종이 한 장을 꺼냈다. 그러고는 검은 뿔테가 인상적인 돋보기안경을 쓴 뒤 다음과 같이 말했다.

"유목사님께서 1992년, 부활절 주일 예배 때 설교하신 내용입니다."

그렇게 말한 한영호가 사람들을 둘러봤다. 민규도 사람들을 살폈다. 진지했다. 이처럼 진지하고 순수할 수 있을까 싶을 정도였다. 한 마디도 놓치지 않고 듣겠다는 의지만으로 가득한 눈빛이었다. 그들은 모두 무릎을 꿇고 한영호가 대신 전달하는 유재환의 가르침을 마음과 머리에 담아내기 위해 필사적이었다.

한영호가 전한 유재환의 가르침, 그 주요 주제가 민규의 넋을 순간적으로 뒤흔들어 놓았다. 아들 이삭을 제물로 바치려는 아브라함의 극한적 고뇌를 다룬 가르침이었는데, 그 내용과 흐름이 민규 자신의 논문 속 내용과 너무나 유사했기 때문이다. 흡사 표절이라 해도 믿을 정도였다.

성경 공부가 끝난 뒤 사람들은 별다른 인사 없이 조용히 흩어졌다. 흡사 비밀 모임처럼 보였다. 아무 결속력도 느껴지지 않는 모습이 이 성경 공부가 외부로 흘러나갈 것을 극도로 주의하는 점조직 형태의 모임으로 느껴졌다.

　김정은마저 나간 공간에 남은 건 한영호와 민규, 둘뿐이었다. 한영호는 조심스럽게 유재환의 옛 설교문을 가방에 집어넣는 등 짐을 정리하고 있었다. 이를 가만히 지켜보던 민규가 먼저 말을 꺼냈다.

　"유재환 목사님은 지금 어디 계십니까?"

슬픈
전야

41

화요일 오전. 한 대의 봉고차가 율주시 구역사에 도착했다. 구역사는 이제 모든 것이 무너져 내리는 폐허의 모습 그대로였다.

민규는 마치 시간이 몇 주 전으로 되돌아간 느낌을 받았다. 14년 만에 다시 율주를 찾아 역사에 도착했을 때의 그 낯선 느낌, 알 수 없는 이물감으로 가득한 상태의 지속. 거기에 덧입혀진 악몽과도 같은 신애원에서의 장면, 장면이 민규의 머릿속을 온통 어지럽혔다.

봉고차가 도착하는 순간 민규는 운전자의 모습부터 살폈다. 김정은이 운전대를 잡고 있었는데, 그녀는 고개를 민규가 서 있는 곳을 향해 돌리지 않았다. 차창의 정면을 향했다.

민규가 뒷좌석에 올랐다. 뒷좌석에는 어제 저녁에 보았던 여자 권사가 동승하고 있었다. 민규도 아는 사람이었다. 어머니 양 권사와 친분이 있는 동료 권사였다.

민규가 가볍게 인사를 했지만 여자 권사는 인사를 받는 둥 마는 둥이었다. 그게 민규를 더욱 어색하게 하진 않았다. 여자 권사가 인사를 받지 않는 이유가 너무 분명했기 때문이다. 그녀는 두 손을 모으고 눈을 감은 채 간절히 기도하고 있었다.

나쁜 하나님

민규가 타자마자 봉고차는 움직였다. 차가 움직이고 나서야 조수석에 앉아 있던 한영호가 입을 열었다.

"목사님을 기다리고 계십니다."

"유재환 목사님이 저를요? 언제부터 말입니까?"

"제게 가르침을 주셨을 때부터로 압니다."

"가르침이요?"

"유목사님이 비로소 제게 목사님의 논문을 보도록 허락하셨습니다. 그분이 먼저 목사님의 논문을 보고 율주제일교회의 나아갈 길을 결정하신 것이죠."

차가 몇 차례 덜컹거리더니 이내 비포장도로로 진입했다. 정은은 운전 시작부터 끝까지 침묵을 유지했다. 민규는 정은이 의식되었지만 정은은 전혀 그렇지 않은 것 같았다. 민규의 질문이 계속되었다.

"그걸 가르침이라 표현하시는군요. 그럼 유목사님이 먼저 제 논문을 읽으셨다는 말씀입니까?"

"저는 오직 유목사님의 가르침을 따릅니다. 그분의 결정과 선택을 지지하죠."

"장로님, 저기, 죄송하지만……."

민규가 마른침을 삼켰다. 가슴속 깊은 곳에서 치솟는 의문을 배제할 수 없었기 때문이다. 의문의 중심은 어둠의 중심과 분명히 닮았다. 유재환. 그를 둘러싸고 벌어졌던 사건이 민규의 머릿속에 여전히 충격적인 잔흔으로 남아 있기 때문이다.

"한 가지 물어도 되겠습니까?"

"조금 있으면 기도원입니다. 다른 질문은 유목사님께 직접 하시는 게 좋을 것 같습니다."

"아니요, 전 지금 장로님에게 묻고 싶습니다."

민규의 그 말에 한영호가 룸미러를 통해 뒷좌석에 앉은 민규를 보았다. 민규가 입을 열었다.

"장로님은 유목사님을 믿으실 수 있습니까?"

"그게 무슨 말씀입니까?"

"그분은 아시다시피 목사 후보생들 방화 자살사건의 배후에 있는 분입니다. 항소심에서 증거불충분으로 석방되긴 했어도 그분의 이단적 교리가 무고한 생명을 죽음으로 내몬 책임으로부터 자유롭진 못할 겁니다. 희생자들 중엔 제가 알던 전도사님도 있었어요."

말을 꺼내고 난 후였다. 운전 중이던 정은과 민규의 시선이 얼핏 충돌했다. 정은의 실망감 가득한 눈빛이 민규의 마음에 와 박혔다. 정은은 이렇게 말하는 듯했다. 민규의 마음속엔 분명 이렇게 들렸다.

'지금 이 순간에도 왜 의심하는 거죠? 지금까지 모든 걸 분명히 목격했잖아요.'

한영호는 민규의 마지막 질문에 답하지 않았다. 어느새 기도원이 보이기 시작했다. 율주시를 벗어나 산길에 가까운 곳, 비포장도로로 올라서야만 간신히 당도할 수 있는 곳에 기도원이 있었다. 처음 그곳을 봤을 때, 민규는 기도원으로 생각할 수가 없었다. 기도원이란 간판도, 십자가 표식도 없었기 때문이다. 무성

나쁜 하나님

한 나무 숲 사이에 가까스로 자리 잡은 컨테이너 한 대가 전부였다.

"여기가 기도원입니까?"

"네, 내리시죠."

짧게 답한 한영호가 먼저 차에서 내렸다. 뒤따라 내린 민규가 가장 먼저 바라본 건 하늘이었다. 오전 시간에 출발한 차가 이곳 율주시 외곽에 도착했을 때는 이미 정오에 가까워지고 있었다. 산속으로 들어서기 전만 해도 하늘은 맑았다. 또한 태양은 거북할 정도로 뜨거웠다.

하지만 이곳 기도원에 들어섰을 때, 민규는 마치 일식의 한 장면과 마주하는 것 같은 경험을 해야 했다. 태양의 열기, 정오의 따사로움을 하늘 전체를 에워싸버린 나무줄기들이 철저히 가렸기 때문이다. 무수한 나뭇잎과 나무줄기들이 하늘을 덮어버린 산속 깊은 곳은 한낮임에도 어두웠다. 물론 시야를 식별하지 못할 정도는 아니었지만 그늘의 한복판에 서 있는 느낌만큼은 쉬 거둘 수 없었다.

그런 마음의 무거움을 안고 한 걸음 내딛었을 때, 민규의 눈에 열린 컨테이너 문이 보였다. 적잖은 바람이 불어오고 있어 컨테이너 철문이 심하게 흔들렸다. 한영호가 앞장서다가 열린 문 앞에 멈춰 섰다. 김정은도, 동승한 여자 권사도 마찬가지였다.

곧이어 민규도 그들의 뒤를 가만히 따랐다. 열린 문 너머의 풍경이 처음엔 희미했지만 이내 또렷해졌다. 촛불과 성경책, 작은 물컵과 물병 하나가 있는 컨테이너 안에 등을 보이며 서 있는 한

사람의 그림자가 비쳤다. 그 그림자가 고개를 돌려 민규를 향해
말을 걸었다.

"어서 오세요, 정민규 목사."

나쁜 하나님

42

비가 내리기 시작했다. 후드득 내리는 빗소리가 거대하게 들렸다. 물론 밖에선 그다지 많지 않은 양의 비였다. 하지만 컨테이너 박스로 되어 있는 기도원 천장에 부딪히는 빗소리는 더한 과장됨으로 들려왔다.

기도원이라 불리는 컨테이너 내부는 단출함을 넘어서서 허탈해 보이기까지 했다. 이곳이 기도원이 맞는지 의심하게 만들 정도였다. 유재환이 주로 사용하는 앉은뱅이책상 하나, 변변한 책장 하나 없이 옛날 책들이 한가득 쌓여 있는 게 내부를 차지한 세간의 전부였다. 그 외 나머지, 옷가지와 세면도구, 몇 개의 생활용품이 한쪽 구석에 함부로 놓여 있었다.

하지만 민규는 허울뿐인 기도원 내부의 초라함에 허탈함을 느낀 게 아니었다. 자신을 맞이하는 유재환의 놀라울 정도로 변화된 모습이 민규를 당황케 했다. 그는 민규가 기억하는 14년 전의 유재환이 결코 아니었다. 민규 앞에 마주하고 선 유재환은 그의 기억 속 모습보다도 훨씬 더 왜소해 보였다. 왜소하다는 표현마저 사치스러울 정도였다. 유재환의 몸은 금방이라도 뼛가루처럼 바스러질 것 같은 모습이었다.

처음부터 독대를 예고하고 배려했던 상황인 걸까. 한영호 장로와 김정은, 그리고 이름 모를 교인 한 명은 유재환의 기도원 안에 들어서지 않았다. 문고리가 고장 난 컨테이너 건물은 갑자기 쏟아져 내리는 빗소리와 반쯤 열린 문 틈새로 쉼 없이 몰아치는 바람소리로 가득했다. 하지만 자연의 소란스러움과 다르게 내부는 미치도록 고요했다. 끝이 없는 고요와 침묵 속에서 민규와 유재환, 둘은 서로를 마주 보고 있었다.

유재환은 몸소 컨테이너 밖으로 나와 민규를 환대했다. 하지만 그 후 유재환은 말을 잃은 식물처럼 침묵을 지켰다. 그렇다고 민규에게서 시선을 피한 것은 아니었다. 부드러운 눈매로 자신이 앉아 있는 앉은뱅이책상을 사이에 두고 지그시 민규를 바라봤다.

오랜 침묵을 깨고 민규가 먼저 말문을 열었다. 어색하거나 침묵이 두려워서가 아니었다. 파리하고 왜소한 몸, 언제 숨이 멈춰도 이상할 게 없어 보이는 깡마른 노인의 몸이었지만 민규는 유재환에게서 알 수 없는 그리움, 아늑한 느낌을 받았다. 그래서일까. 자연의 요란과 산속이란 지형 특성이 몰고 오는 매서운 바람, 고요한 흐느낌과 같은 불길한 정서 속에서도 민규는 형언하기 힘든 안정감을 느꼈다. 어쩌면 민규가 먼저 말문을 열 수 있었던 것도 그 안정감 때문이었는지도 모른다.

"……건강은 좀 괜찮으세요?"

진심에서 꺼낸 말이었다. 뼈만 앙상하게 남은 팔목을 보자 선뜻 떠오른 첫 질문이 건강에 대한 염려였다. 유재환은 민규의 질

나쁜 하나님

문에 반갑게 응대했다.

"건강하다고 말하면 거짓말이겠죠. 하지만…… 견딜 수 없을 정도는 아닙니다."

깍듯한 존댓말이 민규를 오히려 편하게 했다. 유재환에 대한 경계가 조금씩 무너지는 느낌이라고 해야 할까. 민규가 주위를 둘러보며 말했다.

"이곳에서 계속 지내셨다고 들었습니다. 하지만 이곳은 생활이 어려울 것 같은데요."

"주님의 종이 겪어야 할 숙명이죠."

"숙명……?"

"불편도 습관이 되면 괜찮습니다. 모든 게 생명의 습관으로 바뀌죠."

생명의 습관…… 그 말이 민규의 오래된 기억 속, 한순간을 떠올리게 했다. 유재환이 파문당하기 한 해 전, 율주시에서 대형 폐기물처리장 건설 계획이 발표된 직후, 유재환이 극단적 저항 방법으로 선택한 금식의 순간이 떠오른 것이다. 민규의 고등학생 시절, 유재환이 보여준 금식의 강렬함이 지금 이 순간의 상황으로 고스란히 환원되었다. 민규가 말문을 열었다.

"혹시…… 지금도 금식 중이십니까?"

민규의 속마음을 읽은 걸까. 민규의 질문을 받은 유재환이 쓴 웃음과 함께 고개를 천천히 가로저었다.

"14년 전과 같은 몸 상태가 아니에요. 그때로 돌아갈 수 있다면 물론 더한 것도 하겠지만."

14년 전의 유재환은 율주시를 사랑하고 환경, 자연, 더 나아가 예수의 보편적 사랑을 이야기하던 순수함으로 가득했다. 그는 특히 율주제일교회가 현실 정치가들의 먹잇감을 되는 것에 격렬히 반대했다. 그것은 율주시 전체를 중앙정부의 떡고물, 부당특혜, 그로 인한 권력의 단맛에 취하게 만드는 맘몬의 노예를 만드는 일이었다. 그 재앙을 경고하고 회개를 촉구하던 유재환의 설교가 새삼 민규의 머릿속에서 떠올랐다. 하지만 민규의 의식과 마음을 지배하는 유재환에 대한 인상은 그 순수함이 우선이 아니었다. 민규를 사로잡은 건, 불타는 다락방이었다.

다락방은 화마에 휩싸이기 전까진 마가의 다락방으로 불리던 율주제일교회 6층의 다른 이름이었다. 14년 전 불에 휩싸인 이후로는 단 한 번도 제대로 된 공간으로 활용되지 못한 아픈 상흔으로 남은 교회 6층. 그 6층을 휘덮은 화마, 전도사들의 비명…… 끔찍한 기억이 민규의 의식을 압도했다. 그래서일까. 민규의 마음속 경계심이 다시금 깊어졌다. 두려움에 출렁이는 경계심 가득한 눈빛이 유재환에게 가닿은 걸까. 유재환의 표정도 짐짓 굳어졌다.

민규는 순간, 섬뜩한 기분에 절로 몸서리쳤다. 유재환이 자신의 마음속 깊은 곳에 이미 자리 잡고 앉았다는 느낌이 강하게 파고든 것이다. 그 섬뜩한 우려가 유재환의 이어지는 말을 통해 파고들었다. 그의 지나칠 정도로 예의 바른 존댓말을 통해.

"정목사님."

"예."

나쁜 하나님

"전 목사님을 통해 하나님의 마지막 계시가 성취되고 있음을 확신했습니다."

"마지막…… 계시요?"

"이곳을 지배한 악마의 탐욕을 불태울 수 있는 마지막 정화의 불을 본 겁니다."

정화의 불. 그 말을 다시 기억해야 하는 걸까. 말을 꺼낸 유재환의 눈빛엔 범접할 수 없는 강한 노기가 담겨 있었다. 그 노기는 모든 것을 집어삼킬 법한, 율주제일교회 6층, 다락방을 닮아 있었다.

<h1 style="text-align:center">43</h1>

'아무래도 거긴 그만 가는 게 좋은 것 같아.'

'형, 내 말 들려? 내 말…… 듣고 있는 거야? 형? 형!'

'형…… 형…….'

14년 전의 민규, 그에게 있어서 가장 기억에 남는 순간은 동시에 기억 속에서 가장 먼저, 할 수만 있다면 바닥까지 비워내고 싶은 순간이었다. 결국 비워내고 싶다는 민규의 희망은 실패한 건지도 모른다. 여전히, 지금 이 순간까지 지울 수 없는 비극의 한순간으로 자리 잡았으니까.

사순절 고난주간. 그 주간에서 쏟아낸 유재환의 설교는 한 마디로 처참했다. 낮고 낮은 강단 위에서 절규하듯 설교하는 유재환 목사의 한 마디, 한 마디를 듣던 율주제일교회 교인 일부는 그 처참한 전율의 쓰나미를 견딜 수 없어 오열하거나 몸을 떨거나, 이해할 수 없는 절망의 반응으로 일관했다. 그날도 유재환 목사는 울먹임, 오열의 정서를 가득 담아 한 마디씩 이어나갔다.

'여러분, 이제 우리는 결단해야 합니다. 그 못자국 앞에서 결단해야 합니다. 이 땅을 악마의 먹구름으로 휘덮어버린 어둠의 광

나쁜 하나님

기에 대좌한 우리 그리스도인에게 예수님의 십자가를 함께 지고 가려는 비상한 결단이 요구되는 것입니다. 그 비상한 결단은 어쩌면 누구에게도 환영받을 수 없는 길일지도 모릅니다. 조롱과 멸시만 가득한 길일지도 모릅니다. 그럼에도 우리는 그 길을 걸어가야만 합니다. 우리 가족, 우리 지역, 우리 공동체만을 위한 유익을 추구하는 길을 과감히 내어버리고 참생명과 평화를 줄 수 있는, 그 유일하고도 선명한 길을 향해 단호히 결단하고 묵묵히 걸어가야만 하는 것입니다.'

'민규야, 나는 기도하러 가는 거야. 너무 걱정하지 마라.'

사순절 마지막 주간 주일 설교가 끝난 뒤 청년부 모임에서 민규가 평소 형이라 부르던 윤형석 전도사를 가로막았다. 대학·청년부를 담당하던 윤형석 전도사는 율주제일교회 6층에서 하루도 빠뜨리지 않고 매일 밤마다 기도회를 인도하던 독실한 청년이었다. 유명 대학을 졸업하고 국내 유수의 대기업을 다니다가 유재환 목사의 이른바 대각성 설교를 듣고 결단의 길을 선택한 그는 그 후로 회사를 그만두고 율주제일교회에 들어와 전도사직을 수행하기 시작했다. 정식 목사가 되기 위해 신학대학원에 진학하기도 했지만 전통과 교리만을 강조하던 당시 신학대학원 풍토가 부패하고 타락한 소돔 땅과 다를 바 없다며 강하게 비판하던 것이 문제가 되어 학교로부터 제적 처리를 당하기도 한 그였다.

겉모습만 보면 분명 과격하거나 급진적인 행동을 촉구하

는 이처럼 보이지만 윤형석 전도사는 민규가 소속으로 있던 대학·청년1부에서는 한없이 부드럽고 따뜻한 친형 같은 사람이었다. 청년1부 모두 윤형석 전도사를 전도사로 부르기보다 형 혹은 오빠로 부르는 데 익숙했다.

이렇듯 민규에게 친숙하던 윤형석을 민규가 갑자기 막아서야 할 일이 생겼다. 사순절 설교가 끝나고 난 뒤 민규는 다락방 기도회를 가려던 윤형석을 막아 세웠다. 대학 졸업을 앞두고 있던 자신에게 인생의 멘토와 다름없던 윤형석을 막아선 이유는 어떤 막연한 예감 때문이 아니었다. 매섭게 파고든 소문 때문이었다. 윤형석을 멈춰 세운 민규가 한마디 걱정하듯 말했다.

"형, 그냥 평범한 기도회가 아니잖아. 어제도 물 한 모금 마시지 않고 기도만 했다면서."

"민규야, 기도는 형식이 아니야. 모든 걸 내려놓고 통회하는 심정으로 하나님께 죄를 고백하는 게 진짜 기도야. 오늘 목사님 설교도 똑바로 들어 놓고 왜 이래?"

"도가 지나치니까 그렇지. 지금 형의 모습을 봐. 살아 있는 사람의 모습이 아니야. 무섭다고. 내가 아는 형이 맞나 싶어."

민규는 진심을 담아 윤형석에게 말했다. 그 진심이 윤형석에게는 어떻게 들렸던 걸까. 예수 그리스도의 고난, 그 진정한 실체를 깨닫지 못하게 만드는 악마의 속삭임으로 들렸던 건 아닐까.

"날 막지 마, 민규야. 네가 아직 신앙이 깊지 못한 건 이해하지만 그렇다고 네 수준으로 날 판단할 생각은 말아."

"난 형을 걱정해서 이러는 거야."

"유목사님은 이 땅과 율주제일교회를 돈과 권력으로부터 지키기 위해 40일이 훌쩍 넘는 금식 기도도 마다않고 계셔. 정말 네가 교회를 위한다면 잠잠히 지켜봐. 신의 놀라운 섭리가 일어나는 생명의 불꽃을 지켜보라고."

"생명의 불꽃?"

"하늘 아래 땅을 살아가는 모든 인간이 저지른 죄업을 소멸시키는 정화의 불꽃, 뜨거운 기도로 타오르는 그 영원한 불꽃 말이야."

'뜨거운 기도로 타오르는……' 민규는 그때, 자신이 멘토처럼 믿고 따르던 윤전도사의 눈빛에 담긴, 불가항력에 가까운 순수를 막지 못했다. 순수의 절정을 잠식하는 듯한 강렬한 눈빛이었다. 민규는 그 순수를 믿고 자신의 멘토를 율주제일교회 6층, 속칭 마가의 다락방으로 올려 보냈다. 그리고 바로 그날 밤, 고난주간의 절정을 알리던 일요일 저녁, 마냥 평화롭고 적극적인 성스러움으로 끓어오르는 교회 6층에서 검붉은 불꽃이 치솟았다. 윤형석 전도사, 그가 말한 것처럼 모든 죄악을 불태워버릴 듯한 기세로 타오르는 검붉은 불꽃이었다.

하지만 그 불꽃은 범속한 세계를 살아가는, 하루하루 울고 웃는 일반인의 시선 속에선 모든 살아 있는 생명을 앗아가는 화마에 지나지 않았다. 그렇게 한순간 기도 처소를 휩쓸고 간 화마로 인해 윤전도사를 비롯해 전도사, 권사, 집사 등으로 구성된 다섯 명의 기도회원이 목숨을 잃었다. 경찰은 이 사건을 종교적 광기가 낳은 집단 자살극으로 규정하고 그 배후로 담임목사 유재환을, 그의 극단적인 금식 기도와 결단, 행동을 촉구하는 설교를 지목했다.

44

오후 2시. 민규가 기도원이라 이름 붙인 유재환의 컨테이너 밖을 나왔다. 그곳을 나왔을 때, 어느새 비는 그쳐 있었다.

무성한 푸른 이파리가 하늘을 휘덮어버린 기도원의 오후는 여전히 어두웠다. 하지만 두 시간 전에 들어섰을 때의 하늘과 비교하면 한결 밝아져 있었다. 상대적인 밝음이다. 그 밝음이 위로를 준다고 해야 할까. 컨테이너 밖으로 나왔을 때, 민규가 느꼈던 실감은 그랬다.

푸른 이파리 틈새로 다시 한번 따사로운 빛살이 파고들었다. 일순간 민규의 눈에 죽은 수풀로 얼룩진 바위 틈새로 무지개가 선연히 파고들었다. 그 무지개를 보며 민규는 잠시나마 숨을 돌렸다. 방금 전 컨테이너 안에서 이뤄진 유재환과의 대화를 조금이라도 생각해보며 복기할 수 있는 여지를 품게 된 것이다. 그것은 내내 두렵고 섬뜩하기만 했던 유재환을 향한 자신의 굳은 기억을 환기시키는 순간이었다.

두 시간 전은 분명히 그랬다. 민규는 유재환이 두려웠다. 푹 꺼진 광대뼈에 퀭하게 내려앉은 두 눈, 하지만 그 힘겨워 보이는 형

해만 남은 몰골 속에서도 순수의 이름으로 불타오르는 매서운 안광이 민규의 심장을 거칠게 뛰게 했다. 그 불타오르는 안광은 순수 그 자체였다. 이 땅에 한 줌이라도 남아 있는 죄의 잔흔들에도 치를 떠는 순수의 얼굴. 그 얼굴과 목도하는 순간 민규의 정신은 전율할 수밖에 없었다.

그날도 그랬기 때문이다. 14년 전의 그날, 고난주간을 견뎌내던 한 남자, 유재환의 극렬한 오열과 절규, 몸부림, 순수의 이름만으로 타오르던, 기도에 미친 6층 기도 모임 회원들. 민규의 정신적 멘토였던 윤형석 전도사의 분신, 타오르던 불길과 하나가 되어 뒤섞여버린 그의 불타버린 몸이 정신의 화인이 되어 민규의 마음 깊은 곳을 파고들었다.

"제게 뭘 기대하시는지는 모르지만 전 목사님이 생각하시는 그릇이 못 됩니다."

"그릇이 못 되다니. 그게 무슨 뜻입니까?"

"전 목사님처럼 하나님 뜻을 세우기 위해 40일 넘게 금식할 수 있는 용기가 없습니다. 그리고."

"그다음 말을 제가 대신 답해볼까요?"

"……?"

"자신을 불태워 뜻을 이룰 용기가 없다고 말하고 싶은 거……아닙니까?"

유재환은 돌려 말하는 법을 잊은 듯했다. 말을 마친 그의 표정은 차갑게 굳어 있었다. 굳은 건 민규 역시 마찬가지였다. 유재

나쁜 하나님

환이 침묵하자 민규가 대신 말을 꺼냈다.

"예전부터 묻고 싶었습니다. 사실 그 일은…… 제겐 너무 커다란 짐이에요. 목사님을 긍정적으로 생각할 수 있는 어떤 기회도 앗아가버렸네요. 그 사건은 그렇습니다."

"어떤 답을 원하는 거죠?"

"예?"

"이미 목사님은 내가 그들을 죽음의 불구덩이 속에 밀어 넣었다고 생각하시는 거 같은데요."

"불편하시겠지만, 어느 정도는 맞습니다."

"그렇다면 목사님, 이렇게 생각해보는 건 어떨까요?"

"……?"

"그들, 지금의 나, 그리고 이곳…… 신애원의 아이들이 악마의 먹잇감이 된 게 누구 때문인지 말입니다."

신애원의 아이들. 그 말을 들은 순간부터 민규의 머릿속에선 재앙과도 같은 아이들의 비명이 들려왔다. 그 누구에게도 숨을 쉴 틈을 주지 않는 소리. 유재환이 말을 이었다.

"아브라함의 이삭을 바치기 위한 거룩한 시도는 인간이 가진 악의 한계를 극복하기 위한, 그 역시 인간에게 남아 있는 마지막 순수의 불꽃이다. 그렇게 적으셨죠."

"제 논문을…… 목사님도 외우고 계시군요. 한영호 장로님처럼요."

"목사님은 계시의 신비를 믿으십니까?"

"……계시의 신비요?"

"제게 비춰주신 하나님의 비전, 그분의 말씀이 무려 14년이 지난 지금 정민규 목사님 당신의 생각과 뜻 안에서 재연되고 있다는 신비 말입니다."

"아브라함에 대한 제 생각이 목사님의 생각과 같았다는 말입니까?"

"그 정도로는 부족합니다. 그건 두 개의 내용이 동일하다는 뜻으로 들리니까요. 이 생각은 두 개의 내용이 아니라 처음부터 하나란 뜻입니다."

"목사님, 잠깐만요."

"말씀하세요."

"그 말씀은 마치 제가 목사님 생각이나 뜻의 분신 같다는 말로 들립니다."

"아니죠, 그게 아닙니다."

"그게 아님 뭡니까?"

"제 뜻이 아니라 이 땅을 지배한 악을 종식시키려는 하나님의 뜻과 하나라는 겁니다."

"……."

"눈에 보이는 광기가 아니라 보이지 않는 숨은 광기를 보세요. 악마가 모든 걸 지배하고 있어요. 그 악마를 박멸할 수 있는 마지막 기회가 목사님의 뜻 안에 주어진 겁니다. 그걸 외면하지 마세요."

"제가 뭘 할 수 있는데요."

민규의 목소리가 간헐적으로 떨렸다. 민규는 진심을 담아 말했다.

"그냥 전 논문 한 편 쓴 게 전부입니다."

유재환은 민규의 마지막 말에 대응하지 않았다. 대신 부드러운 미소와 차분히 가라앉은 침묵이 전부였다. 그 침묵엔 민규의 결단을 촉구하는 채근의 의미가 담겨 있었다.

시동이 걸려 있는 봉고차 운전석에서 누군가 내렸다. 김정은이었다. 그녀가 민규의 곁에 다가왔다. 그녀는 아무 말도 하지 않았다. 그럼에도 민규는 그녀가 자신의 현재 심정을 잘 이해하는 것처럼 느꼈다.

45

"유재환 목사님은 현재 전체를 위한 회개 기도 중이십니다."

한영호와 민규가 다시 만난 곳은 한영호의 한의원, 어둑어둑한 그의 연구실이었다. 유재환을 만나고 돌아오자 하루의 시간이 빠르게 휘발되어버렸다. 평일이었지만 한영호는 한의원 문을 굳게 닫아 놓았다. 예민한 짐작이 아니어도 한영호가 한의원 경영에 거의 관심이 없단 사실은 한의원 내부 풍경만 얼핏 살펴도 알 수 있었다. 진료 책상이나 의료기구 곳곳에 쌓인 먼지가 그 증거였다. 더욱이 한의원은 민규가 짐작하기에 한영호 외에는 다른 직원이 없어 보였다. 간호사의 존재도 보이지 않았다.

잠시 지쳐 있던 민규가 한의원 내부 풍경을 보며 상념에 젖어 있을 때였다. 차를 한 잔 내온 한영호가 유재환에 대해 꺼낸 첫마디는 회개라는 말이었다. 유재환 이름 석 자를 떠올리자 민규는 자신의 눈과 귀가 또다시 정오에 찾았던 기도원으로 되돌아간 듯한 착시를 일으켰다. 그래서일까, 다시 마음이 무거워졌다. 민규가 물었다.

"전체라 하면 어디까지를 말하는 겁니까?"

민규의 질문에 대한 한영호의 답은 거침이 없었다.

나쁜 하나님

"율주제일교회 전교인이 범한 죄업을 대신해 예수님의 자비와 속죄를 구하시겠다는 겁니다."

민규의 질문이 계속되었다. 그의 목소리 톤은 점점 더 가라앉았고 조심스러워졌다.

"그 전교인 중엔 김인철 장로도 포함됩니까?"

이번에도 한영호의 답엔 망설임이 없었다.

"물론입니다."

"김인철 같은 악마를 대신해 유재환 목사가 피의 제물이라도 되겠다는 건가요? 그게 말이 됩니까?"

말을 하는 내내 민규의 마음속 울분이 들끓어 올랐다.

"다 알고 있어요. 율주제일교회에서 유목사님이 물러나고 난 뒤 교회가 어떤 방식으로 성장했는지 말이에요. 김인철이 대부분 율주시 주민인 교인들을 떡값으로 회유하여 이곳을 어떻게 쑥대밭으로 만들어 놓았는지 다 알고 있단 말입니다. 그런데 그런 악마를 용서해달라는 회개 기도를 한다고요? 그게 말이 됩니까?"

민규가 울분을 쏟아내는 동안 한영호의 눈빛은 차가워졌다. 상대인 민규를 다그치거나 힐난하려는 의도는 아니었다. 그럼에도 불구하고 이어지는 그의 답은 민규의 심장을 얼어붙게 할 만큼 강렬했다.

"유목사님의 회개 기도가 그만큼 불가능한 것처럼 목사님이 작성하신 논문 또한 불가능에 가까운 건 사실 아닙니까?"

자신의 논문 이야기가 나올 때, 민규는 숨이 막혔다. 아브라함의 믿음, 인신제사의 개념을 넘어서는 초극의 믿음, 논문 속 문장들이 민규의 마음을 무겁게 짓눌렀다. 한영호가 말을 이었다.

"유목사님은 자신의 부덕함 때문에 율주제일교회를 지켜내지 못했다는 무거운 죄책감에 시달리셨습니다. 십자가 정신을 어떻게든 이루기 위해 발버둥 치셨구요. 전 그런 목사님의 모습을 보면서 내내 괴로웠습니다."

"어째서죠?"

"다녀오신 기도원의 열악한 환경을 직접 보셔서 아시겠지만……"

말을 약간 흐린 한영호의 입술이 파르르 떨렸다. 민규의 눈빛에도 기도원 컨테이너 내부가 재연되었다. 깨끗한 물 한 잔, 변변한 먹을거리 하나 찾을 수 없는 춥고 습한 컨테이너 안에 있던 유목사, 금방이라도 바스러질 듯한 그의 몸이 민규의 눈에서 일렁거렸다. 숨을 고른 한영호가 말을 이었다.

"유목사님은 이제 한계에 이르신 것 같습니다."

"그 말씀은 더 이상 기도원 생활이 어려울 것 같다는 말로 들리는데요."

"그렇습니다."

"그렇다면 유목사님을 기도원에서 도시로 모셔오면 되지 않겠습니까?"

"그거야말로 이상에 불과하며, 악마와 타협하는 결과밖에 되지 않습니다."

"악마와 타협하는 결과라고요?"

나쁜 하나님

"김인철은…… 끝없이 언론 플레이를 하고 있습니다. 고급 빌라와 전별금을 마련해 놓고 언제든 돌아오면 원로 목사로 대우해주겠다고 입버릇처럼 떠들고 있습니다."

"……."

"아시겠지만 유목사님이 김인철과 타협해 원로 목사 대우를 받게 되는 순간, 유목사님은 악마가 뿌려 놓은 유혹의 덫에 스스로 빠져들게 됩니다. 그럴수록 김인철은 자신의 배후가 악마가 아니라 하나님의 자비와 사랑이라고 간증할 테구요."

"이건…… 유배예요. 한 사람 피를 말리는 일이라고요."

"이 불가능한 미로 속 탈출구를 제시한 게 바로 목사님이십니다."

"장로님."

민규가 한영호를 향해 숨을 한번 고른 뒤 말을 이었다.

"도대체 제가 뭘 할 수 있습니까."

"목사님께 마지막으로 묻겠습니다."

"……."

"목사님은 아브라함의 믿음을 믿으십니까?"

"예?"

"목사님 자신의 전부를 쏟아부어 기록한 논문 속 아브라함의 믿음을 실천할 용의가 있으시냐고 물었습니다."

"실천할 용의…… 그래요, 용의는 있습니다. 하지만."

"하지만 뭐죠?"

"재차 말씀드렸지만 전 아무 힘이 없습니다."

"왜 힘이 없다고 생각하십니까?"

"전…… 계약직 목사에 불과합니다. 제 논문이 악마의 마음을 티끌만큼이라도 교화시킬 수 있다고 보십니까?"

민규는 알고 싶었다. 자신이 뭘 할 수 있는지. 어떻게 할 수 있는지. 민규의 진심을 읽었던 걸까. 한영호가 무거운 침묵을 깨고 말문을 열었다.

"아브라함의 믿음을 믿으신다면 그 안에 극복의 힘도 함께 있습니다."

"그게 뭡니까? 제가 할 수 있는 일이란 게."

"말씀드린다면…… 하실 수 있겠습니까?"

"……"

"그 믿음, 실천하실 수 있겠습니까?"

46

아브라함의 믿음이 회자되던 당시, 곧 포로 된 이스라엘 민족의 회복을 염원하던 이들의 내적 갈망이 현시된 창세기가 집필되던 때, 이스라엘 민족은 그들만의 믿음을 실천하기 위해 이교도와의 종교적, 문화적 병립 관계로부터 단 하나의 차별을 구상해야 했다. 그 구상은 아마도 이교도가 추구하는 종교적 숭배 대상의 전형적 저급함과는 차원을 달리하는 이야기여야 했다. 그 이야기의 절정에 약속의 자녀, 이삭의 희생에 대한 강박, 혹은 결단이 존재한다.

민규는 부러 자신의 논문을 생각하지 않았다. 의도하든 않든 떠오르는 생각이란 것이 존재하는 법이다. 그 생각이 미치자 민규는 문득 자신의 삶을 복기하듯 되돌아봤다. 자신의 인생을 자신이 섬기는 신을 향한 영광의 제물로 바치기 위해 주어진 기회라면 어떤 것이든 가리지 않고 붙잡으며 살아왔다. 세간에서 정략적 결혼이라고 손가락질할지라도 민규는 자신의 선택과 의지를 하나님께 영광 돌리는 삶을 위한 신성한 한 결단으로 믿어온 것이다. 하지만 삶은 그가 원하는 대로 움직여주지 않았다. 신의 영광으로 귀결되지도 않았고, 그렇다고 완벽한 절망 혹은 비탄의 매듭으로 마무리된 것도 아니었다. 지금 민규 앞에는 한국 교회에서 몇 안 되는 담임목사, 교회 당회장 정도가 누릴 수 있는 호사의 극치가 담긴 집무실이 펼쳐져 있었고 자신 밑으로 스무 명 가까이 되는 부목사들이 줄을 서고 있었다. 그것이 비록 허울뿐인 영광이라고 해도 민규에게 주어진 현재는 외적 성과로만 보면 화려한 재기를 떠올리기에 손색이 없었다. 율주시에서 가장 큰 규모인 교회의 담임목사 자리. 지금 그 자리에 앉아 있는 민규는 맞은편에 자신을 마주 보고 서 있는 한 소녀를 바라보고 있었다. 윤서주. 처음 봤을 때부터 스산한 냉기를 품은 한 영혼, 그 일그러진 영혼의 그늘이 눈에 들어왔다.

민규를 찾아온 건 윤서주 혼자만이 아니었다. 신애원 원장 남궁숙애와 그녀가 직접 데리고 온 두 명의 여자 집사, 그리고 그녀들의 피붙이로 보이는 신애원 원생 두 명이 민규의 집무실을 채웠다.

남궁숙애의 말투나 행동은 시종 고분했다. 지난번, 김인철 장로를 앞세워 으르렁거리던 표독스러운 늙은 여우의 모습은 보이지 않았다. 그렇지만 동물농장을 경영하는 먹이사슬의 상위 포식자 고유의 위압은 여전했다. 하지만 민규는 지금 남궁숙애의 반응이나 그의 거슬리는 말에 신경을 쓸 겨를이 없었다. 민규는 자신이 마주 볼 수 있는 자리에 앉아 있는 윤서주에게 집중되었다.

소녀는 처음부터 시선을 피하거나 상대를 향한 자신의 격렬

나쁜 하나님

한 충동을 감추려는 의도가 없어 보였다. 윤서주는 내내 자신을 믿을 수 없다는 표정으로 바라보는 민규의 시선을 피하지 않았다. 윤서주로부터 느껴지는 충돌의 감각을 더 이상 견디지 못하고 순간적으로 시선을 돌린 건 오히려 민규였다. 남궁숙애가 꺼낸 말을 듣자마자 민규의 시선은 광기와 폐허의 정서로 충만한 윤서주에게서, 어머니로 보이는 여자 집사의 손을 잡고 몸을 뒤로 숨긴 신애원 원생 아이에게로 향했다. 아이의 왼쪽 머리카락 일부가 불에 그슬린 흔적이 또렷했고, 무엇보다 아이는 겁에 질려 몸을 벌벌 떨고 있었다. 남궁숙애는 이 상황을 한 문장으로 담백하게 정리했다.

"같은 방을 쓰는 아이 몸에 불을 질렀어요."

"예?"

"아예 불태워 죽이려 한 거죠. 이건 살인미수예요."

"윤서주, 저 학생이요?"

"학생은 무슨."

윤서주의 옆에 앉은 남궁숙애가 꼬고 앉은 다리의 방향으로 반대로 고쳐 앉았다. 윤서주는 내내 민규에게서 눈을 떼지 않았다.

"윤서주. 이 아이는 신애원이 아니었음 지금 정신병원에 있거나 소년원에 있어야 했을 거예요. 제가 말씀드렸죠. 윤서주, 이 아이가 저지른 범죄에 대해서."

남궁숙애가 한 말, 그 말을 어떻게 잊겠는가. 유재환 목사를 만나고 난 그 주의 토요일. 다시 민규를 호출한 남궁숙애가 한 말의 핵심은 윤서주가 신애원 아이들에게 공포의 대상이 될 수밖에 없는 이유에 대한 것이었다.

3년 전, 윤서주는 같은 신애원 원생 중 한 아이의 가슴에 칼을 찔러 넣었다. 심장에 칼이 박힌 아이는 그 자리에서 너무나 많은 피를 흘린 탓에 손써 볼 틈도 없이 유명을 달리하고 말았다. 윤서주는 순순히 범행 사실을 인정했고, 별다른 저항도 하지 않았다. 경찰도 출동했고, 법적 보호자가 따로 없는 탓에 신애원 원장과 교사들이 동행한 경찰 조사가 이뤄졌다. 그렇게 윤서주에게 내려진 형벌은 집행유예에 해당하는 청소년 보호관찰 2년에 신애원의 법적 보호 아래 정신과 치료 병행이었다. 피해자의 부모가 처벌을 원치 않았다는 점, 윤서주의 심리 상태가 정상이 아니라는 점, 신애원이란 공신력 높은 장애인 보호시설에서 보호와 감시가 있다는 점, 그러한 정황들이 정상참작에 도움을 준 것이다.

"저 아이, 같은 시설 아이를 죽이고도 여전히 여기에 남아 있어요."

남궁숙애의 말을 듣는 동안에도 윤서주의 시선은 변함이 없었다. 흐트러짐 없이 일관되게 민규를 노려봤다. 민규의 시선 역시 자력처럼 또다시 윤서주에게 향했다. 붉은 실핏줄이 흰자위를 완전히 내리누른 두 눈동자가 언제라도 폭발할지 모르는 긴장감으로 들끓었다.

"목사님은 적어도 이상주의자는 아닐 거라고 믿는 마음에서

나쁜 하나님

말씀드리는 거예요. 교회나 장애인 복지시설이 굴러가려면 어느 정도의 잡음과 혼란, 모순을 용납해야 한다는 점을요."

"무슨 말씀을 하고 싶으신 겁니까?"

"김정은이나 한장로가 목사님에게 어떤 마음을 품고 접근했을까요. 그들은 유재환, 그 미치광이 목사의 신비주의에 세뇌된 광신자들이에요."

남궁숙애의 그 말은 이미 민규가 어떤 경로로 현실에 눈뜨고 있음을 짐작한 상태에서 하는 일종의 경고였다.

"목사님의 눈엔 김인철 장로님이 악마로 보이겠죠. 맞아요, 그럴지도 몰라요."

남궁숙애에게서 예상 밖의 말을 듣자 민규가 다소 놀란 눈으로 그녀를 바라봤다.

"그렇지만 어느 정도 때를 묻히지 않고 세상을 살 수 있는 방법은 없어요. 특히 이런 아이들처럼 돌봄이 절대적으로 필요한 아이들에겐 인권, 평등, 자유를 앞세우는 이상주의보단 한 끼의 밥과 하루의 잘 곳이 더 절실해요. 그게 친구를 칼로 찌르고 친구 몸에 불을 지르고도 계속 이곳에 남아 먹고 잘 수 있는 힘이에요. 아시겠어요?"

47

이삭을 데리고 모리아산으로 향하는 동안, 아들도 아버지도 잠시 동안, 죽음보다 더한 깊은 절망을 실감한다. 이삭은 아버지 아브라함이 별다른 희생 제물을 준비하지 않는 것에 대한 절망을, 아브라함은 아들 이삭을 바치기 위한 한 걸음 한 걸음을 떼는 동안 이를 견딜 수 없는, 하지만 수행해야만 하는 필연에 절망할 수밖에 없는 것이다.

하지만 두 절망은 초월을 향한 한 믿음을 향해 극적으로 수렴된다. 인간적인, 너무나 인간적인 절망을 넘어서서, 이교도와 벌이던 믿음의 경쟁, 비교종교의 사명마저도 넘어서서 죽음과 삶의 경계를 넉넉히 허무는 초월의 한 극점을 향한 한 걸음을 내딛고, 또 내딛는 것이다.

"날 죽여달라고 했거든."

"누가? 머리카락 절반이 불에 그슬린 그 아이가?"

남궁숙애와 다른 사람들이 퇴장한 율주제일교회 담임목사 집무실엔 민규와 윤서주, 둘만 남았다. 늦은 오후, 새빨간 석양이 창밖을 한가득 메워버린 집무실에 홀로 남은 윤서주는 입가 주

나쁜 하나님

위에 시커먼 칠을 한 듯 짜장 양념의 흔적을 잔뜩 묻힌 채로 민규를 바라봤다. 윤서주의 눈빛은 상대를 할퀴듯 노려보는, 그 스스로도 온몸에 생채기가 깊게 패인 짐승의 그것을 닮았다. 적어도 민규의 눈에 비친 윤서주는 그랬다.

민규의 질문에 윤서주가 빠르게 고개를 끄덕였다. 그 후 자신의 자리에 놓여 있는 탕수육 고기 한 점을 집어 입에 삼키고는 우물거리며 말을 이었다.

"아빠도 그랬어."

"아빠라니?"

"아빠 몰라? 아빠도 죽여달라고 했어. 난 시키는 대로 했을 뿐이야."

윤서주의 두 눈을 가만히 지켜보고 있으면 혼란스러운 한 장면이 떠올라 견디기 어려웠다. 소녀의 눈빛 속엔 진의를 헤아릴 수 없는 진실과 거짓 사이의 모호함이 들끓듯 끓어올랐기 때문이다.

"지금 너, 횡설수설하는 거 알아?"

"횡설수설이 뭔데?"

"넌 지금 너에게 주어진 현실을 망상과 거짓말로 정당화하고 있어."

못 알아듣는 것 같았지만, 윤서주는 민규의 말을 듣고는 그 눈빛에 품었던 노기의 변화를 나타냈다. 붉게 달아오르는 낯빛의 변색이 그 증거였다. 그에 아랑곳 않고 민규는 말을 이었다.

"네 말을 더 이상 믿을 수 없어. 아니, 믿어야 할 만큼의 용기가 없다고 말하는 게 정확하겠네."

독백과 닮은 민규의 말을 윤서주가 알아들은 걸까. 윤서주의 입에서 새어 나온 반박의 말이 날카롭고 매섭게 민규의 마음속 깊이 파고들었다.

"우릴 이렇게 아프게 한 사람들을 벌주는 것도 용기가 필요해?"

"심판은 우리가 하는 게 아니야. 하나님이 하는 거라고."

"핑계 대지 마. 아저씬 지금 도망치고 싶은 거야."

"뭐?"

"아저씬 우리같이 더럽고 냄새나는 애들과 엮이고 싶지 않은 거야. 내 말 틀렸어?"

말을 잇는 윤서주의 입술이 새파랗게 질렸고, 질린 만큼 격렬히 떨리고 있었다. 민규는 비수처럼 파고드는 소녀의 말에 자신의 이성이 서서히 마비되는 것을 허락할 수밖에 없었다.

"난 충분히 아이들을 불쌍히 생각해. 그들을 구원할 나름의 계획도 갖고 있다고. 하지만 넌 아냐."

"왜 난 아닌데?"

"넌 사람을 죽였어. 넌 자신 안에 스며든 악마의 피를 제어하지 못해. 정신분열이란 울타리에 숨어 사람을 죽이고, 위협하고, 언제든 불에 태워 죽일 의욕으로 가득 찼어. 그런 너에게 자비, 용서, 심판…… 그런 건 없어!"

윤서주의 눈빛이 흔들렸다. 진실을 철저히 가렸다고 확신케 한 초점 잃은 눈동자 사이로 서글픈 흐느낌의 낙인처럼 눈시울

나쁜 하나님

이 붉어졌다. 그럴수록 민규는 흔들리지 않고 더 가혹하게 몰아붙였다. 윤서주의 진심 따위는 상관없다는 식으로. 민규는 이 소녀가 열여섯에 불과한 여리고 어린 친구란 사실을 잊은 채 자신의 마음속 울분과 분노를 여과 없이 쏟아냈다.

"똑똑히 알아둬! 네가 신애원 아이들의 구원을 가로막고 있다는 사실 말이야. 계속 이런 식이면 너희들을 도와주고 싶어도 도와줄 수가 없어."

"아저씨가 뭘 도와주긴 했어?"

"날보고 뭘 어떻게 하라는 거야. 뭘 어떻게!"

민규의 절규에 대한 윤서주의 반응은 적어도 그 자신에게는 끔찍한 재앙이나 다름없었다. 윤서주는 자신에게 가해지는 무언의 압력에 대한 답답함을 호소하던 민규의 눈앞에서 자신의 웃옷을 찢기 시작했다.

"뭐 하는 거야! 당장 그만둬!"

윤서주의 돌발 행동에 민규가 소리를 질렀다. 하지만 이내 민규의 입은 굳게 다물어지고 말았다. 웃옷이 찢겨지자 브래지어를 착용하지 않은 윤서주의 상체가 그대로 속살을 드러냈다. 이후 소녀의 몸이라 하기엔 믿을 수 없을 정도의 끔찍한 상흔이 상반신 전체를 끔찍하게 수놓은 게 드러났다. 자해라고는 볼 수 없는, 누군가의 잔인한 무력이 가해진 흔적일 수밖에 없는 상흔이었다. 그 상처 앞에서 민규는 할 말을 잃었다. 불가항력적 침묵에 사로잡힌 민규를 내려다보던 윤서주의 모습은 붉은 석양을 역광으로 받아 끓어오르는 용광로를 방불케 했다.

"날 죽여달라고 했어."

"……."

"하지만 목사님……."

목사님. 그 말이 윤서주의 입에서 나올 줄 민규는 예상하지 못했다. 더 놀라운 건 윤서주의 눈물이었다. 윤서주의 두 눈에서 눈물이 쏟아져 내렸고, 소녀의 목소리는 맹수 앞에서 구원을 간청하는 노예의 그것처럼 서글프고 처연했다.

"목사님…… 날 구원해줘요."

"뭐?"

"날 구원해줘요. ……구원해줄 수 있잖아요."

"……."

"구원해줄 수…… 있잖아요, 예?"

나쁜 하나님

48

"마음의 결심을 굳히신 겁니까?"

평일 오후 4시. 민규가 한영호의 한의원을 찾은 시간이었다.

예정된 약속은 아니었다. 유재환과의 독대가 있는 뒤, 한영호는 줄곧 기약 없는 민규의 결단을 기다려왔다. 그사이 민규의 혼란은 가중되었다. 그는 출구를 찾을 수 없는 정신적 압박 속에서 시간을 보냈고, 한영호의 기다림은 어느 순간부터 초조감으로 물들어갔다. 일주일, 그리고 또 일주일. 민규는 내내 침묵했다. 일요일 11시 예배 때에도 민규는 한영호의 시선을 외면했다. 설교의 주제는 여전히 아브라함의 믿음이었음에도 민규는 한영호를 바라보지 않았다. 드높은 강대상을 절박한 눈빛으로 올려다보는, 한영호의 올곧고 안타까운 갈망이 잔뜩 묻어 있는 시선을 피하는 데 바빴다.

그렇게 보름이 지나는 동안 신기하게도 김인철 장로 측의 반응 또한 침묵으로 일관되었다. 하지만 그 침묵은 둔중한 정신적 압박과 함께하는 것이었다. 김인철은 그동안 예배에 불참하지 않고 일요일 11시 예배를 염수했다. 장의자 앞자리에 앉아 숙연한 태도로 민규의 설교를 경청했다. 예배가 끝난 뒤 김인철은 예배당 입구 앞에서 인사를 나누는 민규의 손을 힘 있게 잡아주는 것으로 자신의 의지를 대신 드러냈다. 악수를 나눌 때 민규는 김인철의 눈빛을 가만히 바라보았다. 시간이 흐를수록 차갑게 가라앉는, 차분하고 신중한 가운데 거대한 학살을 준비하는 맹수의 본능이 그대로 민규의 정신 깊숙이 스며들었다.

그사이, 민규는 김정은과 대화를 나누지 않았다. 교회에서 김정은을 바라보는 배척과 외면의 시선이 두려워서는 아니었다. 조금씩 시간이 지나면서 민규는 교회 사람들의 시선이나 그들의 바람에 의해 마음이 움직이거나 불편해지진 않았다. 대신 김정은을 바라보면 자연스럽게 연상되는 교회 구름다리 너머의 신애원이 떠올라 불편했다고 보는 게 민규의 속마음일 것이다.

민규는 신애원의 일을, 그곳에서 벌어지는 한 장면 한 장면을 단 한 부분도 빼놓지 않고 그대로 기억했다. 부러 기억하려 하지 않아도 머릿속에서 선명하게 나타났다. 그래서일까. 민규의 몸과 의식은 차라리 기억하지 않으려는 배척의 의지로 들끓고 있는 듯했다. 아이들이 학대당하는 장면, 아이들을 학대하는 괴물들, 그 괴물들이 일요일 11시 예배 시간만 되면 어김없이 정장 차림을 하고서 찾아와 자신의 자리를 지키고 앉았다. 강대상 위에서 바라본 그들의 모습은 마치 커다란 뱀이 장의자 사이사이를 스멀거리며 꿈틀거리는 형국이었다. 뱀의 간교한 혀가 보일 때마다 자신의 영혼 전체가 맹독에 중독되는 듯한 아찔함이 민규를 괴롭혔다.

민규는 자신의 원초적인 심약함을 생각했다. 또 하나, 변명과

　　　　　　　　　　　　　　나쁜 하나님

자기 합리화에 능한 자신의 비겁한 기질도 함께. 그러한 기질이 쓰임새가 있다면 바로 이런 때가 아닐까. 민규는 자신에게 다가오는 김정은을 철저히 피했다. 보름의 시간 동안 민규는 김인철 장로가 제공한 아크로펠리스 1804호에 틀어박혀 시간을 보냈다. 아무것도 하지 않았다는 표현이 어울릴 정도로 민규의 칩거는 보름 내내 계속되었다. 자신의 귓가를 맴도는 윤서주의 마지막 애원, '날 구원해줄 수 있잖아요.'란 외침에도 불구하고 민규는 아무런 행동도 취하지 않고 죽음보다 더 깊은 침묵의 시간을 보냈다.

그렇게 보름 만에 침묵의 베일을 벗고 한영호의 한의원을 찾은 민규의 눈앞에 보이는 건 환자들이 아니었다. 한영호의 그 남루한 연구실 안에 언뜻 보이는 사람들, 김정은과 이름을 알 수 없는 권사, 그리고 유재환의 복귀를 간절히 기다리는 기도 모임 사람들의 모습이 보였다. 민규는 그들을 향해 눈을 떼지 않은 채 한영호의 질문에 되물음으로 답했다.

"한의원 일은 아예 접으신 것 같네요."

"세상과 싸울 때, 타협이 있어선 안 되니까요."

"지금이 싸울 때입니까?"

"지금처럼 절박한 때가 또 어디 있습니까."

"왜죠?"

"다시 한번 일깨워드리죠. 목사님이 이 지옥의 난국을 타개할 마지막 적임자이기 때문입니다."

"……"

"기회가 많지 않아요. 벌써부터 장로회의에서는 담임목사 교체 건을 논의하고 있습니다."

한영호의 말 속엔 분명한 절박함이 스며들어 있었다. 민규는 한영호를 가만히 바라보았다. 한영호가 말을 이었다.

"김인철…… 그 인간은 언제 어떤 일을 벌일지 모르는 시한폭탄 같은 충동적인 인물이지만 동시에 교활하기도 합니다. 한시라도 빨리 대책을 세우지 않으면 안 됩니다."

"장로님."

"말씀하세요."

"그거 아세요?"

"……?"

"아브라함의 믿음이니 뭐니 하는 게 이스라엘 민족의 건국 신화일 수 있다는 사실을요."

"알고 있습니다."

"아신다고요?"

"하지만 목사님의 논문이 그것을 극복하는 길을 제시하지 않았습니까. 비록 그 믿음이 한 민족의 민족 이념이라 해도 예수님의 보편 정신과 결합되어 대승적 의미를 가질 수 있다고요."

"그건 논문에나 등장하는 감상적인 말에 불과해요. 현실에서 그런 승리는 없어요! 아시겠어요?"

민규의 말을 들은 한영호는 충격에 사로잡힌 표정이 되었다.

"목사님……"

"당신이 기다리는 유재환 목사는 현실 속 인물이 아니에요. 이상에 불과해요."

"그래서…… 이 지옥을 받아들이겠다는 겁니까?"

"삶에는 공적인 것과 사적인 것이 있습니다. 전 지금 사적인 인생 회복이 필요해요. 여기서 힘을 키우고 인지도를 높여 공적인 영향력을 행사하겠습니다."

"그때는 이미 늦어요. 아이들의 신음과 비명이 들리지 않습니까?"

이때 정민규도 작심한 듯 한영호의 말을 되받았다.

"아이들을 학대한 건 신애원이 아니라 그 부모들이에요. 무책임하고 가난하고 이기적인 부모들이요."

순간 김정은의 눈빛이 민규의 시야를 스쳐 지나갔다. 무슨 뜻이 담겼는지 느낄 수 없는 차가운 눈빛이었다. 민규는 그런 김정은의 시선을 애써 외면한 채 무거운 한마디를 남겼다.

"전…… 돌아가겠습니다. 교회로요."

49

상가 2층에 위치한 한영호 장로의 한의원. 평일 낮에도 굳게
문이 잠겨 있던 그곳을 한 남자가 박차고 나왔다. 단정하고 말쑥
한 옷차림이었지만 어딘가 모를 불안의 기운을 한가득 품에 안
은 남자. 민규였다.

민규는 뒤를 돌아보지 않았다. 한의원 안에는 민규를 부르는
한 남자의 낮게 깔리는, 하지만 그처럼 절박할 수 없는 목소리가
터져 나왔다. 한영호 장로의 절규에 가까운 부름이었다.

한영호는 민규가 마지막 희망이란 말을 강조했다. 이제 더 이
상 유재환 목사가 버텨낼 힘이 없다고 말했다. 하지만 민규는 그
런 식의 절규의 말들이 자신에게는 독이 된다는 걸 애써 외면하
는 그, 한영호가 야속하기만 했다. 민규는 자신에게 형벌처럼 주
어지게 될 독이 든 성배를 받아들 용기가 없었다. 그 성배는 아
무 대가도, 영광도 없을 십자가의 길이었다. 영혼의 세계를 탐구
하는 신학은 민규에게 의식 세계의 달콤함을 허락했다. 신학의
세계는 정적인 연못과 같아 차분히 사유하면서 그 세계의 융숭
함을 한 걸음씩 경험하면서 기록으로 남기면 그만이었다. 하지
만 독이 든 성배와 같이 현실을 돌파하고자 하는 실천적 요구를

민규는 감당할 용기가 없었다. 용기가 없는 이에게 용기를 강요하게 될 경우 결과는 늘 최악으로 치달을 때가 있다. 민규는 지금과 같은 경우가 바로 그렇다고 생각했다. 한영호의 절규를 뒤로한 채 끝끝내 한의원 문을 박차고 나오는 지금 말이다.

문을 박차고 나와 복도에 나서자 한 남자가 기다리고 있었다. 단벌 양복 차림의 무표정한 남자 고동식. 민규가 율주시에 처음 도착했을 때부터 한결같은 일관성으로 무장한 고동식이 민규를 차갑게 지켜보고 있었다.

고동식이 한의원을 찾은 민규에게 말을 건네려 할 때였다. 민규가 그의 말을 가로채고 먼저 말했다.

"할 말이 있어요."

자신을 미행한 사실 따위는 대수롭지 않다는 듯 말을 꺼내는 민규를 보자 고동식이 도리어 몸을 움츠렸다.

"뭡니까."

고동식이 고압적인 말투로 화답했지만 민규는 그에 영향을 받지 않고 자신의 말을 이었다.

"김인철 장로님을 뵙고 싶습니다."

"우리 의원님이…… 목사님이 원하면 언제든 만날 수 있는 분으로 생각됩니까?"

확실히 느낌이 달라졌다. 피라미드 계급 구조에 익숙한 이들이 보일 수 있는 전형적인 기질이었다. 김인철의 서슬 퍼런 공격 성향, 그 먹잇감이 정민규를 향한다는 걸 파악한 고동식은 어느새 그 자신이 김인철의 역할을 대신하기 시작한 것이다. 민규는 자신에게 퉁명스럽게 대꾸하는 고동식을 향해 주저하지 않고 말을 이었다.

"신애원에 관한 일이라고 전해주세요."

"예?"

"이 말도 함께 전해주세요. 거북한 불씨를 일소할 수 있는 절호의 기회라고."

"……."

"지금 당장 전하세요. 그렇지 않으면 율주제일교회 10대 담임목사가 무슨 해괴한 짓을 벌일지 모릅니다."

'해괴한 짓'이란 말을 들은 고동식의 시선이 흔들렸다. 흔들림은 언제나 균열과 여지의 틈새를 만드는 법이다. 민규는 그 틈을 놓치지 않고 파고들었다.

"아시겠지만 전 더 이상 잃을 게 없어요. 잃을 게 없는 인간은 늘 그렇듯 무모해지죠. 이건…… 모든 걸 잃은 자가 미치광이가 되는 것과 다르지 않아요. 여기서도 자리를 잃으면 지금까지 내가 가진 모든 것을 저주의 칼춤을 추는 데 사용할 거라고 전해주세요."

"후회하지 않겠습니까?"

"말을 해도, 하지 않아도 달라지는 게 없다는 걸 아니까요."

"……."

"당장 전하세요. 어서요."

고동식의 망설임은 오래가지 않았다. 그사이 한의원의 문이 열렸다. 한영호의 노기 띤 얼굴이 나타났다. 그때 민규는 뒤를

나쁜 하나님

돌아봤다. 한영호와 김정은, 그 뒤로 유재환 목사를 따르는 기도 모임 멤버들이 서 있었다. 그들의 절망과 침묵을 민규는 피하지 않고 바라봤다. 그런 민규를 향해 한영호가 입을 열었다.

"마지막으로 부탁합니다. 정민규 목사님, 당신이 정말 목사라면 신의 뜻을 거역하지 말아주세요. 하나님이 보고 계십니다."

민규의 눈동자가 흔들렸다. 한영호가 말을 계속했다.

"저 악마와 손을 잡지 말고, 악마에게 영혼을 팔지 말고, 우리의 가장 소중한 것을 갖고 모리아산으로 함께 올라가주세요. 아브라함이 그랬던 것처럼요. 당신의 신앙이 그렇게 부르짖던 것처럼요."

그때였다. 고동식이 김인철의 이름을 불렀다. 김인철과의 통화가 이뤄진 것이다. 민규는 자신의 말을 그대로 전하는 고동식과 마지막 결단을 원하는 한영호 일행을 번갈아 바라보았다. 일순간 극심한 번뇌가 민규의 영혼 깊이 파고들었다. 찰나의 순간 민규는 갈등하고 또 갈등했다. 자신의 신학 속에서는 분명 결단했을 것이다. 현실의 모든 번뇌를 박차고 새로운 세상, 개벽의 믿음을 실천하기 위해 나설 거라고. 빛을 향해 한 걸음 더 나아갈 거라고 믿어 의심치 않았던 것이다. 하지만 그건 논문 속 세상이었다. 민규는 논문 속의 자신과 현실의 자신 사이의 좁힐 수 없는 구렁을 발견하고 말았다. 그 심연을 견뎌낼 자신이 없었다.

어느새 통화를 끝낸 고동식이 말했다.

"목사님 예언이 통했네요."

"뭐라고 하십니까?"

"의원님이 바로 뵙자고 하십니다."

그 말을 호기 좋게 내뱉은 고동식이 뒤돌아서며 말을 이었다.

"1층에 차를 준비해 놓겠습니다."

고동식이 먼저 내려가고 민규는 잠시 멈춰 섰다. 한영호는 그 자리 그대로 서 있었다. 영혼 자체가 차갑게 식어버린 느낌이었다. 민규는 절망을 넘어서서 망부석이 되어버린 한영호를 향해 비루하지만 절박한 변명의 한마디를 짧게 남겼다.

"장로님, 다시 말하지만 그건 논문일 뿐입니다."

"목사님!"

"신학과 삶은 달라요."

50

늦은 오후, 짙게 석양이 깔린 골프장은 섬뜩할 정도로 고요했다. 바람소리 하나 들리지 않는 골프장은 사실 골프장으로 보기 어려울 정도였다. 자연 그대로의 산등성이를 마구잡이로 깎아 만든 터라 사람을 찾아보기 어려울 만큼 광활한 대지 대부분을 방치해 놓은 상태였다.

고동식의 차를 타고 단숨에 이동한 민규가 내린 곳은 바로 이곳이었다. 차 시동 소리마저 꺼지고 차에서 내린 민규에게 보이는 거라곤 오랫동안 사람 손이 타지 않은 채 방치된 골프장 시설과 황폐하지만 푸름만큼은 범접하기 어려울 정도로 짙푸른 나무들이었다. 골프장의 황폐함에 걸맞게 고동식은 침묵만으로 민규를 인도했다. 민규는 그의 무거운 침묵, 그 뒤를 잠자코 따랐다. 그렇게 몇 분이나 걸었을까. 한낮의 태양 열기가 사라진 필드 주변은 한기마저 느껴질 정도였다. 그렇게 고동식이 인도하는 대로 따라간 종착지는 연못 앞이었다. 연못가의 중심에 한 남자가 골프채를 손에 잡은 채 서 있었다. 평안한 일상복 차림의 남자는 김인철이었다.

민규를 김인철이 있는 곳까지 인도한 고동식은 자신의 임무는 여기서 끝이라는 듯 제법 빠른 속도로 민규의 뒤로 물러났다.

그리고 다시 찾아온 적막. 적막의 순간은 민규에게 끔찍함을 선사했다. 바람소리도, 산새의 울음소리도 들리지 않았다. 고유의 환경을 인위적으로 잠식해버린 인공의 공터에서 자연은 아무 반응도 보여주지 않았다. 만신창이처럼 깎여나간 산등성이가 김인철과 민규가 마주 보고 선 골프장 연못을 고립된 분지처럼 에워쌌다. 산이 깎여나가 저절로 형성된 절벽이 가로막고 있어서인지 깊은 그늘과 서늘한 한기가 스며들어오고 있었다.

골프채와 클럽이 바닥에 함부로 떨어져 있는 김인철의 상태를 얼핏 살핀 민규는 그가 골프엔 큰 관심이 없다는 걸 이내 알게 되었다. 조성되다 만 필드의 풍경 또한 골프에 무관심한 김인철의 상태와 비슷했다. 필드는 골프를 즐기기엔 어려운, 짓다가 무너져 내린 폐허의 정서로 가득했다.

민규는 김인철의 무표정 앞에 멈춰 섰다. 서글플 정도로 참혹한 적막과 어느 정도 익숙해질 때까지 민규는 김인철에게서 시선을 떼지 않았다. 김인철은 민규와 정면으로 눈을 마주하지 않았다. 두 사람의 몸은 정확히 서로를 마주 볼 수 있는 위치에 있었지만 김인철의 시선은 연못 속 움직임이 없는 물길을 살피고 있었다. 고여 있는 연못의 물은 민규의 눈에 시커멓기만 했다. 연못 속 물은 그 어떤 흐름도 느껴지지 않았다. 연못은 그저 막막하게 가라앉는 깊은 어둠의 심연을 닮아 있었다. 민규의 눈에 비친 연못은 분명 그랬다.

잠시 후, 오랜 침묵을 깨고 김인철이 입을 뗐다.

"석 달 정도 된 건가요?"

"어떤…… 말씀이십니까?"

"당신이 교회에서 근무하기 시작한 기간 말이오."

'당신'이란 말이 민규에겐 전혀 불편하지 않았다. 이미 민규의 마음속 눈에 비친 김인철은 한 사람의 교인이나 교회의 장로, 제법 높은 사회적 지위를 가진 명사가 아니라 검고 시커먼 심연의 연못을 닮은 어둠의 왕이었다. 어둠의 왕 앞에 선 민규가 가만히 고개를 끄덕였다. 겹눈을 뜨고 연못의 고인 물만 바라보던 김인철의 시선이 어느새 민규에게로 옮겨와 있었다.

민규는 김인철이 웃고 있다는 걸 알 수 있었다. 눈가와 입에 웃음의 기운을 품고 있었다. 민규의 눈에 비친 김인철의 그 모습은 승자의 희열로 달아오른 악동의 표정과 비슷해 보였다. 어둠의 왕, 김인철이 민규에게 다가왔다. 김인철이 성큼 다가오자 연못 주위의 적막은 한층 더 살벌한 적막의 기운으로 들끓었다. 김인철이 말했다.

"그래, 날 만나고 싶어 했다고…… 내게 할 말이 있다고요?"

"그렇습니다."

"지껄이는 건 자유인데, 내가 조금이라도 흥미를 느낄 만한 주제에서 벗어난다면 그땐…… 알죠? 잘 알겠지만 내 눈엔 뵈는 게 없어."

"……"

"대통령, 목사, 스님, 추기경, 하나님, 부처님, 예수님이라 해도 그 작자가 내 흥미를 조금이라도 끌지 못하면 난 그대로 쓰레기로 취급하겠어. 그러니 생각하고 말해요. 지껄인 다음에 생각하지 말고."

김인철이 경고하듯 말을 내뱉었다. 하지만 민규는 김인철의 경고에 휩싸인 자신을 보여주고 싶지 않았다. 한 걸음 물러선 민규는 김인철이 듣고 싶어 하는 직접적인 답 대신 그의 심기를 자극하는 말을 던졌다.

"20년 정도 목사 노릇 해보니 이제야 교회는 무엇으로 먹고 사는지 감이 잡히더군요."

"무슨 소리야?"

"교회는 장로님과 같은 악마가 있어줘야 굴러가는 거였어요."

"정민규 목사…… 지금 뭐 하자는 거요?"

민규의 그런 김인철의 경고에 대한 답을 가방 속 내용물을 보여주는 것으로 대신했다. 김인철은 눈짐작만으로 내용물의 성격을 파악했다. 사진, 동영상, 증거 자료들, 신애원 아이들의 진술이 담긴 사건조서, 김인철의 쾌락이 수집된 스너프 기록물들이었다. 민규가 그것을 꺼내 김인철에게 건넸다. 그리고 내용물을 잡아든 김인철에게 민규가 말했다. 짧지만 경이로울 정도로 강한 밀도를 지닌 말이었다.

"한영호와 유재환이 날 믿고 맡긴 것입니다."

"뭘 어쩌자는 거야?"

"장로님에게 완전한 만족을 주기 위해서입니다."

"……."

나쁜 하나님

"또 한 가지, 인정하는 겁니다. 철저히."

"뭘 인정해요?"

"당신이 이곳의 왕이란 사실을요."

왕이란 말을 듣는 순간이었다. 그 말을 들은 김인철의 표정에선 더 이상 경계의 의지가 담겨 있지 않았다.

김인철은 망설이지 않고 민규에게 건네받은 내용물을 연못 속으로 집어 던졌다. 유재환과 한영호의 마지막 열망이 한순간에 검은 물속으로 처박혀버린 것이다.

물속으로 잠기는 진실을 바라보던 민규의 어깨에 김인철의 손이 다가갔다. 긴장이 풀린 걸까. 민규가 순간 몸의 균형을 잃고 휘청거렸다. 그런 민규에게 김인철이 짧게 한 마디했다. 완벽한 승자의 미소를 한가득 머금은 채.

"정민규 목사님."

"……."

"오늘 저녁, 함께 일식집으로 갑시다."

불온한
정결

51

때로 악마는 과도하리만치 위악적이고, 그래서 오히려 순진해
보일 때가 있다. 이때 악마가 펼쳐 놓은 굿판에 참여하는 당사자
에게 실감되는 순진함, 혹은 천진스러운 무구함은 끔찍할 정도
로 흉측한 공포의 위엄에 압도될지도 모른다. 바로 지금 악마가
되기로 작심한 김인철의 순진함 앞에 선 민규의 처지가 정확히
그랬다.

평일 저녁. 일식집 도코모토의 문은 굳게 잠겨 있었다. 율주에
서 김인철을 중심으로 방사형처럼 번져 있는 주요 인사들을 접
대하는 곳으로 유명한 도코모토는 평일, 주말 가릴 것 없이 성
업 중이던 곳이다. 하지만 민규가 김인철과 함께 들어선 이곳엔
'금일휴업'이란 간판이 내걸렸다.

문은 닫혀 있었지만 내부는 평일 저녁과 다를 바 없었다.
VVIP실의 불은 훤히 켜져 있었고, 퇴폐적인 느낌으로 가득한 일
본 엔카가 들려왔다. 이날은 김인철이 특별히 지목해 일종의 의
식을 치르는 날이었다.

민규는 이때, 문득 자신의 쓴 논문 속 한 장면을 떠올렸다.

아브라함이 이삭을 바치는 의식의 숙연함, 그 이면에는 이교도의 의식, 이른바 어둠의 의식이 스며들어 있었다. 이렇듯 역사는 거룩함을 향한 집착과 그 너머에 교활하게 꿈틀거리는 어둠의 의식, 그 강렬한 어둠의 찬미도 함께하는 것이다.

"정민규 목사님."

김인철의 말투는 정중했다. 악마에게도 의식은 존재하고, 그 의식은 어둠 속에서도 성스러움을 추구하는 본능을 가졌다는 실감이 현실의 민규에게 서늘하게 파고들었다. 김인철의 안내를 받아 도코모토로 들어온 민규의 눈에 익숙한 이들의 모습이 보였다. 그들은 어렸을 적부터 익숙하게 보아온 교회 장로들과 율주 지역에선 잔뼈가 굵은 인물들로 민규에게 더없이 익숙한 존재들이었다. 하지만 지금 이 순간 민규는 그들이 낯설었다. 그들은 진지한 눈빛과 얼굴로 민규에게 침묵의 질문을 던지고 있었다. 그들의 표정은 하나같이 무거웠고 믿기 힘들다는 얼굴이었다. 김인철은 민규에게 자신의 속마음을 스스로 내보이는 대담함을 선보였다.

"난 목사님을 믿지 않습니다. 아니, 사실 어느 누구도 믿지 않아요."

"무슨 뜻이죠?"

"말 그대로입니다. 정민규 목사, 당신이 내게 어떤 의도로 증거 자료들을 상납하는지, 그 저의를 의심할 수밖에 없다 이 말입니다."

그렇게 말한 김인철이 커다란 직사각형 모양의 탁자 위에 민규가 추가로 가져온 신애원 관련 자료를 올려놓았다. 수많은 서류와 파일, 동영상 자료가 어지럽게 흩어졌다. 김인철의 사람들 모두들 그 자료를 경계심 어리게 바라봤다. 얼마 가지 않아 고동식이 자료들을 신선로 접시 안에 차곡차곡 욱여넣고는 불을 붙였다. 종이와 자료들이 빠른 속도로 불길에 휩싸였다. 김인철은 자신의 치부들이 불에 태워 없어지는 불꽃을 무심하게 지켜보며 말했다.

"그렇지만 상관없어요. 난 적과도 거래를 맺는 데 능숙하니까."

"전 장로님에게 적수가 될 수 없어요. 제가 이걸 갖고 온 건, 일종의 항복 선언입니다."

"더 솔직하게 말해보세요."

김인철의 차가운 눈빛은 검은 의식을 목전에 두고 던지는 어둠의 신앙 고백과 같았다. 김인철이 말을 이었다.

"목사님이 얻고 싶은 걸 말해봐요. 거래는 그래야 성립됩니다."

거래의 성립. 민규는 자신의 내부에서 치솟는 비릿한 욕망을 스스럼없이 꺼내 보여야 하는 순간에 직면했다. 직면의 순간과 마주할 때마다 망설이는 건 인간의 본능이었지만 민규는 이 순간 그 본능을 정면으로 거역했다.

"내가 장로님에게 기대하는 건 단 하나, 자리 보전입니다."

"자리 보전이라……."

"전 여기서 직을 잃게 되면 할 수 있는 게 없습니다. 부패와 스캔들에 연루된 목사를 받아줄 곳은 어디에도 없으니까요."

나쁜 하나님

"……."

"제 인생, 여기서 끝내고 싶지 않습니다. 도와주세요."

마지막 말을 남길 때, 민규의 목소리 끝이 조심스럽게 떨렸다. 속마음을 들키지 않으려 했지만 악마의 사제를 닮은 김인철의 완고함 앞에선 침묵할 수밖에 없었다.

잠시 흐르는 침묵 이후, 김인철의 차가운 시선이 민규에게서 고동식에게로 옮겨졌다. 김인철의 눈빛 지시를 받은 고동식은 VVIP 방의 정문을 힘껏 열어 젖혔다. 그러자 이내 지옥도가 펼쳐졌다. 신애원의 아이들 열 명 가까이가 겁에 질린 얼굴로 방 한 구석에 웅크려 앉아 있었다. 신음조차 지르지 못하는 아이들의 두 손과 발은 결박된 채였다. 그 아이들 중엔 윤서주도 있었다. 소녀 역시 두 손과 발이 묶인 채로 포악한 어른들의 먹잇감이 되어 자신의 순서를 기다렸다.

김인철이 자리에서 일어서자 아이들은 일제히 경악하며 비명을 내질렀다. 민규는 마른침을 삼키며 김인철과 다른 이들의 표정을 살폈다. 그들 모두 종교적 의식을 앞둔 이들의 살벌한 긴장 감을 한가득 얼굴에 품고 있었다. 민규는 그제야 자신의 논문이 어떻게 현실과 관계 맺는지를 깨달았다. 고통과 불안으로 뒤엉킨 깨달음이 아닐 수 없었다.

놀라운 것은 악마의 의식과 참된 야훼를 향한 인간의 진지함, 그 두 갈래 길에서 인간은 자신의 마음을 파고든 진정성만으로는 어느 것이 야훼를 향한 길인지 식별 불가능함을 체감하게 된다. 그 불가지의 막막함 속에서 우리는 무엇을 기다리게 되는가. 바로 신의 은총뿐이다. 주여. 우리를 구원하소서!

아이들의 비명, 시간이 흐를수록 더 잔인해지는 탐식자들의 알몸, 쾌락인지 고통인지 표정의 실체를 분간할 수 없는 김인철의 진지함, 감정을 마멸시키는 괴이한 속도로 무장한 일본 음악. 민규는 이 엄혹한 광란의 불꽃을 향해 스스로 옷을 벗고 걸어 들어갔다. 김인철이 진설해 놓은 악마의 입교식에 참여한 것이다. 자신을 구원해달라는 윤서주가 보는 앞에서. 더없이 진지하게.

52

얼마나 더 몸속 독소를 빼내야 지옥에서 벗어날 수 있을지 민규는 그저 막연하기만 했다. 악마의 잔치가 절정에 다다를 무렵 민규는 몸의 반작용을 더 이상 견디지 못하고 VVIP룸을 빠져나오고 말았다. 자신의 일거수일투족을 끝까지 지켜보던 고동식의 비열한 무표정조차 더 이상 민규의 본능을 제어할 순 없었다.

민규의 눈에 비친 지옥도의 왕은 의심의 여지 없이 김인철이었다. 육십대 초반의 나이가 무색할 정도로 그의 벗은 몸은 다부지고 단단해 보였다. 강철을 오랜 시간 용광로 속에 넣고 담금질한 듯한 강인함이 몸 곳곳을 오만하게 지배했다. 김인철은 악마의 의식을 집도하는 의사답게 내내 진지했으며, 타협이란 걸 몰랐다. 한없이 약하고 비루한 자들, 부모조차 포기한, 그래서 율주시의 어느 한 명 이를 문제시하지 않으려는 집단 최면의 희생양들이 자신의 눈앞에 성적 착취의 대상으로 놓인 현실 앞에서 김인철은 특별히 더한 강인함을 선보였다. 아이들의 절규가 방 안 전체를 끔찍한 핏빛으로 물들였음에도, 그렇게 살려달라고 애원했음에도 김인철은 그들의 외침을 듣지 않았다.

그리고, 그곳에서 민규는 윤서주의 역할을 보며 경악했다. 윤서주는 김인철에게 있어 가장 표독스러우면서도 정복욕을 불러일으키는 맹수였다. 김인철은 길들여지지 않는 맹수를 자신의 수중에 넣고 피고름을 쥐어짜내는 성취욕을 즐기기 위해 저항하는 윤서주를 더 잔인한 방법으로 몰아붙였다. 이 자리에 모여든 다른 이들은 이런 김인철의 엽기적 행위의 조력자, 공범이었다. 그리고 마지막. 비명을 지르고 절규의 신음을 쏟아내면서도 결코 눈물을 보이지 않는 윤서주가 내내 발작하듯 바라보는 한 대상인 민규 역시 김인철처럼 알몸이었고, 그 역시 더는 곤두박질칠 길이 없는 저주의 골짜기를 뒹구는 악마의 공범이었다.

악마의 공범인 민규가 윤서주의 눈길을 더는 견디지 못하고 화장실로 뛰어나갔다. 방을 빠져나올 때 자신이 걸치고 있던 옷가지를 허겁지겁 갖고는 나왔지만 화장실에서 챙겨 입는다 해도 흐트러진 옷매무새까지 정돈하진 못했다.

화장실 양변기를 붙잡고 구토를 시작한 민규는 더 이상 나올 수 없는 몸속 체액의 한 방울까지 쏟아냈다. 아무리 게워내고 또 게워내도 충격적인 공범의식의 한 장면이 뇌리 속에서 지워지지 않았다. 파탄 난 영혼의 희생양 윤서주, 그 소녀의 야속함으로 점철된 눈빛으로부터 결코 자유로울 수 없었다.

화장실에 쓰러져 있던 민규에게 그 누군가, 검은 그림자가 드리웠다. 흠칫 놀란 민규가 힘겹게 고개 들어 검은 그림자의 상대를 바라봤다. 김인철이었다. 김인철이 무표정한 낯빛을 하고서 양변기를 붙잡고 쓰러져 있는 민규를 내려다보았다. 민규는 순간 할 말을 잃었다. 그렇다고 김인철을 바라보는 것을 멈추지도

나쁜 하나님

않았다. 빛의 역광을 받아 드러난 김인철의 구릿빛 얼굴, 그 이목구비의 틈새에서 이글거리는 무정한 눈빛은 민규의 고백 속에서는 단연코 사람이 아니었다.

'사람이라면…… 사람이라면 저럴 수 없어. 저래선 안 돼.'

하지만 사람이 아닌, 생존의 절규를 잡아 삼킨, 그렇게 시간이 갈수록 점점 더 진화해가는 김인철의 입에서 나오는 한 마디, 한 마디가 민규의 눈시울을 붉게 적셨다. 밀려드는 독한 취기 탓에 여전히 자리에서 일어설 순 없었지만 민규의 정신은 오히려 점점 더 선명해져 갔다.

"정목사."

"……"

"처음엔 다 그렇소. 서글프고, 역겹지."

"무슨 말입니까?"

"당신은 이 아수라장을 타락한 소돔과 고모라로 생각하겠지. 맞소. 난 섹스에 중독되었고, 권력을 잡는 데 내 모든 걸 쏟아부은 노욕의 정치광이오."

"……"

"오늘의 이 여흥은 일식집 건물 안에 설치된 곳곳의 카메라가 한 장면도 빼놓지 않고 담아낼 거요. 그리고 이 기록은 모두에게 공범의식을 가져오겠지."

민규는 김인철의 말을 거부할 수 없었다. 그 궤변을 당장 다물라는 최소한의 신음조차 내지르지 못했다. 바지를 착용한 김인철은 화장실 세면대로 걸어가 손을 씻으며 말을 이었다. 거울 너머로 비치는 창백하게 질린 민규의 얼굴을 바라보며.

"공범의식이 피의 제사를 요구하고 그 피의 제사가 우리를 죄의 굴레로부터 방면해준다는 사실, 알고 있소?"

"내가 그렇게 생각한다고 믿는 겁니까."

"물론."

씻은 손을 수건으로 닦던 김인철이 돌아서서 민규가 있는 곳으로 다가왔다. 그러고는 몸을 숙이고 손을 뻗어 민규의 머리칼을 쓰다듬어 주었다. 김인철의 손이 자신의 몸에 닿는 순간 민규는 제어할 수 없는 격렬한 떨림에 사로잡혔다. 김인철이 민규와 가장 가까운 거리에 얼굴을 대고 말을 이었다.

"정목사, 당신이 쓴 논문 잘 읽었소. 썩 괜찮더군."

"제 논문을 읽었습니까?"

"피의 제사에 아들을 제물로 내어놓는다는 발상. 내게는 그 발상이 믿음, 사랑 그따위 사탕발림이 아니라 힘으로 다가왔소. 누구도 제어할 수 없는 가장 강력한 힘."

"……."

"희생양들이 고통받는 곳에서 악마는 자기 역할을 다하고, 우매한 백성들은 그 악마에 치를 떨거나 악마가 가져다주는 권력과 힘을 적당히 긍정하며 살아가는 거요. 그게 내가 당신 논문을 보며 얻은 깨달음이오."

"장로님."

"말하시오."

"논문을 잘못 읽으셨어요."

나쁜 하나님

"뭐?"

"논문의 마지막은 그게 아니에요."

김인철이 천천히 민규에게서 물러섰다. 점점 알 수 없는 불안감이 김인철의 마음속 교묘히 스며들었다. 민규가 떨리는 입술을 열어 말을 이었다.

"피의 제사는 신의 뜻에 의해 이뤄진 게 아니에요."

"……."

"우리의 신은 희생양이 흘린 피를 통해 만족감을 얻으려 했던 악마와 그 악마에게 기생하던 백성들의 기대를 산산이 부숴버렸어요. 그게 제가 쓴 논문의 결론이에요."

53

김인철과 함께 끔찍한 어둠의 의식을 벌인 이후, 민규는 아무 생각도 할 수 없는 막막함 속에서 한 주를 보냈다. 그렇게 시간이 지나 돌아오는 주일 아침, 그는 차를 몰고 율주제일교회의 반대편으로 나섰다.

계약직 담임목사가 지켜야 할 최소한의 책임마저 저버리고 향한 곳은 유재환이 있는 기도원이었다. 민규가 기도원 컨테이너 문을 두드렸을 때, 유재환이 여느 때와 다르지 않은 초췌한 모습으로 문을 열 때였다. 그때 민규와 눈을 마주한 유재환은 순간 뜻 모를 격정에 사로잡혔다. 두 눈동자의 미세한 떨림이 민규에게 전달되었다. 민규는 유재환의 눈빛 속에서 환희와 회한, 두 상이한 감정의 충돌을 발견했다. 자신이 이곳을 찾아올 거라곤 예상하지 못했던 걸까. 체념의 마음으로 가득했던 유재환이었기에 그러한 감정의 충돌은 더한층 분명해 보였다.

기도원 내부는 처음 봤을 때보다도 더 초라해 보였다. 창문 틈새로 거친 바람이 몰아쳤고, 바닥은 냉기로 가득했다. 그럼에도 유재환은 손님에 대한 예의를 갖추려 애썼다. 오래된 양은 주전자에 담긴, 방금 끓인 것 같은 차를 민규의 앞에 놓인 잔에 따랐다. 민규는 그 한 잔의 차를 오랫동안 내려다보았다. 입에는 대지도 않은 채.

그리고 시간이 흘렀다. 흐르는 시간만큼 둘 사이의 침묵도 함께했다. 유재환은 민규의 알 듯 모를 듯한 표정을 유심히 살폈다. 동시에 주일 오전 시간도 속절없이 지나갔다. 오전 11시를 훌쩍 넘어섰지만 민규는 예배 집례를 걱정하는 마음을 품지 않았다. 여느 때처럼 민규의 휴대폰에선 부산스러운 진동이 계속되었다. 하지만 민규는 신경 쓰지 않고 유재환 목사만 물끄러미 바라보았다. 말문을 먼저 연 쪽은 유재환이었다.

"한장로님이 그러더군요. 목사님을 설득하는 데 실패한 것 같다고."

"실패한 것 같습니까?"

민규가 되물었다. 그 순간, 민규는 어제 저녁 누군가에게 건넨 동영상의 한 장면을 떠올렸다. 유재환이 말했다.

"듣기로는 저희가 준비했던 증거 자료 일체를 김인철에게 넘겼다 하던데요. 사실입니까?"

"사실입니다."

"그렇게만 보면 완벽한 실패로 보이는데…… 목사님."

"……."

"왜 제 눈엔 목사님의 공의가 느껴지죠?"

"공의요? 그게 말이 됩니까."

민규의 탄식과 같은 질문에 유재환은 망설이지 않고 답했다.

"신의 뜻은 언제나 쉽습니다. 어둠을 몰아내고 빛의 중심을 묵묵히 걷는 것, 그것이 공의입니다."

'빛'이란 말을 듣는 순간 민규는 저절로 인상을 찡그리며 되물었다.

"빛의 중심에 들어가기도 전에 자신이 범한 죄 때문에 아무것도 할 수 없는 경우가 있습니다. 이럴 땐 어떡해야 합니까."

"궁극의 악을 몰아내기 위해 벌인 죄는 죄가 아닙니다."

"죄가…… 아니라고요?"

유재환이 한 걸음 더 민규에게 다가왔다. 일정 거리를 두고 서로를 마주 보던 두 사람이 서로의 숨소리를 느낄 정도로 가깝게 밀착했다. 유재환의 눈빛에선 귀기가 살아 꿈틀거렸다. 민규의 눈에 들어온 유재환의 정념은 분명 그랬다. 이 세상에 살아 있는 자의 모습으로는 도저히 상상할 수 없었다. 현실을 초월하거나 현실 밖에서 속삭이는 유령 같았다. 그래서일까. 민규는 유재환을 보며 오히려 홀가분해지는 마음이 들었다. 유재환이 말을 이었다.

"정민규 목사, 당신이 무엇을 행하려는지 알 것 같습니다."

"……"

"난 당신의 결단이 믿음의 절대 실천이란 것도 알았습니다."

처음에는 바람소리라고 생각했다. 하지만 그건 바람소리가 아니었다. 주일 오전 11시 30분. 기도원 컨테이너의 문이 서서히 열렸다. 이윽고 기도원 안으로 하나둘씩 들어서는 이들이 민규의 눈에 보였다. 한영호 장로가 보였고, 유재환 목사를 따르는 기도

나쁜 하나님

모임 멤버들의 모습도 보였다. 그들만이 아니었다. 초라한 기도원으로 모여드는 이들 중 민규의 눈에 익숙하게 보아온 교단 총회장으로 알려진 원로 목사도 함께였다. 또한 유재환을 이단으로 규정하고 보도했던 월간지 발행인도 눈에 띄었다. 그들 사이로 민규의 시선을 잡아 붙드는 한 사람이 있었다. 마지막에 나타난 김정은이었다.

자신이 버린 여자, 자신의 마음속에 자리 잡은 추악한 욕망을 누구보다 잘 알고 있는 그녀, 김정은을 보자마자 민규의 마음은 걷잡을 수 없는 서글픔에 사로잡혔다. 오열의 정서도 함께 밀려들었다. 자신을 바라보는 김정은의 표정이 너무나 슬펐고, 안타까웠기 때문이다.

그사이 유재환의 팔이 민규의 어깨를 감싸 안았다. 민규는 심하게 몸을 떨고 있었다.

"당신이 범한 죄는 악마를 징벌하기 위한 자기희생임을 알고 있습니다."

"자기희생이라고요? 제 행동이……?"

"그렇게까지 자신을 버릴 거라곤 예상조차 못했습니다. 이번 일로 저 역시 깨달은 바가 크군요."

"무엇을 깨달았다는 말씀입니까?"

"제가 본 목사님은 기대를 초월하는 믿음을 가진 분이었어요."

"말도 안 됩니다. 전…… 나약하고 기회주의적인…… 타락한 목사에 불과합니다."

그 말을 하면서 왜 눈에 눈물이 고이는 걸까. 민규는 그 이유

를 자기 자신에게 묻고 또 물었다. 그 답은 이미 주어져 있는지
도 몰랐다. 민규를 바라보는 김정은 역시 그를 보며 말없이 눈물
을 흘리고 있었다.

그사이, 유재환의 자기다짐과 같은 말이 이어졌다. 그 말이 민
규의 마음 깊이 파고들었다.

"악마를 파멸시키기 위해 결코 전처럼 나약하게 굴지 않을 겁
니다. 정민규 목사, 당신의 고결한 희생을 헛되지 않게 하겠어요."

"……."

"이번이야말로 하나님이 주신 마지막 기회로 믿습니다."

"……."

"고맙습니다. 정말 고마워요."

민규의 휴대폰 진동은 정오가 지나도록 멈추지 않고 울리고
또 울렸다.

나쁜 하나님

54

　양권사가 국을 내왔다. 민규의 입맛이 오래전에 바뀐 줄도 모르고 시금치가 한가득 담긴 시금칫국이었다. 시금치 알레르기가 있었던 아내는 민규가 좋아하던 시금칫국을 좀처럼 끓이지 않았다. 민규의 어머니 양권사는 그 사실을 몰랐던 걸까. 아님, 알고 있으면서도 아들이 좋아하는, 하지만 오랜 시간 잊고 지냈던 국을 내오는 걸까. 양권사도, 민규도 앞에 놓인 시금칫국을 보며 아무 말도 하지 않았다. 대신 국을 내려놓은 뒤 순간적으로 양권사의 시선이 오래된 집 단독주택의 현관 여닫이문을 향했다. 더 정확히는 반쯤 열린 여닫이문 틈에 놓여 있는 한 개의 커다란 여행용 가방을 바라본 것이다. 어머니의 시선을 따라 민규의 시선도 가방으로 향했다. 문득 민규는 율주에 자신이 돌아온 시간을 헤아려봤다.

　3개월이 지났다. 아직은 한기 가득한 늦겨울에 율주시로 들어온 민규의 차림새는 어느새 재킷을 벗고 소매단추가 헐렁해진 와이셔츠 차림으로 변해 있었다.

　시금칫국을 두어 번 떠먹은 민규가 말을 이었다. 담담하게, 지극히 평범한 일상의 한 부분을 무심하게 내어놓는 듯한 말투로 비교적 빠르게 내뱉었다.

"어머니……."

"응."

"저…… 교회 그만둬요."

"……."

"그만두기로 했어요."

숟가락을 내려놓은 민규가 양권사를 바라봤다. 어머니, 오랫동안 율주제일교회란 곳에서 신앙의 여생을 보낸 어머니의 눈빛은 민규의 착잡한 속내와 다르게 한없이 투명하고 단순해 보였다. 그 눈빛 앞에서 민규는 잠시 말을 잃었다. 무슨 말을 어떻게 해야 할지 눈앞이 캄캄하기만 했다. 그래도 민규는 말을 이어야 했다. 자식을 목사로 만들기 위해 새벽마다 무릎으로 기도하던 어머니 앞에서 말을 해야만 했다.

"그리고 어머니…… 저 이혼했어요."

두 가지 말이 천형의 선고처럼 내려앉았다. 민규는 더 이상 밥을 먹지 못했다. 어머니의 얼굴을 똑바로 보지도 못했다. 이어지는 자신의 말에 더 이상 최소한의 자신감도 찾을 수 없기 때문이었다.

"경찰서에 가야 할지도 모르겠어요."

"그건…… 또 무슨 말이냐?"

"죄를 지었거든요."

"죄?"

"어머니가 그러셨죠. 죄를 지으면 예수님은 용서해주시지만 세상에게 용서받아야 할 책임은 남는다고."

양권사가 자리에서 일어섰다. 관절염을 앓는 어머니가 몸을 일으킬 때마다 그녀의 눈빛이 조금씩 흔들렸다. 그 흔들림 앞에서 민규는 울컥하는 마음을 거두지 못했다. 주방으로 걸어간 양권사가 물 한 컵을 떠 갖고 돌아왔다. 그러고는 밥이 아직 남아 있는 민규의 밥그릇 안에 반쯤 물을 담았다. 민규가 말을 이었다.

"죄를 지었으니 죗값을 받으려고요."

"밥 먹고 가."

"어머니."

"······."

"죄송해요."

"정목사."

"예."

"정목사는 과거에도 그랬고 앞으로도 언제나 정목사야. 그러니 밥 마저 먹어. 그리고 가."

민규는 다시 숟가락을 손에 집었다. 그사이 양권사의 집 앞에는 후배 김상현 경정과 기자들이 진을 치고 있었다. 개발의 혜택을 받지 못한 마지막 미개발지역 단독주택에 살고 있는 양권사의 집엔 언제나 문이 열려 있었다. 사람들이 인산인해를 이루기 시작한 이 낯섦 앞에서 민규는 어머니를 걱정할 수밖에 없었다. 하지만 양권사는 강한 어머니였다. 이제 실패와 저주 외엔 남은 게 없는 아들을 여전히 그녀는 목사로 불렀다. 민규는 스스로에게 자문했다.

'나는 과연 목사인가?'

밥을 다 비운 민규가 자리에서 일어섰다. 양권사는 어느새 방으로 들어가 있었다. 방 한구석엔 율주제일교회 로고가 새겨진 밥상이 있었고, 그 위엔 성경책이 있었다. 민규의 시선에서 등을 보이고 앉은 양권사가 기도를 시작했다. 여느 때처럼 속삭이듯 하지만 간절한 기도였다.

그 기도를 뒤로한 채 민규가 걸어 나왔다. 마지막 말 역시 일상의 대화, 그 연장이었다.

"가방은 잠시 맡겨둘게요, 어머니."

14년 전에 미국행을 결심할 때에도 비슷한 말을 했던 기억이 떠올랐다.

'책은 잠시 맡겨둘게요. 다녀올게요, 어머니.'

문 밖으로 나오자 백차가 민규를 기다리고 있었다. 김상현 경정은 민규의 손에 수갑을 채우지 않았다. 대신 다음과 같이 말했다. 이해할 수 없다는 표정과 함께.

"사안이 좀 커져서 구속 수사로 전환될 것 같아. 이해하지?"

"잘 부탁한다."

"내부 고발이라 해도 이런 식의 행위는 범죄야, 형."

"……"

"왜 이렇게까지 해야 하는 거지? 난 이해할 수가 없어."

김상현 경정의 말이 끝나기가 무섭게 곳곳에서 카메라 플래시가 터졌다. 그와 함께 기자들의 질문도 쏟아졌다.

나쁜 하나님

"율주제일교회 관계자들이 신애원 원생들을 오랫동안 성학대한 사실을 언론에 고발하셨는데, 고발 의도가 뭡니까?"

　"김인철 의원 이하 율주시 지역 유지 대부분이 연루된 동영상도 제보하셨는데 제보의 신빙성은 있는 겁니까?"

　"믿을 수가 없습니다. 이게 정말 사실이에요?"

55

신애원 사건을 놓고 언론은 희대의 권력형 종교 범죄라는 표현을 주저하지 않았다. 권력형 종교 범죄, 이 말은 어떤 언론도 직접적으로 사용해본 적 없는 생소한 표현이었다.

율주시 지역구에 관록 있는 국회의원이자 차기 대선주자로도 이름이 오르내리던 김인철의 주도적 개입이란 점에서 언론은 '권력'이란 단어를 첫 단어로 내세웠다. 더구나 김의원은 원전 마피아라고 명명되는 한수원의 주요 고위직 공무원들과의 유착관계로도 오랫동안 요주의 인물로 주목받던 인물이었다.

그랬기에 언론사와 방송은 오히려 이번 사건이 가져오는 파장을 어떻게 받아들여야 할지 당혹해했다.

당혹감의 절정은 그 모호한 헤드라인 문구에서 이미 그 의중을 나타냈다. '권력형 종교 범죄'라는 표현 속에는 안타깝게도 위계관계를 악용한 성범죄란 의미가 퇴색되어 있었다. 부모들조차 무관심으로 일관하는 갈 곳 없는 아이들, 심지어 정신지체인 청소년들을 성적으로 착취하고 이를 촬영해 이른바 매춘 파티에 참여한 율주시 지역 유지, 교회 장로들, 부목사, 이를 보고도 묵인하고 오히려 비호하던 신애원 원장과 교사들 모두 성범죄와

나쁜 하나님

더불어 아동 성학대란 끔찍한 죄악의 공범들임에도 불구하고 언론은 그와 같은 진실을 들춰내는 데에는 인색했던 것이다.

김인철에게 완전한 패배자의 모습으로 스며들어 매춘 파티가 벌어지는 성학대 현장을 영상으로 고스란히 담아낸 민규는 추악한 악의 고리를 고발한 양심적 내부 고발자였다. 하지만 사람들은 민규를 전혀 양심적 인물로 보지 않았다. 언론이 주목하는 정민규는 뉴욕한인교회 시절, 부적절한 스캔들로 인해 교회로부터 파문당한 부도덕한 인물이란 오명뿐이었으며, 그 부도덕한 흠결을 갖고도 어떻게 율주제일교회 담임목사로 청빙되었는지에 대한 의혹 제기가 전부였다. 어떤 언론도 민규가 터뜨린 양심선언에 대한 깊이 있는 분석은 하지 않았다.

그만큼 출혈은 모두에게 심했다. 피해자, 가해자 가리지 않고 퍼부어지는 언론의 따가운 시선과 내내 침묵하던 검찰의 설레발은 신애원 교사로 일하며 오랫동안 파고든 종교 범죄의 부당함을 호소한 김정은 선생까지 다른 선생들과 마찬가지로 불구속 기소하기에 이르렀다. 신애원은 폐쇄 명령을 앞두게 되었으며, 율주에서 활동하는 대부분의 남자들이 아동 성범죄의 직, 간접적 공범이 되어버린 현실 앞에 지역 전체가 술렁거렸다.

"한 가지만 물읍시다."

사십대 초반의 젊은 검사가 타이를 풀었다. 메모를 하기 위해 갖고 온 노트북은 이미 덮은 지 오래였다. 민규는 비교적 초연한 표정으로 검사를 바라봤다.

"왜 하필 지금 시기에 일을 터뜨린 겁니까."

그 질문은 이미 경찰 수사 초기부터, 아니 언론사에 제보할 때부터 숱하게 받아온 질문이었다. 민규가 옅은 한숨을 내쉰 뒤 답했다.

"왜 하필 선거철을 앞두고 이러느냐, 그 말씀이십니까?"

민규의 물음 안엔 김인철 의원 견제 세력과의 모종의 결탁이 있었던 것 아니냐는 의도를 짚는 데 집중되었다. 민규가 되묻고 그 자신이 바로 답했다.

"경찰 수사 때도 말씀드렸는데 그런 일 없습니다. 조사해보면 알겠지만 절 담임목사로 추천한 사람은 김인철 장로가 아니에요."

"내가 묻는 질문은 그런 상투적인 게 아니에요."

젊은 검사의 눈빛이 달라졌다. 검사가 펼쳐 보인 파일은 지금까지의 조서 파일과는 사뭇 달라 보였다. 민규도 약간 긴장된 눈빛으로 검사를 바라봤다.

"유재환 목사…… 알죠? 듣기론 율주제일교회 개척 목사라 하던데."

"알고 있습니다. 저 역시 이 교회에서 성장했으니까요."

"유재환 목사가 복귀를 준비하던 사실은 알고 있었을 테고……."

검사가 일부러 말을 흐리며 민규를 살폈다. 민규의 눈빛은 묘하게 흔들리고 있었다. 민규는 어디에서도 유재환이 복귀를 준비한다는 정보는 들은 적이 없었다. 검사가 말을 이었다.

"몰랐던 겁니까, 정민규 씨? 당신을 추천한 한영호 장로가 유재환 목사 복귀를 두고 몇 년 동안 물밑 작업을 벌여왔던 사실 말이에요."

잠시 숨을 고른 민규가 바로 답했다.

"이 일은 그것과 상관없는 일입니다."

민규의 말이 끝나기가 무섭게 검사가 한 권의 책을 책상 위에 올려놓았다. '오늘의 종교와 이단'이란 제목의 월간지였다.

"이번 달 〈오늘의 종교와 이단〉이에요. 여기에 근무하던 전 편집장이 양심선언한 내용이 특집으로 실렸어요."

표제가 검사의 말을 뒷받침했다. '이단의 멍에 씌운 거짓 기사를 회개한다.' 검사가 말을 이었다.

"이번에 양심선언한 편집장이 당시 기자 시절 율주제일교회 창립자인 유재환 목사를 이단으로 몰아가는 데 결정적 역할을 했다죠."

"……."

"이건 마치 정민규 씨, 당신이 행동하기만을 기다렸다가 일을 벌인 걸로밖엔 보이지 않는다고요."

"상관없습니다."

검사가 잠시 민규를 바라봤다. 젊은 검사의 눈빛엔 수많은 계산과 궁리가 오갔다. 하지만 민규는 그와 다르게 차갑고 낯설게 가라앉았다. 어서 빨리 이 시간이 지나가기만을 기다렸다.

잠시 생각하던 검사가 말없이 파일을 덮었다. 유재환의 복귀 시나리오와 관련된 파일로 보였다. 검사는 아주 잠깐 감상에 빠져 있던 자신의 마음 상태를 돌이키려는 듯 고개를 두어 번 가로저였다. 그러고는 다음 단계로 넘어서는 수순인 듯 화제를 돌려 다른 말을 했다.

"정민규 씨. 아니, 정민규 목사님."

"부르던 대로 부르세요."

"그럴 수야 있나요. 한번 목사님은 영원히 목사님이라면서요? ……목사님이 마지막으로 만나야 할 용의자가 있습니다. 원래 내부 제보자는 이런 식으로 다루지 않지만 대질심문이 불가피해서요."

그렇게 말한 젊은 검사가 핵심 용의자 김인철을 호출했다.

56

　내부 고발자에 대한 예우는 없었다. 자신의 모든 걸 걸고 쏟아낸 양심선언이었지만 파렴치한 수준을 넘어서 쉽게 입을 다물 수 없는 엽기적 행각에 함께한 불량 목사를 비호해주는 검찰은 없었다.

　형식은 대질심문이었지만 추가로 확인되는 내용은 없었다. 민규 앞에 김인철을 앉혀 놓은 젊은 검사는 여전히 남아 있는 김인철의 서슬 퍼런 기운 탓일까, 조사를 진행하는 내내 김인철에게 극존칭을 하는 버릇을 버리지 못했다.

　성범죄 사실에 대한 젊은 검사의 심문은 오래 지속되지 못했다. 김인철 옆에 앉은 변호사는 이 모든 게 김인철 의원의 명성을 노리고 율주시의 김인철 견제 세력이 벌인 조작극이란 사실과 신애원 아이들이 정신적으로 온전하지 못한 판단력 미숙 상태에서 벌어진 해프닝임을 주장했다. 변호사의 열띤 변론에 대해 김인철은 시종 침묵으로 일관했다. 굳게 입을 다문 김인철은 팔짱을 낀 채 오직 한 존재에게만 시선을 집중했다. 맞은편에 앉은 민규였다. 변호사조차 요청하지 않은, 그래서 철저히 혼자인 상태에 놓인 민규는 자신을 무표정하게 응시하는 김인철을 차마 정면으로 마주하지 못했다. 고개를 반쯤 숙인 채 이 시간이 빠르게 지나가길 원했다. 하지만 반투명 책상에 비친 김인철의 검은 실루엣은 여전한 위세로 민규의 두려움을 쉽게 놓아주지 않았다.

심문 시간은 20분이 채 되지 않았다. 초조해진 변호사가 꺼낸 마지막 카드는 고령인 김인철의 나이와 여러 지병이 있는 불안정한 심신을 핑계로 꺼낸 불구속 수사 요청이었다. 검사는 생각해 보겠다고 이야기한 뒤 김인철을 바라보며 한마디 짧게 말했다.

"더 하실 말씀 없으면 돌아가셔도 좋습니다."

"저기…… 검사 양반."

김인철이 굳게 다문 입을 열었다. 그때, 민규도 옆에 앉은 검사도 김인철을 바라봤다. 김인철이 말을 이었다. 여전히 시선은 민규에게서 떼지 않은 채로.

"목사님과 단둘이 이야기 좀 하고 싶은데……."

검사가 난처한 표정을 지으며 답했다.

"곤란합니다, 의원님. 정민규 씨의 정확한 신분은 내부 고발자예요. 이렇게 의원님과 대질심문하는 것도 사실 부담스럽습니다."

"금방이면 돼요. 확인해야 할 사실이 있어서요."

검사는 자신의 선택을 민규에게 돌렸다.

"정민규 씨가 결정하시죠. 거부하셔도 됩니다."

김인철의 말 상대는 검사에서 민규에게로 넘어갔다.

"별거 없습니다, 목사님. 한 가지 묻고 싶은 게 있어서 그렇소."

나쁜 하나님

김인철의 말을 들은 민규가 담담하게 고개를 끄덕였다. 검사와 김인철의 변호사가 자리에서 일어나 밖으로 나갔다.

이윽고 심문실엔 참을 수 없는 긴장감으로 가득한 침묵이 흘렀다. 짧은 침묵을 깨고 김인철이 입을 열었다.

"왜 그랬소?"

3개월 전, 처음 일식집에서 봤을 때의 김인철이 아니었다. 어처구니없는 사태 앞에서 주눅이 들거나 충격을 받은 모습과 거리가 멀었다. 김인철의 표정과 태도는 놀라울 정도로 정돈되어 있었다. 잠잠하게 흐르는 검은 빛깔의 강물을 닮은 눈빛에선 한 줌의 위악도 찾을 수 없었다. 민규가 자신의 질문에 쉽게 답하지 못하고 망설이자 김인철이 말을 이었다.

"날 고발한 이유를 묻는 게 아니오."

"그럼……?"

"왜 이런 방식을 신의 뜻이라고 생각하지?"

김인철의 표정이나 말은 더없이 진지했다. 이 순간 민규의 눈에 들어온 김인철은 자신의 철옹성을 수단 방법 가리지 않고 지켜내며 결코 무너지지 않겠다는 의지로 들끓는 악마가 아니었다. 그는 진심으로 궁금해했다. 민규는 김인철의 솔직하고 진지한 눈빛을 정면으로 응시하며 또렷하고 분명하게 자신의 뜻을 밝혔다.

"제 논문의 마지막을 읽어보셨습니까?"

"……?"

"이삭을 제물로 바치길 원하는 아브라함의 믿음은 어떤 식으로든 그 결과를 스스로 드러냅니다. 어둠의 붕괴와 빛의 침투란 극적 변화가 그렇죠."

"유재환 목사가 빛이란 말이오?"

"적어도 당신과 같은 악마는 아닙니다."

"그럼…… 악마와 손잡은 당신은 무엇이오?"

"난 지금, 내 방식의 회개를 진행하는 겁니다."

"누구에게 말이오?"

"나를 바라봐주시는 하나님에게요."

말을 이은 민규는 김인철에게 이런 말이 과연 무슨 소용이 있을까 하는 강한 회의를 느꼈다. 몸과 영혼을 짓누른 김인철은 악마 중의 악마였다. 하지만 지금 이어지는 악마의 말이 민규의 신념을 거칠게 뒤흔들었다.

"당신이 만약 회개해야 한다면, 하나님에게 하면 안 되지."

"무슨 뜻입니까."

"회개는 우리 안에 숨 쉬고 있는 악마에게 해야 하는 거 아니오?"

"궤변이에요."

"유재환 목사의 생각은 궤변이 아니고?"

"……"

"정목사, 당신은 유재환을 몰라. 진짜 선이 뭔지, 정의가 뭔지 아무것도 모른다고."

"……"

"하나만 알려줄까? 당신은 지옥의 문을 연 거야. 한번 열리면 결코 닫을 수 없는 지옥의 문"

먼저 자리에서 일어난 건 김인철이 아니라 민규였다. 검은 강물을 닮은 김인철의 눈빛을 계속 바라보면 숨을 쉴 수 없을 것 같았기 때문이다.

57

푸른 벽을 바라보며 누운 민규는 문득 겁이 났다. 홀로 외딴 섬에 떨어진 것 같은 고독감에 사로잡힌 것이다.

몸을 일으킨 민규가 주위를 둘러봤다. 구치소 내 특별 관리 대상자로 지정된 민규는 독방에 있었다. 굳게 닫힌 녹슨 철문과 온기라곤 전혀 느낄 수 없는 차가운 시멘트 바닥이 낯설기만 했다.

두터운 모포를 뒤집어쓴 민규는 다른 곳에 시선을 둘 수가 없어 돌아누운 자세로 바로 보이는 푸른 벽면을 바라봐야 했다. 독방 구치소 벽면엔 그동안 거쳐간 수많은 사람들의 낙서 자국이 가득했다. 관리자가 수시로 낙서의 흔적을 지우긴 했지만 자세히 들여다보면 그들의 심경이 담긴 오열과 울분의 상흔을 실감할 수 있었다.

'죽여버릴거야!', '날 이렇게 내몬 세상', '김XX, 정XX, 내 손으로 반드시 심판한다.'

죽음, 원망, 심판에 대한 결의, 거친 울분의 쏟아냄이 느껴지는 낙서들. 민규는 그 울분을 보며 뜻 모를 수치심을 느꼈다.

민규는 아무 감정도 느낄 수 없었다. 슬픔, 비탄, 그에 반해 정의를 실천하고 진실을 폭로한 것에 대한 최소한의 긍지도 남아

나쁜 하나님

있지 않았다. 마치 심장과 머리가 순식간에 굳어버리거나 메말라버린 것 같았다. 푸른 벽을 보고 있었지만 민규의 마음은 한없이 건조하고 막막한 광야를 걷는 기분이었다. 홀로 광야를 걷는 민규의 발걸음을 어느 누구도 지지하거나 반대하지 않았다. 민규는 한 걸음, 한 걸음 걷고 또 걸었다. 목적지도, 방향도, 최소한 자신이 왜 걸어야 하는지에 대한 질문조차 말소된 상태였다. 민규의 내면을 잠식한 무감각이 그 자신을 아연케 했다.

민규를 이곳까지 이끌어 온 힘은 자책과 충격, 그 자체였다. 민규가 선택할 수 있는 기회와 야심, 그 근원에 자리 잡은 욕망에 대한 뼈아픈 후회가 자책이라면 충격은 신애원 아이들의 유기와 학대, 그리고 방치의 현실이었다. 그 충격의 도가니 속에서 민규는 자신이 할 수 있는 모든 것을 쏟아부어야 한다고 믿었다. 그래서 선택한 진실의 폭로 중 민규는 자신을 스스로 저주하는 길을 택해야만 했다. 악마와 함께 악마의 축제에 참여하지 않으면 이 악의 고리를 영원히 끊어낼 수 없을 것 같았기 때문이다.

충격을 충격으로 맞서서였을까. 모든 걸 버렸다고 생각했기 때문일까. 민규는 충격 너머의 길, 더 이상 살아 있지 않은, 그렇다고 죽은 것도 아닌 길을 걷고 있다는 느낌, 그 건조한 무감각에 스스로 치를 떨었다. 민규는 자신이 쓴 논문의 마지막 이야기를 떠올렸다. 창세기, 아브라함의 이삭 희생 이야기의 절정은 모리아산 정상에 선 아브라함과 이삭, 두 부자의 마주 봄이었다.

제물이 존재하지 않는 제사, 이삭을 바라보는 아브라함의 눈빛, 그의 감각 세계의 모든 것이 구치소 푸른 벽면과 마주하고 있는 민규의 내면으로 거침없이 파고들었다. 아들을 바라보는 아브라함의 무정함이 그대로 전달되었다. 신을 향한 무한의 존엄과 신뢰가 살아 숨 쉬는 아브라함의 무정함, 그 무정함은 신을 위해서는 썩 어울리는 것이었지만 살아 있는 아들에게는 어울리지 못했다. 그 순간, 아브라함의 모든 것이 민규가 걸어가는 광야의 막막함과 동일시되었다. 인간이라 하기엔 너무나 쓸쓸하고 고독하고, 신이라 하기엔 여전히 부족한, 이곳도 저곳도 향할 수 없는 부조리의 늪에 빠져버린 아브라함, 그것은 바로 민규의 실존이었다.

무감각의 촘촘한 그물에 포박된 민규가 마지막으로 할 수 있는 건 손에 칼을 쥐는 것, 그뿐이었다. 칼을 쥐고 신을 향한 제물을 드리기 위해 자신의 눈앞에 보이는, 도륙되어 피를 흘려 신에게로 바쳐져야만 하는 무감각의 상징을 향하는 것 외에 민규가 할 수 있는 건 아무것도 없었다.

'기억할 수 없어. 내가 쓴 논문의 마지막, 그 결론이 기억나지 않아.'

칼을 하늘 높이 쳐들고 아들 이삭을 이삭이 아니라고 부정하는 것, 마음속에서 어떤 감정과 인간다움의 껄끄러움도 걷어내는 것, 그렇게 함으로써 신의 길, 신의 명령을 수행하는 것, 절대의 명령, 절대의 부름에 응답하는 것, 민규는 그것만이 자신이 할 수 있는 전부라고 믿었다. 천형의 무게처럼 자신의 시야를 압도한 푸른 벽의 암담함이 그 증거였다. 민규는 이를 악다물며 마음 깊은 곳에서 소리쳤다. 냉혹한 한기가 몸 구석구석 파고들었지만 민규의 온몸은 어느새 격렬한 화마에 사로잡힌 불덩이 같았다.

'이것이 바로 신에게로 가는 유일한 길이야. 유일한 길이었어. 이랬어야만 했어. 이렇게 해서 진실을 드러내야 해. 저 악마로부터 우리 이웃을 구원해야 해.'

그때였다. 악마의 울부짖음이 들렸다. 민규가 뒤돌아서서 악마의 음성을 들었다. 그 악마를 보는 순간 민규는 영혼의 숨이 막혔다. 숨이 막혀 견딜 수가 없었다. 울고 있는 악마는 악마가 아니었다. 아들 이삭을 똑바로 바라보라고, 그 살아 있는 너의 혈육을 정신 차리고 보라고 애원하는 그 누군가는 악마가 아니었다. 하늘 높이 쳐든 칼을 거두게 하고 그 피의 살육제를 멈추게 하는 그 누군가는 날것의 감각이 살아 있는 구원이었다.

갑작스러운 혼돈이 민규를 아찔하게 했다. 그사이 창문 틈새로 새벽 여명이 비쳐들었다. 민규는 잠시 동안 잃고 있던 영혼의 숨이 새롭게 고동치는 순간과 마주했다. 그 마주침 자체가 민규에겐 혼돈이었다. 신의 뜻을 집행하기 위해 무정함의 광야를 걷고 또 걷던 민규의 단호한 믿음을 일순간 멈춰 세웠기 때문이다. 민규는 자신을 멈추게 한 그 울부짖음을 악마의 유혹이라 단죄하고 그것과 결별하려 발버둥 쳤다. 자신은 신을 향한 속죄의 의식을 위해 모든 걸 쏟아붓는 중이라고 믿고 또 믿었다. 하지만 마음의 결단과 다르게 민규를 멈춰 세우는 울부짖음이 그를 혼돈스럽게 했다. 민규는 자신의 마음속 혼돈을 종식시키고 싶었다. 단순하고 분명한 심판과 단죄의 세계로 나아가고 싶었다. 하지만 민규에게 마지막 남아 있는 실감의 세계는 심판과 단죄의 세계를 원치 않았다. 그 무정하지만 정의롭고, 한없이 건조하지만 단호한 결기의 광야로 나아가는 것을 원치 않는 실감의 세계에서 누군가 전력을 다해 울부짖었기 때문이다. 민규는 그 오열 앞에서 멈춰 섰다. 그 울음 앞에서 민규는 자신의 논문, 그 마지막 결론을 스스로 망실해버렸다. 그와 동시에 이삭을 바치고자 했던 아브라함의 믿음, 그 건조하고 냉정한 믿음의 결론도 함께 잃어버렸다.

잠시 후, 독방 문이 열렸다. 교도관 한 명과 김상현 경정이 모습을 드러냈다. 김상현은 몸을 잔뜩 웅크리고 괴로워하던 민규가 스스로 고개를 들어 자신을 바라볼 때까지 기다렸다. 이후, 짧게 한마디 남겼다.

"이제 끝났어요. 고생 많았습니다."

"그게…… 무슨 말이야?"

"더 이상의 조사는 없다고요."

나쁜 하나님

58

　구치소에서 나온 민규를 기다리고 있는 이는 다른 누구도 아닌 김정은이었다.

　오전 9시. 구치소 문이 열리자마자 걸어 나오는 민규를 맞이한 김정은은 말없이 그를 안아주었다. 민규는 당황해하지 않았다. 김정은의 행동을 돌발적인 것으로 여기지도 않았다. 자신을 안아준 정은의 포옹에는 절박한 감정이 담겨 있었기 때문이다. 민규는 그녀와의 포옹, 그 따뜻함에서 형언할 수 없는 희열을 전달받았다. 자신을 직접 안아주는 정은에게서 직접 전이된 희열이었다.

　"고마워요, 목사님."

　김정은이 포옹을 풀고 자신을 부축할 때, 민규는 머리 위로 작열하는 태양의 강렬함에 절로 고개를 들었다. 아침을 맞이하는 빛이라 하기엔 지나칠 만큼 뜨겁고 선연했다. 정은은 따사로운 아침 햇살을 망연히 지켜보는 민규에게 부러 벅찬 감격을 가라앉히지 않은 채로 말했다.

　"목사님을 위로하기 위해 하나님이 허락한 생명의 빛이에요. 가장 찬란하게 빛나는 빛."

"고생 많았소, 정민규 목사."

정은의 뒤에 서 있던 한영호 장로가 민규를 반겼다. 한장로를 발견했을 때, 그때서야 민규는 비로소 멍한 상태를 진정시키고 이성적인 상황 파악을 할 수 있었다. 한영호 장로를 둘러싸고 수십 명에 달하는 율주제일교회 교인들이 민규의 출소를 기다리고 있었다. 적지 않은 규모였다. 그들의 감격과 희열에 사로잡힌 흥분감을 등에 업은 한영호가 이전과는 다른 격양된 목소리로 말을 이었다.

"상상조차 할 수 없는 방법이었소. 사악한 골리앗을 돌팔매 한 번으로 궤멸시킨 다윗의 영적 승리였단 말이오."

한영호의 말을 듣는 내내 민규는 자신을 바라보는 교인들의 면면을 살폈다. 그들 중 이전 한영호와 함께하던 기도 모임 식구들의 모습은 보이지 않았다. 그들은 율주시 토박이들이었고, 김인철의 그늘에서 생을 유지해오던 범속한 사람들이었다. 민규는 그들의 얼굴에서 내내 억눌렸던 정신적 탄압으로부터 해방된 흔적을 느낄 수 있었다. 그 분명한 실감이 민규를 오히려 당혹스럽게 했다. 민규가 물었다.

"제가 어떻게 나올 수 있는 거죠?"

그 질문을 기다렸다는 듯 한영호가 바로 답했다.

"교인들의 헌신적인 소명과 탄원이 있었습니다. 그리고⋯⋯."

"그리고?"

"오랫동안 이단 누명으로 고생하시던 유재환 목사님의 복권이 결정되었습니다. 신의 뜻이 이뤄진 것입니다."

"그게 무슨 말입니까? 신의 뜻이라뇨."

민규는 한영호의 두 번째 말을 이해하기가 어려웠다. '신의 뜻? 어떤 것이 신의 뜻이란 말인가?' 한영호는 이해하기 어려워하는 민규에게 더더욱 이해할 수 없는 난제에 가까운 말을 던졌다. 그 말은 선고에 가까웠다.

"유목사님께서 정민규 목사, 당신을 용서하셨단 말입니다."

"용서요? 그분이요? 뭘 용서한단 말입니까?"

오히려 난처한 표정을 짓는 민규에게 한영호는 더 자세한 설명을 잇고 싶어 했다. 하지만 정은이 이를 가로막고서 말했다.

"피곤하실 것 같아요. 일단 들어가셔서 쉬시죠."

불현듯 민규의 머릿속에서 구속 수사를 받기 전 어머니 집에 두고 왔던 커다란 여행용 가방이 떠올랐다. 이젠 그 가방이 민규의 전부가 되었다. 가방 한 개의 인생으로 되돌아온 것이다.

어머니 집에 머무르는 것도 민규의 마음이 허락할 수 없게 되었다. 미국으로 돌아가는 것도 불가능하다. 다시 목사 일을 할 수 있는 상황도 아니라는 막막함이 민규의 마음을 무겁게 했다. 하지만 이런 민규의 막막함과 다르게 정은은 여전히 얼굴 가득 희열에 찬 표정을 거두지 않은 채 봉고차의 차문을 열었다.

"타세요, 목사님. 모실게요."

"어디로 간단 말이에요? 난 어머니 집으로 가겠어요."

그 말에는 한영호가 대신 답했다.

"정목사님이 가셔야 할 곳을 마련해 두었습니다."

"예? 어디로요?"

"이전에 유재환 목사님이 계셨던 사택입니다."

"교회 옆에 있는 붉은 벽돌집 말입니까?"

"예. 오랫동안 사람이 살지 않아 낡긴 했지만 수도나 전기를 다시 손봤으니 지내시기 불편하진 않으실 겁니다."

그렇게 말한 한영호가 자신과 같이 민규를 보러 나온 다른 장로 한 명을 바라봤다. 오랫동안 율주시에서 설비와 배관 일을 해오던 사찰 장로 같은 이였다. 한영호와 눈이 마주친 그가 말했다.

"일단 지내시죠. 새롭게 리모델링했으니까 사용하시기 괜찮으실 겁니다."

"잠깐만요."

민규는 이해할 수 없는 자신의 의문을 풀기 전에는 계속해서 이 순간을 지속할 수 없을 것 같았다. 한영호를 잠시 멈춰 세운 민규가 다시 한번 진지하게 물었다.

"제가 왜 그곳으로 돌아갑니까? 전 범죄자예요. 신문기사도 안 읽어보셨어요?"

민규의 질문에 대한 한영호의 답은 단호하고 그만큼 철저했다. 그 철저함 앞에서 민규는 다시 숨이 막혔다.

"유목사님께서 용서해주셨다고 하지 않습니까."

"그분이 절 용서해도 세상 법은 용서하지 않았습니다. 불구속이긴 해도 전 여전히 피의자이며, 악마의 악행에 참여한 파렴치한입니다. 교회 헌법도 절 인정해주지 않을 거예요."

"세상이 정한 법, 세상보다 못한 교단, 교회가 정해 놓은 쓰레기 같은 법은 전혀 필요하지 않습니다."

나쁜 하나님

"예?"

"좀더 쉽게 말씀드릴까요? 유재환 목사님은 정목사님이 율주 제일교회를 맡아주길 원하십니다."

"제가요? 그게 가당키나 합니까."

"마귀의 궤계를 자기희생을 통해 일소해낸 결단, 그 하나만으로도 하나님의 교회를 이끌어가실 이유, 충분합니다. 더 다른 이유는 필요하지 않습니다. 유목사님은 그렇게 생각하십니다."

59

유재환은 여전히 컨테이너 기도원에 남아 있었다.

한영호로부터 자신의 거취에 대해 전해 들은 민규는 곧바로 유재환이 있는 곳을 물었다. 그리고 그가 기도원에 있다는 기별을 듣자마자 기도원으로 달려왔다.

민규가 망설임 없이 유재환을 만난 이유는 그 자신에게 있어선 너무나 당연했다. 이유를 알 수 없었기 때문이다. 자신을 찾아온 민규를 마주 보고 선 유재환은 여느 때보다도 더 평온해 보였다. 표정 자체에 깊게 드리운 안정감이 오히려 민규를 불안케 했다. 민규로서는 이 상황이 여전히 설명하기 어려운 불확실함에 사로잡혀 있었기 때문이다.

"고생하셨어요, 정민규 목사."

유재환의 인사를 민규는 단도직입적인 질문으로 받았다. 그는 바로 자신의 마음속 응어리진 의문을 쏟아냈다.

"이게 어떻게 된 일입니까. 어떻게 제가 율주제일교회에 목사로 계속 있을 수 있는 거죠?"

"생각보다 급하시네요. 구치소에서만 한 달 넘게 계셨어요. 구치소 생활도 옥살이나 다름없습니다. 충분한 휴식을 취하시는

나쁜 하나님

게 좋겠네요."

"유목사님께서 교회로 돌아오시는 게 계획 아니었습니까. 전 그렇게 알고 있습니다."

유재환은 민규의 말을 듣자마자 고개를 가로저었다. 민규는 답답한 듯 말을 이었다.

"전 더 이상 강대상에 오를 자신이 없습니다. 그래서도 안 되고요."

"목사님은 의로운 일을 하신 겁니다. 교회에 남아 있는 진짜 교인들 역시 의로운 목사님의 결단을 위해 기꺼이 기도해주시는 분들이고요. 당당하고 담대하게 말씀을 선포하세요. 그게 목사님이 교회를 위해 하실 수 있는 마지막 길입니다."

"그럼 목사님은요? 듣기로는 이단 시비로부터 벗어나는 분위기라고 들었습니다."

민규는 순간 자신의 말을 들은 유재환의 표정이 어둡게 변해가는 것을 느꼈다. 그것은 한 차례 회오리치는 폭풍이 불어닥칠 때 다가오는 전운의 실감과도 같았다.

조용히 손을 무릎 위에 내려놓고 두 손을 맞잡은 유재환이 민규의 질문에 답했다.

"전 처음부터 세인들이 떠들어대는 이단 판정에 관심 없었고 그것을 의식한 적도 없습니다. 절 판단하는 분은 하나님 한 분밖에 없으니까요."

"그럴수록 더더욱 교회로 돌아오셔야죠. 지금 남은 교인들, 모두 당신의 설교와 가르침을 기다리는 분들, 아닙니까."

"방금 전에 말씀드렸죠. 절 심판할 수 있는 분은 하나님뿐이라고요."

"……."

"전 이미 하나님께 씻을 수 없는 죄를 지었습니다. 교인들의 신앙을 지키지 못하고 오랫동안 악마의 구렁텅이에 빠뜨린 채 타락하도록 방치했습니다."

'타락'이란 말을 꺼낼 때의 유재환의 표정은 삽시간에 비탄과 참혹으로 뒤엉켰다. 그 낯빛을 지켜보는 민규조차 전율을 느낄 정도였다.

"악마는 김인철이란 이름의 뼛속까지 부패한 영혼을 지배하고는 교회를 수습할 수 없는 소돔과 고모라로 만들어버렸어요."

"그럴수록 더욱 목사님이 나서주셔서 회개와 각성을 촉구하셔야죠."

"제가 지금 말씀드렸죠. 교회를 소돔과 고모라로 만들어버린 이 끔찍함을 막지 못한 게 바로 제 자신이라고요."

유재환의 목에서 핏대가 올랐다. 온몸 가득히 타락한 죄악, 그 불구덩이 속을 걸어가는 듯한 참혹함이 묻어 나와 견딜 수 없어하는 모습이었다. 스스로 말을 하며 스스로에게 치를 떠는 유재환은 어느 순간 민규와의 대화로부터 멀어졌다. 눈동자의 초점은 이미 어느 먼 곳을 향하고 있었다. 민규는 그 바라봄이 아마도 자신이 섬기는 신과의 고유한 소통일 것이라 생각했다.

"나는 지금 마지막 사명을 감당해야 할 때입니다. 참믿음의 바른 모습을 보여 지난날 교인들의 육체와 영혼을 더럽힌 타락의 검은 때를 벗겨내고 새로운 믿음의 길을 열어 보여야 하는 것입니다."

"그게…… 설교와 기도가 아니면 무엇입니까."

"각자가 해야 할 일과 책임이 있다고 하지 않았습니까."

"책임이요?"

"정민규 목사, 강대상 위에 설 때마다 당신이 범한 악행이 떠올라 견딜 수 없겠지. 당신은 김인철과 달리 유약한 감성의 소유자니 그 죄책감을 이겨내기 힘들 거요."

그 말은 사실이었다. 민규는 유재환에게서 바로 그 말을 듣고 싶었던 것이다. 그리고 말하고 싶었다. 난 더 이상 그 죄책감을 갖고 강대상 위에 오를 수 없다고.

하지만 이어지는 유재환의 말이 민규를 강하게 짓눌렀다. 그의 마음을 엄청난 정신적 힘으로 내리눌렀다.

"하지만 정목사, 모든 그리스도인은 하나님 앞에서 구원의 권리가 아니라 구원의 책임을 다해야 하는 거요. 죄의식 탓에 교인들 앞에 나서는 게 죽기보다 힘들겠지만 당신의 의무는 그 어려움을 이겨내고 강대상 위에 올라서는 것이오. 그리고 선포해야죠. 아브라함의 믿음, 그 신의 명령을 어떻게든 준행하려는 인간의 발버둥이 고결한 것이라고 단호히 말하는 것이오."

"제가 선포자라면…… 그렇다면 목사님은 무엇입니까."

"난…… 실천자요."

"실천자?"

"말씀은 선포되는 것으로 끝나는 게 아니오. 외치는 이가 있으면 그 외침을 실제로 준행하는 이가 있어야 하는 법, 난 내게 주어진 마지막 믿음의 길이 무엇인지 알고 있소."

"그 길이 무엇입니까."

"그 길을…… 정말 모르는 거요?"

절규에 가까운 유재환의 물음이 이어지자 민규의 머릿속은 하얗게 변해버렸다. 민규는 정말 몰랐다. 지금도 모르고 있다. 유재환. 그가 말한 마지막 믿음의 길이 무엇인지 짐작조차 하지 못했다.

전혀 모른다는 표정을 짓는 민규를 한참 동안 살핀 유재환이 이내 체념한 듯 표정을 바꾸었다. 절박한 동의를 구하는 표정에서 예전의 평온한 표정으로 돌아온 것이다. 그사이 찬바람이 불어와 컨테이너 철문을 사납게 두드렸다. 잠시 침묵을 지키던 유재환이 입을 열었다.

"곧 알게 될 거요."

60

민규가 율주제일교회에서 설교할 수밖에 없는 이유는 단 하나, 어머니 양권사 때문이었다.

눈물로 기도하던 양권사는 민규가 불구속 수사를 받게 되었다는 말을 들은 뒤 집으로 돌아온 그 앞에서 무릎을 꿇었다.

"정민규 목사, 하나님이 마지막으로 주신 기회야. 눈물로 회개하고 그 자리를 받아들여. 제발."

양권사의 절규엔 어떤 의미가 담겨 있을까. 내 아들만은 끝까지 잘되어야 한다는 이기적인 모성일까. 아님, 자녀를 당신의 일꾼으로 써달라고 서약한 사무엘의 어머니 한나와 같은 신앙심일까. 민규에겐 어느 쪽이든 상관없었다. 어떤 감정이든 민규는 어머니 앞에서 무너질 수밖에 없었기 때문이다.

어머니를 보며 민규는 그녀의 마지막 남은 인생이 자신에게 주어졌다는 생각을 지우지 못했다. 양권사는 이제 모든 걸 알고 있었다. 민규가 미국 뉴욕한인교회에서 벌인 부적절한 스캔들과 현재 이곳에서 지적장애아들을 향한, 입에 담기도 추잡한 악행에 가담했다는 사실을 모르지 않았다. 그럼에도 양권사는 자신의 인생 전체가 담겨 있는 아들을 통해 역사하는 하나님의 뜻이 있다는 신념을 버릴 수 없었다. 아들의 인생이 악행과 추악함으로 결론 내려진다는 것에 대해 인정하는 순간, 그녀 자신의 인생도 송두리째 부정되기 때문이었다.

자신 앞에 무릎을 꿇은 양권사 앞에서 민규는 한동안 말이 없었다. 양권사 역시 말 한 마디, 한 마디의 간청을 끝으로 한동안 말을 하지 않았다. 아들의 결단을 묵묵히 기다리며 아들의 방에 밥상을 차려주고, 춥지 않도록 기름보일러의 온도를 조절해주고 자리끼를 봐주는 일만으로 시간을 견뎠다.

교회 측에서 마련한 사택에 민규는 일단은 들어가지 않았다. 그리고 다음 날 아침, 눈을 뜨고 자리에서 일어나 그 옛날 자신이 앉던 앉은뱅이책상에 앉았다. 중고등학교 시절부터 함께했던 책상이었다.

책상에 앉은 민규가 자신의 가방을 펼치고 설교 준비용 노트북을 꺼냈다. 양권사가 그 모습을 보기 시작한 건 정오가 넘어선 때였다. 점심을 차린 자신의 부름에 민규가 밖으로 나오는 순간 그녀는 아들이 주일을 준비하고 있다는 사실을 방문 너머의 풍경을 통해 확인했다. 그 순간 양권사는 말없이 울었다. 식사 내내 어머니의 눈물은 멈추지 않았다. 그 눈물이 어떤 의미인지 민규는 그 전부를 알 수는 없었다. 알 수 있다고 한다면 그건 거짓말일 거라 믿었다. 단지 민규는 받아들였다. 어머니의 눈물, 유재환 목사의 말들, 그리고 자신의 집으로 찾아온 한영호 장로의 당부를 받아들이기로 한 것이다.

나쁜 하나님

늦은 오후, 석양이 지기 시작할 무렵 한영호가 민규의 집을 찾았다. 그는 민규가 담임목사직을 포기하지 않고 계속 수행할 것을 예견이라도 했던 걸까. 그가 갖고 온 서류들이 그 사실을 말해주고 있었다.

"자세히 보실 필요까진 없지만 그래도 확인해두셔야 할 것 같아서요."

"무슨 서류입니까."

"목사님은 현재 재판 중입니다. 이후 판결이 집행유예나 벌금형으로 나올 경우에도 목사직을 계속하실 수 있는지에 대한 교회법상의 검토 서류들입니다."

"그렇군요."

"그리고…… 서명하셔야 할 서류도 몇 개 있습니다."

한영호가 몇 가지 서류를 내밀었다. 공문서들의 제목이 다분히 종교적이라 그런지 민규를 당혹스럽게 했다.

"목회직 지속 의무에 관한 서약서? 이게 뭡니까?"

"앞으로 어떤 일이 벌어져도 목사님은 이곳에 남아 계속해서 교회를 위해 헌신하신다는 서약서입니다."

"무슨 일이라도 벌어진단 말입니까."

민규가 걱정스럽게 묻자 한영호가 약간 숨을 돌린 뒤 설명하듯 말했다.

"우리 교회…… 지금 상황만으로도 감당하기 어려운 충격에 사로잡혀 있습니다. 안타깝지만 이미 교인들의 3분의 2 정도는 교회 출석을 꺼리고 있어요."

"그렇겠죠."

"앞으로 교회를 수습하는 데 여러 고충이 따를 겁니다. 그 고충, 외면하지 말고 받아주시길 간청 드리는 의미에서 고안한 서약서입니다."

"……."

"교회가 워낙 시끄러웠기 때문에 마련한 것이니 언짢게 생각하지 말아주셨으면 좋겠네요."

한영호의 말을 들은 민규는 잠자코 서약서에 서명했다. 그러자 한영호가 또 다른 서약서 한 장을 내밀었다.

"이건 또 뭡니까."

"목사님께는 정말 송구스럽지만 간절히 당부 드리는 차원에서 마련한 서류입니다."

한영호가 내민 서약서의 제목은 생소했다. '설교 주제에 관한 상호 합의서'. 서명란에는 유재환과 정민규, 두 사람의 이름이 적혀 있었고 유재환은 자신의 이름에 이미 날인한 상태였다. 민규가 그것을 물끄러미 바라보자 한영호가 말을 이었다.

"유재환 목사님의 뜻입니다. 받아주셔야만 합니다. 그게 교회와 성도들이 살 수 있는 마지막 길이라고 하셨습니다."

한영호의 말은 단호하고 분명하게 느껴졌다. 범접하기 힘든 결기로 가득한 눈빛이 민규의 마음을 괜스레 어지럽게 했다. 민규가 물었다.

"설교 주제라면……?"

"유목사님은 목사님이 논문의 주제만으로 설교해주시길 바라십니다."

"아브라함의 인신제사요……? 이유가 있습니까?"

"그분의 뜻을 저는 다 알 수가 없습니다. 함부로 알아서도 안
되고요."

"……."

"하지만 중요한 사실은 변하지 않습니다. 꼭 그 주제여야만 합
니다. 앞으로도, 계속해서……."

나쁜 하나님

61

전혀 다른 기분으로 맞이하는 토요일이었다. 한영호 장로와 몇몇 사찰 집사들의 바지런함이 빛을 발한 사택으로 들어선 민 규는 곧바로 서재 책상에 앉았다. 그리고 설교문을 작성하기 시 작했다. 하지만 이전의 설교와는 달랐다. 민규는 설교문을 쓰다 지우고, 또 쓰다 지우기를 반복했다.

이유는 알 수 없었다. 유재환의 요구를 그대로 따른다면 설교 준비가 전혀 어려울 게 없었다. 아브라함의 에피소드를 놓고 전 개하는 설교는 민규가 이곳 율주제일교회에 왔을 때 나눴던 설 교 주제와 같았기 때문이다. 언제까지 아브라함의 설교를 계속 해야 하는지에 대한 별도의 말이 없었던 게 마음에 걸리긴 했지 만 그 자체도 설교 준비의 어려움으로 이어지진 않았다. 지금처 럼 서재 책상에 자리 잡고 앉아 아무것도 하지 못할 정도는 아 니었던 것이다.

'왜 이럴까. 왜 설교문을 한 줄도 쓰지 못하지? 무엇이 내 정신 의 발목을 붙잡는 걸까.'

토요일 내내 민규는 뜻 모를 무게감 속에서 신음했다.

민규는 문득 새롭게 정비된 사택, 서재 책상에서 바로 보이는 백색 벽면을 바라봤다. 잡티 하나 발견할 수 없는 새하얀 시멘트 벽면이었다. 인내심 강한 화가의 유화처럼 수많은 덧칠을 가미한 흔적이 역력한 백색의 벽은 질식할 법한 강박으로 다가왔다.

민규의 시선은 설명하기 힘든 자력에 이끌리듯 벽면의 모서리 부근으로 끌려갔다. 천장과 벽 사이, 바닥과 벽 모서리 틈새에 검은 그을음들이 눈에 띄었다. 그을음의 흔적은 결코 크지 않았다. 어린아이 손가락 마디 크기만 한 작은 흔적이었다. 하지만 민규의 눈엔 그 흔적들이 쉽사리 지워지지 않고 어른거렸다. 작은 크기였음에도 분명한 흔적을 남기는 그을음은 범접하기 어려운 화마에 휩싸인 흔적이었다. 순간, 민규는 자신도 모르게 자리에서 일어섰다. 그러고는 깔끔하기 인테리어 마감된 벽면과 방문과 방문턱, 몰딩 마감된 천장을 바라봤다. 깨끗하게 도배가 된 거실의 벽면, 먼지 한 점 발견할 수 없게 깔끔하게 청소된 카펫, 새롭게 들여놓은 가구들이 먼저 눈에 들어왔지만 민규의 시선이 마지막으로 머무른 곳은 어김없이 사택 곳곳에 미미하지만 흔적으로 남은 그을음이었다. 꽤 오랜 시간을 견뎌온 듯한 그을음의 흔적은 세월의 흐름에도 불구하고 민규의 마음 깊은 곳에서부터 알 수 없는 신음과 호소로 끌어 올랐다. 그 들끓음이 민규의 심장을 거칠게 뛰게 했다. 이곳을 둘러싸고 무슨 일이 벌어지고 있었는지, 자신이 이곳에 남아 있게 된 이유, 그 존재의 의미가 무엇인지 의심스러워졌다. 그 의심은 근원과 연관된 질문을 낳았다. 민규는 결국 다시 한번 스스로에게 물었다.

'내가 이곳에서 어떤 설교를 할 수 있지?'

그에 대한 답이 너무나 명확하다는 사실, 그 사실이 도리어 민규의 목줄을 옥죄었다. 한영호 장로로부터 들은 단 하나의 명령, 더없이 간곡한, 수천 명에 달하는 율주제일교회 교인들의 영혼을 담보로 하고 벌이는 처음이자 마지막 애원과도 같은 청은 바로 아들 이삭을 바치기 위한 아브라함의 믿음이었다. 민규는 이미 결론이 나 있는, 하지만 언제까지라도 반복될 수밖에 없는 자신의 논문의 결론, 그 마지막 결론을 다시 한번 떠올렸다.

이삭은 결국 바쳐진 것이다. 참된 신인 야훼 하나님의 제단, 그게 아님 최악의 부패와 타락의 기운으로 가득한 이교도의 제단에 바쳐지는 것이다. 인간의 실존적 고뇌와 그 고뇌에 대한 솔직한 결단은 이제 명확해진다. 인간의 비루하고 그럴수록 또렷하고 진술한 절망과 불신, 두려움, 범죄에 대한 정결을 회복하는 길, 그 길만이 요구될진대 그 욕구에 다른 것이란 있을 수가 없다. 죄악과 악행을 씻는 마지막 정결을 향해 도피하는 길은 신을 향해 자신의 절망을 토로하고 스스로 마무리하는 주체적인 해방을 실천하는 길, 그 길뿐이다.

그 길. 단 하나의 길을 말해야 하는 민규. 그때 사택 거실 창가를 누군가 두드렸다. 헐거운 창문 틈새 탓에 소리는 더 강하고 크게 들려왔다.

창문을 열자 바로 민규의 눈에 들어오는 건 한없이 어리고 여린 얼굴을 하고 있는 소녀, 윤서주였다.

나쁜 하나님

윤서주와 눈을 마주치자마자 민규는 자신도 모르게 가장 궁금해하는 것을 물었다. 소녀의 눈빛이 민규의 심장을 일순간 멎게 만들었기 때문이다. 그 눈빛, 천국을 잃어버리고 그 어딘가를 떠도는, 지독히 외롭지만 누군가에겐 절대 의존하지 않으며, 진실이 농익고 농익어 주체할 수 없을 지경으로까지 팽창되었지만 진실의 실체 앞을 가로막고 선, 검고 암울한 그늘로 존재하는 윤서주의 눈빛이 민규의 모든 것을 얼어붙게 만들었다. 차갑게 굳어버린 민규가 그 역시 차갑게 얼어버린 모든 감정이 거세된 느낌을 담아 묻고 또 물었다.

"신애원은 어떻게 되지?"

"……"

"넌 어디로 가는 거야?"

신애원 운영이 율주제일교회가 아닌 지역 자치단체 시설로 편입되는 것으로 결정되자 율주시 사회 복지 공무원들은 기다렸다는 듯이 신애원의 아이들을 다른 지방 시설로 옮기는 이전 조치를 단행했다. 대부분 부모들과 연락이 되지 않았고, 설령 연락이 닿는다 해도 지자체 측에 관리·처분을 위임해버렸기에 율주시는 폭탄과 다름없는 아이들을 일시적으로 보호할 수는 있어도 그 이상의 책임은 지려 하지 않았다. 자연스러운 수순처럼 신애원은 시설 폐쇄 절차를 밟았다. 민규도 알 수 있었다. 김정은을 포함해 원장과 선생님들 전부가 떠나버린 신애원의 아이들은 다음 주 토요일까지 타 보호 기관이나 감호시설로 보내지게 될 거란 사실을.

그 사실을 알면서도 윤서주의 갈 곳을 묻는 이유는 무엇일까. 수습할 길 없는 자괴감이 민규를 사로잡았지만 그럼에도 그는 답을 기다렸다. 윤서주가 이곳에 자신을 찾아온 분명한 이유가 있을 거라고 확신했기 때문이다. 민규의 확신은 바로 확실한 반응으로 연결되었다. 윤서주가 분명하고 또렷하게 답했다.

"아빠도 여기에 있었어."

"아빠? 너희 아빠가 왜 여길……?"

이곳은 오래전 유재환 목사의 사택이었다. 율주제일교회 출신 전도사 다섯의 집단 방화, 집단 자살 사건의 배후로 지목된 뒤 컨테이너 기도원행을 택한 이후, 누구의 출입도 허락되지 않은 곳이었다. 그런데 윤서주의 아빠가 이곳에 있었다는 말은 무슨 뜻일까. 현관 창문은 더 활짝 열렸고, 어느새 붉은 석양이 소녀와 민규의 얼굴을 붉게 물들였다. 아빠에 대해 말하는 소녀, 윤서주가 말을 이었다.

"그땐 아빠가 악마를 불태웠지……."

"아빠……라고?"

"내일은 우릴 불태울 거야."

"뭐?"

"악마를 불태울 거야. 반드시 불태울 거야."

"무슨 말이야! 누가 너희들을 불태워!"

62

주일 오전 예배시간, 민규의 설교가 끝날 때쯤이었다. 설교가 마무리될 무렵, 한영호 장로가 자리에서 일어섰다. 그리고 문 쪽으로 걸어가 대예배실의 문을 닫았다. 그와 동시에 예배에 참석한 다른 교인들도 일어서서 두 손을 모으고 눈을 감았다. 그들 중엔 김정은도 있었고, 민규의 어머니 양권사도 있었다.

민규는 설교 기도를 생략하고 강대상 밑으로 내려왔다. 때맞춰 피아노 반주자인 김정은이 더 이상의 연주를 멈춘 채 일어서서 기도하기 시작했다. 이내 율주제일교회 대예배실 전체가 흐느끼는 듯한 울먹임이 뒤섞인 기도의 공간으로 변해버렸다.

하지만 지금 민규의 귀에 들려오는 기도는 기도가 아니었다. 주문에 불과했다. 그들이 아무리 간절하고 절박하게 죄로부터의 정결을 외쳐도 민규는 그 소리를 듣지 않았다. 아니, 듣지 못했다고 하는 게 더 솔직한 그의 심경일 것이다.

자리에서 내려온 민규가 대예배실 문을 향해 걸어갔다. 때맞춰 스테인드글라스로 마감된 반투명 유리 창문 너머로 검은 연기들이 가뭇가뭇 치솟아 올랐다. 검은 연기의 그늘이 율주제일교회 대예배실을 온통 어둠의 기운으로 내리눌렀다. 민규는 주문처럼 외우는 교인들을 바라봤다. 현재 11시 오전 예배에 참석한 이들은 기존 교인의 10분의 1 규모도 되지 않았다. 한영호 장로를 주축으로 모인 그들 모두 유재환 목사의 최후 계시가 실현되길 간절히 바라는 이들이었다. 그들은 설교 시간 내내 아무것도 준비하지 않고 단지 자신이 오래전에 썼던 논문의 일부만을 무겁고 낮은 목소리로 읽어 내려가는 민규의 말 한 마디, 한 마디를 경청했다.

설교가 논문 마지막을 읽어 내려가면서부터 민규는 사건의 실체가 무엇인지 분명히 깨닫게 되었다. 이 사건, 치밀하면서도 어처구니없는 우연에 기댄 유재환의 계시, 그 실체가 무엇인지 명백히 확인하고야 만 것이다. 아마도 이 불길한 깨달음은 어젯밤, 그 소녀, 윤서주가 찾아오지 않았다면 몰랐을 것이다. 그녀에게서 자신의 아버지가 14년 전 교회 5층에 들어가 스스로 문을 잠그고 죄의 정화를 위해 불을 지르던 윤형석 전도사였단 사실을 듣지 못했다면, 윤형석 전도사의 정화의식의 중심에 인간의 정결과 악의 일소, 신의 뜻을 향한 절대 복종을 부르짖던 유재환의 광기가 똬리를 틀고 있었음을 알지 못했더라면 결코 찾아올수 없는 깨달음인 것이다.

결국 민규는 알아버렸다. 그것은 결코 원치 않는 발견이었다. 한영호 장로가 대예배실 문을 잠가버리고 문 앞을 가로막고 선이유 역시 민규의 눈빛에서 불길한 한 징후, 깨달음의 징후를 발견했기 때문이다. 민규가 알아버렸다. 한영호가 확신하는 인류역사상 가장 순수하고 가장 온전하게 십자가 길을 따르는 계시의 실천을 민규가 알아버린 것이다. 자신을 가로막은 한영호를 보며 민규가 경고하듯 말했다.

"비켜요."

교인들은 더욱 간절히 기도했다. 한영호가 민규를 노려보며 답했다.

"유목사님은 지금 모든 죄인들의 죄를 대신하는 대속제사를 집전하고 계십니다. 방해할 생각이라면 나가지 마세요!"

"이 미친 새끼들아! 비키라고!"

"정목사님, 이건 당신 논문에 적힌 신의 뜻을 실천하는 유일한 길입니다. 당신이 쓰고 당신이 주장한 거예요."

진정한 믿음에 이르는 길은 좁은 길이다. 신의 명령이 자신의 아들을 바치는 일이라 하더라도 단호하게 따르는 믿음이기 때문이다. 그 결단이 부활의 믿음을 이끌어낸다. 죽음에서 생명으로 인도하는 부활의 믿음 말이다.

"부활의 믿음이라 하셨습니다. 부활의 믿음이요!"

"입 닥쳐!"

"……."

"그런 믿음은 없어! 그런 하나님, 없단 말이야!"

기도하던 교인들은 여전히 눈을 뜨지 않았고 기도를 멈추지 않았다. 민규가 그들을 향해 절규했다. 자신에게 남아 있는 모든 기운을 쏟아내고 또 쏟아내 외쳤다.

"너희들의 하나님은 미쳤어. ……악마도 두 손 두 발 다 들고 퇴장해버린…… 진짜 나쁜 하나님이라고!"

대예배실을 벗어나 교회 밖으로 나온 민규의 눈앞에 펼쳐진 건 주일 정오를 수놓은 끔찍하면서도 화려한 정결예식의 살풍경이었다.

검붉은 연기가 신애원 건물을 순식간에 휩싸 안은 살풍경, 민규는 절박하게 살려달라고 소리쳤다. 그 외침 속에서 민규의 눈에 들어온 단 하나의 대상은 신애원 정문을 가로막고 있는 유재환이었다.

유재환은 자신의 몸을 쇠사슬과 함께 문고리에 완벽히 결박해버린 상태였다. 두 팔과 두 다리를 벌린 채 온몸을 쇠사슬로 꽁꽁 감아버린 그는 꼼짝도 할 수 없는 상태였고, 검은 불길은 이미 정문 앞까지 휘몰아치고 있었다. 민규의 눈앞엔 신애원 3층, 창문 앞에서 살려달라고 비명을 지르는 신애원 아이들의 모습이 들어왔다. 빠른 속도로 치솟는 불길 속에는 어젯밤 자신을 찾아와 광기의 화마를 예고한 윤서주도 함께였다. 하지만 3층 마지막 방에 혼자 있던 윤서주는 울거나 소리치지 않았다. 섬뜩한 무표정으로 민규를 내려다봤다. 절망도, 희망도 아닌 그 눈빛은 민규가 처음 이곳에 왔을 때 철거 직전의 구역사에서 마주했던 그 눈빛 그대로였다.

쇠사슬에 묶인 유재환을 향해 민규가 단숨에 뛰어들었다. 어떻게 해서든 잠가버린 문과 하나가 된 쇠사슬을 풀어내려 발버둥 쳤다. 하지만 유재환을 묶은, 천형의 죄업이 되어버린 쇠사슬은 쉽게 그 결박을 풀어주지 않았다. 점점 더 불길은 뜨겁게 달아올랐다.

유재환은 희열에 가득 찬 모습이었다. 거룩한 순교를 눈앞에 둔 진심의 환희가 그의 전체를 지배했다. 민규는 곧 닥쳐올 죽음을 기꺼운 신의 축복으로 받아들이는 유재환을 향해 규탄하듯 물었다.

"왜!"

"……."

"도대체 왜!"

유재환이 민규를 노려보며 답했다.

"사탄아! 물러가라!"

"미친 새끼야! 멈춰! 당장 멈추라고!"

"이 순수 영혼들을 하나님의 품에 인도하려는 순교의 길을 막지 마라!"

"미쳤어! 아이들을 왜 죽여!"

"이건 죽음이 아니라 거룩한 희생이다."

"뭐?"

"뼛속까지 썩은 소돔에서 유일하게 구원받을 수 있는 십자가의 길이라고!"

마지막 순간이라고 생각하자 민규의 머릿속이 새하얗게 변해버렸다. 무엇을 어떻게 해야 할지 캄캄하기만 했다. 마지막으로 민규는 유재환을 붙잡고 애원했다. 불길 속에서 오열했다.

"제발 그만둬. 제발……"

"물러가라!"

"목사님…… 아이들이 죽고 있어요. 제발…… 풀어줘요. 제발!"

"세상에서 버림받고 철저히 짓밟힌, 누구도 돌보지 않는 아이들에게 주어진 마지막 정결의 기회를 막지 마라! 거룩한 제사를 막지 말란 말이야!"

민규의 절규를 덮으며 유재환의 말이 이어졌다.

"오, 하나님께서 받으신다. 순결한 번제의 향을 흠향하고 기뻐하신다. 오, 주님을 찬양하라. 천지만물을 지으신 주님을 찬양하라! 찬양하고 또 찬양하라!"

불길에 휩싸인 유재환이 찬송을 부르기 시작했다. 힘차고 격정적인 선율로 가득한 진군가였다.

불길의 뜨거움을 견디다 못한 민규가 결국 바닥에 쓰러졌다. 신애원 정문 바닥에 쓰러진 민규는 검붉은 불길에 휩싸인 유재환을 망연히 바라보았다. 단지 지켜보는 것 외에 민규가 할 수 있는 건 아무것도 없었다.

타오르는 불꽃, 울분에 찬 진군가, 섬뜩한 무표정, 나지막하게 중얼거리는 기도소리…… 그 외에 민규에게 남은 건 아무것도 없었다. 아무것도.

〈끝〉

나쁜 하나님

　오래전부터 인간에게 있어 종교의 열망은 피할 수 없는 의무이 자 희열이었습니다. 하지만 의무와 희열의 뒤란에는 쾌락과 금기 라는 통과의례가 자리 잡고 있습니다. 통과의례로서의 쾌락과 금 기가 인간을 억압하는 커다란 장벽을 쌓아올렸던 것을 외면할 수 없겠죠. 그러므로 종교는 인간, 공동체, 국가를 지탱하는 근본 질 서를 제공하기도 하지만 또 한편으론 질서 제공에 대한 대가 지불 을 강조하면서 가공할 만한 폭력을 신앙의 다른 이름으로 자행해 왔던 것입니다.

　이렇듯 역사를 통해 반복되어 온 종교의 후경역사後景歷史 속에 서의 쾌락과 금기는 점점 더 잔학한 종교의 광기와 야만을 양산해 왔습니다. 소설 〈나쁜 하나님〉은 쾌락이란 이름으로 대표되는 인 간의 권력, 명예, 돈에 대한 욕망을 해부함과 동시에 그 쾌락을 심 판하고 정결케 하려는 종교적 정화로서의 욕망을 함께 담았습니 다. 쾌락과 금기는 전혀 어울릴 수 있는 성질이 아닌 것처럼 보입니 다. 하지만 그 둘이 겉모습은 다르지만 본질은 동일할 수 있다는 종교 근본주의의 살풍경을 묘파하고자 했던 것이 소설의 잠정적 작의입니다.

여전히 한스러운 질문이 남습니다. 도대체 종교는 우리에게 왜 필요한가. 현대자본주의사회에서 종교는 어떤 의미인가. 우리에게 평화, 인권, 사랑을 말하는 종교의 참얼굴은 무엇인지에 대해 말입니다. 또 하나의 질문도 무겁습니다. 종교소설이란 멍에 아닌 멍에를 짊어질 수밖에 없는 소설 〈나쁜 하나님〉을 상재上梓해야 하는 이유는 무엇인지에 대해서도요. 조금은 무책임하지만 그 질문에 대한 답을 독자 여러분과 함께 찾으려 합니다. 인간의 마음과 인간의 눈으로 말입니다.

책을 내기까지 많은 분들께 빚을 졌습니다. 이를 대표해 2017년 상반기 연재를 허락해준 기독교 인터넷신문 뉴스앤조이와 단행본 출간을 흔쾌히 허락해주신 새움출판사 측에 깊은 감사의 인사를 드립니다.

빛은 가장 어두울 때 그 찬란함이 더합니다. 한 치 앞을 내다볼 수 없는 어둠 속에 있는 우리네 현실에서 한 줄기 빛을 향한 걸음걸음이 지치거나 흔들리지 않았으면 좋겠네요.

충무로 아트스페이스 노에서

주원규

나쁜 하나님